大头马 作品

潜能者们
Skinner

四川文艺出版社

Party 5 解惑者

Party 6 盲画师

Party 7 读心人

Party 8 Skinner

目录

楔子

Party 1 催眠师

Party 2 预见者

Party 3 欺骗者

Party 4 复仇者

楔子

1

"要么,你就晚上跑跑步咯。"

"这还用你告诉我?跑步、喝热牛奶、脚底抹红花油……我连睡前用太阳式朝东偏北34°拜三拜都试了。"他苦着眉头。

"那是个啥?"

"我老婆最近在学内观。"

"东偏北34°……这是哪位佛祖诞生的朝向?"

"是……别管那些了,我就问你,你真没啥治我这失眠的好方法了?"

"好像还真没啥主意了。"

"不会吧?你当年可是全系第一名啊。"

谢星星瞄了一眼对面这位老同学身后墙上的钟。还差两分钟,温和的提示音就将响起:对不起病人,我们知道您有病,但您的家人缴的钱只够给您来这么两小时,识相点,该走了。

她觉得这是咨询室一年前的整改中最有人性的一点。她再也不必使出浑身解数暗示、提示、告知、打电话呼叫前台带走面前那位刚刚从童年阴影中走出来一点的病人,"是的,你得走了。"——天哪,这真是人性的考验。

至少是演技的考验。

现在有了自动提示系统,咨询时间一结束,病人将立刻获知他们同面前这位咨询师的关系到此就告一段落了,双方都不会尴尬——让病人意识到世界上的主要关系是由买卖构成的,也是让他们学会重新融入这个世界的好办法。因此不算是过于冰冷。

"你得帮我解决这个问题啊!"

李超然显然觉察到了谢星星看时钟的那一瞥,他的时间不多了。不愧是同行,清楚地知道咨询室时钟为什么摆在这个位置:既方便咨询师不动声色地掌握时间,又不会让病人因看见时间而感到焦虑。

这就是谢星星感到棘手的地方。

一个催眠师突然有天自己失眠了,这叫人怎么给建议啊?

更何况 W 大心理系毕业之后,谢星星就再没见过这位大学同学,只是听说他研究生选了精神分析方向。谢星星则一心致力于脑神经科学,如果顺利的话,两人这一生本不会再有任何交集。

结果呢,李超然去做了虚张声势的催眠师,继续求学却遭遇重大学术变故的谢星星则在这家综合心理咨询中心的婚姻咨询部好不容易混上口热饭。

都是弗洛伊德、荣格、拉康、阿德勒、弗洛姆、克莱茵的刻奇投射。心理学的叛徒。

也不怪他们,班里混得最好的,在开淘宝店。

李超然推门进来的那一刻,谢星星就认出了他。倒不是他们当年有过什么情缘,而是这位同学的长相之奇特实在让人过目难忘——颇有几分马云的意思,不过缺点儿马云的脑子。而他显然还没有认出自己。这不奇怪,当年大学里,没多少同学有机会见到谢星星——她不是在图书馆就是在实验室,上课总坐第一排,距离她最近的同学也只能在几排之后瞻仰她的背影。毕业照缺席,因为通宵算数据在实验室睡过了头。李超然坐下来之前,谢星星已经推论出几种可能的咨询问题:找不到女朋友,找不到老婆和找不到……洗手液。

尽管这样,她还是开启了正常的咨询流程:

"你好。"

"你好。"

"今天天气不太……"

"医生,"李超然打断她,"我和我老婆有问题。"

谢星星一愣,没想到他会这么直奔主题。李超然盯着她,双手交叉放在腿上,表情诚恳。

"……什么问题?"

"主要是我的问题。"

"你怎么了?"

"我有个情人。"

"你……什么?"

"我……欸?"李超然的眼神终于燃起了一点不一样的光彩。如果不是过渡得那么自然,谢星星简直要怀疑他是故意说完了上面那段台词才——

楔子

"谢星星？！"

谢星星极为做作地走完了那套"啥情况我们认识哦哦哦你不是那个谁吗对了李什么来着李超然"的思动过程表情模型。

"你记得我是谁吧？"

你没那么让人容易忘记。

谢星星把这句咽了下去。

然后就变成了忆苦思甜的往事不堪回首模式，谢星星觉得收这两个小时八百块实在有点太爽。

"所以，就是你那个夜总会认识的情人现在要你离婚娶她？"

"唉。"

"这什么剧情，真爱？"

李超然一脸痛苦无奈，简直找不到挑剔的空间。

"那就娶呗！你别跟我说你还爱你老婆。"

"我……"

"也是真爱？"

"不不不……反正吧，我离不了，不可能，没办法，想都别想。"

谢星星从李超然的表情里觉察到了什么。

"那你来咨询个啥啊？"

"我本来也不是想来这儿的。"

"那你？"

"我挂的是睡眠科学的号。结果前台听了我的情况，让我来挂情感咨询。"

"睡眠科学？"

"失眠。"

谢星星一听乐了:"你不能催眠自己试试?"

"别说这种外行话好吗。不过,我还真试了。"

"没用?"

"我当年这门课挂了。"

"那你还干这行?"

"我也没想到你会来做这个啊。"

咨询室主打橘色温暖风,墙上挂美国自然主义圣母洗浴画,波斯地毯浓墨重彩,雕花红木方桌上立着一张二人合影:老板和老板娘伉俪手牵手,肩并肩,为自己的公司代言。

谢星星面不改色。

"那就请你同事帮帮你呗。"

"不行。"李超然面色一沉,干脆地说道。

"怎么?"

"我们那地方就是忽悠人的,再说了,世界上哪有真正的催眠术啊。"李超然掩饰得很不自然。

谢星星拿起桌上的钢笔——每当她开始准备了解想了解的东西时,总会用右手拿起钢笔不经意地把玩。这样病人的目光就会被钢笔吸引过去,她得以找到他们身上的破绽,发现他们隐藏的东西。

李超然隐藏的东西是什么?

谢星星打开抽屉。

"你吃糖吗?"

"啊?"

楔子

2

嘀嗒。

嘀嗒。

嘀嗒。

如果不是老婆把她那只超过二十斤的腿压过来，李超然本来还打算再坚持一会儿。他费劲地从那只大腿下面脱身下床，四点三十五，再过两小时二十五分钟，闹钟会准时响起，然后他会顶着一颗超过一百斤的脑袋穿过半个城市去上班。幸运的是他老婆会负责开车，不幸的是他老婆还会跟他一起在公司待上整整八个小时。

是的，和同事结婚是他这辈子作的最愚蠢的决定。

什么样的男人才会和一个女人在同一张床上睡八小时之后，还想要和她共同度过另外清醒的八小时？

李超然坐在沙发上，茫然地注视着客厅的一切。打开微信，有Lily发来的新微信，他看了一眼然后删了。

早就该料到事情会变成这样。陪领导的应酬，一不小心的湿鞋，无法抵御的回床，微信号，屏蔽此号的消息通知，礼物，礼物，礼物，吃饭，电影院，公园，约定时间之外的微信，无所顾忌的半夜两点的微信，挑衅式的十点档家庭时间的微信。微信微信微信。

一星期前他还庆幸事情没发展到电话那一步。李超然判断，Lily这只中小型杀伤性武器还没有吹响进攻的号角，自己仍然不过是被她玩弄于股掌之上的"超超小骑士"。那些绵里藏针的微信也暂时只局限于"Lily小公举"的撒娇秘籍。

玩死他不过是随时的事。

直到一周前的晚上，"我们结婚好不好？"收到这条微信的时候李超然刚含入老婆让他试味的一口汤，差点喷出来。

"不好喝？"

"烫。"

李超然没敢回。Lily也没采取进一步的行动。这一周李超然过得是惊心动魄。

睡不着？这他妈谁能睡得着啊！

李超然试着在双人沙发上躺平，脚不出意料碰到了脚凳上的花瓶，于是小心翼翼把腿往回缩了点。要是客厅大点儿，他们也能买个三人座的沙发，甚至是一套组合沙发。

要是能买个好点的房子，他也不至于每天花两小时在路上。

要是能多睡两小时，他在公司也不会没等那些两百斤的客人们睡着，自己先打起呼噜来。

也就不至于被领导撂下狠话要赶他走，也就不至于还得靠老婆在公司电脑上做手脚——把他每个月的绩效排名挪得好看点，也就不至于连婚都不敢离。

也就不至于因为这些破事睡不着。

一环扣一环，哪环都是死扣。

李超然越想越清醒，干脆重新坐起来，掏出手机，搜索Lily，然后在对话框敲下"结束吧"。

然后又把这三个字删除。

一开始的新鲜劲儿过去之后，剩下的只是疲惫。

他几乎可以确定，如果跟老婆提离婚，她必然会把自己绩效排名作弊的事捅出来，鱼死网破。而且他也压根儿就不想离婚。房贷怎么办？车贷怎么办？还得重新找对象，谈恋爱，结婚。

如果说李超然从婚姻中学到了什么，那就是，他绝对不要再结第二次。

裤子口袋里有什么硬邦邦的东西，硌得他很不舒服。他把那玩意儿掏出来，是他催眠时用的怀表。

"催眠减肥，不忌口不运动，让你一身轻松。五千块一个疗程，无效全额退款。"

为了让客人们觉得这五千块花得还算有意义，老板给每个催眠师发了一块怀表。复古外观，精密机芯，看起来还真像那么回事。唯有他们自己知道这表是没法走的。李超然猜测它们批发自浙江义乌小商品市场，前台那个D罩杯拿了三分之一回扣。

"也是一种心理暗示嘛。"老板说。这个高中毕业证都没拿到却在而立之年就开创了美容咨询行业辉煌的男人，心理学懂得不比他们少，至少就人性的层面。不然，他不会定下连续三个月绩效最后一名者滚蛋这个残酷却有效的策略。

进入这个主打心理科学减肥的美容公司以来，李超然很怀疑他有没有成功催眠过一个人。大概有70%的人是自己睡着的，毕竟沙发那么舒服，暖气又开得到位，而且胖子们本来就容易睡着。还有20%在装睡，打算听听看李超然接下来会说出点什么新奇的玩意儿。

剩下那10%,他们只是以为自己睡着了。

但总的来说,睡着的人还是珍稀得可贵。至少是给足了催眠师面子。

李超然还记得面试时候的尴尬。他使出浑身解数也没能让唯一的面试官——面前那位把阿玛尼西装撑变形的金老板打一个呵欠。

"没关系,"老板站起来拍拍他的肩膀,然后伸出右手,"欢迎加入'维纳斯'。"

后来李超然才明白过来,这公司其余的所谓催眠师,都是上了两个月培训班就来的家伙。公司迫切需要一个真正的催眠师,老板看中的是他的科班学历。只有他自己知道,国家二级催眠师的证是面试前花五万块买的。

然后他发现这五万块完全是打水漂,文凭对绩效屁用没有,他们的绩效全看"催眠"的同时推销出去了多少减肥药。

哦还有,他的同事们,学的是PUA培训。

世界上到底有没有成功的催眠大师?

绝对有。至少当年上这门课的老师就成功地让李超然每节课都睡过去。

好吧,李超然无意识地摆弄着怀表,如果当年能够少睡几节课,也不至于现在治不好自己的失眠。

一环扣一环,反正他的人生就是个死扣。

口袋里还有另一枚硬邦邦的东西。李超然摸出来,水果硬糖。白天从老同学那里花了八百块最终得到的东西。

冷冰冰的结束语音准点响起之后,是该有这么一块糖抚慰病人脆弱的心灵。李超然想着下次也得在公司推广这项用户体验,拆开包装纸嚼碎了那颗糖。

操,苦的。

3

李超然从沙发上醒来,觉得意外地神清气爽。自己一个月以来从没像现在这么清醒过。他感觉睡了漫长的一觉,可看了眼时间,发现才过去五分钟而已。

洗漱完毕,准备喊老婆起床,推开门才发现床上空空如也,被子整齐地叠好,仿佛没有人睡过。

难道她生气我半夜跑客厅来睡,自己先走了?可他也就睡了五分钟啊,老婆是如何做到这么干净齐整迅速出门的?

车库是空的。

没时间多想了。如果没法开车去公司,他就得搭公交再转地铁再转公交。

和一百多人挤在摇摇晃晃的公车上时,李超然不禁燃起了一丝对老婆的怀念和对生活的感激,也许生活还没糟到那个地步。

紧赶慢赶还是迟到了五分钟。公司和往常一样,李超然在门口看到一位女客,脸色不大好,他小心翼翼走过去,正庆幸老板还没到——

"李超然?"老板的声音从背后响起,"你来一下。"

也许生活还没糟到那个地步。只是迟到而已嘛。

前脚跨进老板办公室,李超然就急道:"金哥,您听我解释,我老婆今天把车先开……"

"哦,温珊珊啊,已经停职了。"

"啥?"李超然愣住了。

"你觉得你很聪明?"

老板把电脑显示器转过来朝向他,上面是他入职以来的绩效表——真实的绩效表。两相对比,他老婆篡改的痕迹和考卷上的红笔一样醒目。

完了,全完了。生活还没糟到那个地步才怪。

"金哥,您……听我解释。"

李超然知道就算让他解释也解释不出什么了。外面传来一阵吵吵闹闹的声音,他的冷汗从额上冒出来。

"我还以为你昨天就畏罪潜逃了呢。"

"什么?"

"你今天来公司是想替你老婆求情还是替你自己?"

"我……"李超然没转过弯来,"等一下,您是说我昨天没来公司?"

"你说呢?"老板看着他,脸上似笑非笑,仿佛想看看李超然到底还想演一出什么戏。但很显然,不论什么戏,老板都不打算当真。"最后一个月工资我是不会付的。"

这到底啥情况?

门外吵闹声越来越响,金老板的办公室终于被推开了。女客人冲进来,前台没拦住她,表情尴尬。

"我不管,你们今天不给我退钱我就要去告你们虚假广告!"

哦,每个月都会有的麻烦客人。金老板上前微笑:"怎么了?"实际是在问前台。

前台在后面打着手势。金老板瞬间明白了,一位没买过一包减肥药的客人——自然也就一斤肉都没掉过。

"假的,都是假的!"

"您是?"

"你们这催眠,假的!"

"怎么会呢?"

"我一个疗程结束,一次都没睡着过。"

"啊?"金老板的脸色严肃起来,"您的催眠师是哪位?"

"丁,小丁。"

李超然知道他,刚刚上岗没多久,凭着花言巧语和一张出色的脸,绩效名列前茅。蹲马桶的时候,李超然在隔间里听到他和同事嚼舌根,说自己是靠老婆混饭的厌包。操,搞不好就是丫向老板举报的自己——他老婆当然不止帮他一个人"调整"排名,鉴于公司的残酷制度,同事们不得不抱团取暖,避免某个倒霉蛋形成连续三月最后一名的颓势。不是所有人都加入了这个"互助协会",但其他人也就睁一只眼闭一只眼。这年头混口饭不容易,何必逼人走上绝路?

小丁这种赢家呢?"要是人人都这么糊弄,公司怎么可能有发展?"小丁在厕所义正词严地拉上裤子拉链。

一定是他。

没想到丫也有这么一天。李超然虽然刚刚跌入人生最低谷,此刻也不由得精神一振。

金老板暗自皱眉。公司会密切关注每个客人的体重和心理变化,一旦到了某个临界值,那些减肥无效的客人会变成随时暴走的炸弹。为避免人体自爆的发生,在客人到达那个危险临界线之前,公司就会采取各种方法让他们滚出去。而催眠师最重要的工作,就是报告这些危险边缘客人的存在。这小丁也是脑子发昏了,竟然没有汇报这个客人的情况。金老板想着,连续三月绩效第一是不是会让员工膨胀过头,产生一切尽在掌握的错觉?嗯,看来这天花板也得加限制。

"我知道了,"金老板真诚地看着女客人,"我立刻找小丁核查这事。如果的确是他的工作失误,我们全额退款。哦,当然了,也希望您待会儿配合下我们的工作,我们需要了解您在整个疗程里,是不是严格按照我们的指示……"

"呵呵,"女客人冷笑道,"又是这套,不就是想找漏洞把责任推到我自己身上?"女客人开始向门口看热闹的客人吐槽,"我要是多吃了根香蕉,他们就要扯是我没有'严格按照指示进行疗程'。一根香蕉才多少热量啊拜托!"

看来女客人在减肥这事儿上被宰过不少次。

门口围观的客人越来越多,金老板神色尴尬,"不不,只是走个流程。"

"少废话了,你们这里有真正的催眠师吗?"

"有啊!不是,我们就没有假的!"金老板突然看到了李超然,

"他，名牌大学精神分析硕士毕业，我们这儿最一流的……"

"那又怎样？"女客人盯着李超然，"你就让他现在给我催眠，你看他行不行！"

女客人的话掀起了在场的沉默。

女客人看着金老板，金老板看着李超然，李超然只好看着前台，前台低头看手机，胸部挡住了视线。

"行。"

金老板替李超然说了出来，微笑看着他。"来，超然。"

李超然从老板的目光里读不出一点信号。

"不是我不乐意，这有点违反行规啊老板。"

"我们这位客人很特殊。"

"呃，其实，我今天，你知道，我老婆，她，所以，我身体有些，不是很在状态，我怕会影响发挥啊。"

"超然，像我相信你一样，相信你自己。"

"还有我的表有点……"

"超然。"金老板终于打断他，这次眼神里传达出了明确的信号：不想干就他妈滚蛋。

"您好，请坐。"

李超然请女客人坐下来，花拳绣腿般演练了一番催眠前戏，满头大汗，然后掏出怀表。

女客人一动不动盯着怀表。

"现在，跟随我的指示，听从我的呼唤。"

4

一切都完了。

李超然愣在办公室,金老板出去追女客人,前台放下手机前告诉他这客人是专业打击实体私营经济分子,"也就是说,你可以保持沉默,但你刚刚所做的一切将会成为我司非法经营的呈堂证供。"

去你妈的。李超然想,我没让她睡着就是我的错了?小丁的烂摊子凭啥我来收拾?

但刚想完他就怂了,丢了这工作,房贷车贷怎么办?更关键他现在是破坏金老板企业神话的罪魁祸首,在行业内还有他混饭的地儿?手机响了,李超然一看,Lily发的。

去你妈的。李超然回。

然后冲出去找金老板的大腿。

女客人被前台和金老板两人拦在大门口:"你们这是想干吗?投机倒把搞虚假产品也就算了,现在还想毁尸灭迹?"

"哪儿能啊。"

"那放我走啊!"

"您先听我解释。我跟您说,刚刚那催眠师,我不认识,新来的,感谢您给我司一个大浪淘沙的机会……"

金老板话没说完,就看到李超然直直走过来:"老板,再给我一个机会,我催眠不行,推销还是可以的。"

金老板气不打一处来:"滚。"

"要么您给我老婆一个机会,这事儿真不怪她。"

"滚！"

这时，那名活蹦乱跳的女客人突然就安静了。金老板和李超然都没发现怎么回事，前台嚷了起来："女士？女士？你醒醒啊。"

金老板这才把头扭回来，"怎么了？"

"她好像晕过去了……"

"啥？"金老板迅速拨打手机，"小王，赶紧过来，给我把这里一个人抬出去。"挂上手机，对在场所有人，"记住，人不是在我们这儿晕的，知道吗？"

前台出于女性的体察："老板，她……好像不是晕过去，是睡着了。"

女客人表情安详，面带微笑，发出轻轻的鼾声。

比金老板还要庞大一圈的小王揣着腰间的假枪冲了进来，虎虎生威："人在哪儿？"

"等一下，"金老板盯着女客人看了一会儿，然后想起了什么，把头扭向李超然，"难道是你？"

李超然完全不知所措，他下意识把手扬起来："不……"然后才发现手上还拿着那块怀表。刚刚过来恳求老板时，他无意识地转动着怀表的表冠。

"干得漂亮。"

"啊？"

"你做到了！"金老板微笑，大力拥抱。

"我？"

"再让她做点儿什么。"

"做点什么？"

"随便。"

李超然蒙了。这一切发生得太快。他看着面前这位僵直的女客人，大脑一片空白："吃、吃屎？"

女客人面带微笑地走向了洗手间。

所有人目送她。

"你做到了。"金老板看着女客人的背影慢慢消失，一只手搭上李超然的肩膀。

李超然看着手里的怀表，真的假的？

"您刚刚说，我昨天没有来公司？"

"对啊。"

"一天都没来？"

"对啊。"

李超然突然想到了什么："今天是几号？"

"29啊。"

"29？"李超然掏出手机，5月29号。

原来他不是睡了五分钟，而是睡了二十四小时加五分钟。这就是为什么老婆能在五分钟之内从家里消失。但是他睡着的这一天里，她究竟在干吗？她没有试着把他叫醒？

还是，她叫了，但他怎么都醒不过来？

李超然看着手里的怀表。

"我说你们到底打不打算放我走？！"女客人从厕所冲了出来。

"没人拦着你啊，"金老板说，并稍微往后退了几步，"没人敢

楔子　19

拦着您。"

女客人这才发现不对劲,一股可疑的味道向她袭来。这股味道离她很近,非常近。

尖叫声响起来的时候,李超然打开了怀表,分针被他刚刚无意拨过去了三分钟,正好是女客人睡着的时间。

李超然愣住了。

Party 1 催眠师

1

"现代科学证据表明，人的大脑只有不足10%被开发利用，剩余超过90%的部分都处于休眠状态……"

地铁里正播放着视频广告，旁边一位母亲聚精会神聆听着广告里的男人所传达的精神主旨，她身旁玩iPad的儿子还不知道自己未来两个月暑假的命运。

"我校有顶级豪华导师配置，全一流教学研究设备，世界先进网络平台铺轨，从我校走出去的孩子，在世界各行各业成为了开拓者、领路人、指明灯。数学家、记忆神童、钢琴大师……慧龄智力开发学校，圆您的孩子一个神童的梦想！"

拥挤的地铁里终于有人站起来，这位母亲刚示意儿子抢占这个宝贵的位子，却不想有人更快。

"哎，你……"

谢星星全神贯注于手中的《和男神共进晚餐的一百个礼仪》，坐下来之后完全没意识到旁边这位母亲不满的嘀咕声。

"切记，不要自己点菜，如果点也只能点甜品……"难道是我上次点太多菜了？谢星星开始回想一周前再一次失败的约会。但是是我买的单啊……哎呀，这上面没说应该谁买单！

"……智力开发越早越好，但是，成年的你也不要灰心，我校有针对全年龄段的智力开发课程。随着年龄的增长，你是不是感到体力下降？职场上技不如人？睡眠出现问题？别灰心，给自己的人生一个新的希望！"

听到这儿，这位母亲不禁松开了牵着儿子的手，掏出手机准备记下广告上的电话。

"哎呀，这学校我去上过呢！"旁边一个六十岁的大爷开口道。

"是吗？效果怎么样，真那么神？"

"神啊！真神。我以前还从来不知道我有摄影天赋呢！我上了一个课程的培训，上回测大脑现在开发到了12%。"老大爷穿着个防弹背心似的摄影背心，肩上背着个沉重的摄影包，头戴某保健品牌赞助摄影协会棒球帽，全套中老年摄影爱好者打扮。

"真的假的？"

"假的。"

两人愣住了，这声音不来自他们任何一方。谢星星从书中抬起头:"准确地说,人出生时,只有不到3%的大脑被开发。但美国麻省理工大学最新实验室报告表明,随着人年龄的增长,那些冰山之下的大脑会丧失活性逐渐死亡。大部分人到了二十五岁左右,被使用的大脑实际已经从3%变成了95%左右。所以,从两位的年龄来看——"谢星星做了个遗憾的表情。

三秒钟之后,两人决定不理会这个神经病。

"我给你看看我的作品,"老大爷掏出手机给风韵残存的母亲演示,"你看,这张,还有这张。"

"嗯,唔,啊,嗯。"母亲显然也拿捏不好评判照片的尺度,受到谢星星那番话的影响,又拉住了儿子的手。

"我告诉你啊,我最擅长的其实是拍人体……"

"而且就算有什么科技可以开发大脑潜能,也不可能在这家培训学校。"谢星星又一次打断了老大爷。对方面露愠色。

"为什么?"事关儿子的命运——或许还有自己的,母亲不得不好奇起来。

"因为那个男人,"谢星星盯着屏幕上那个笑容可掬的中年男子——慧龄智力开发学校的校长,"我认识。"

"嗯?"

"他是个骗子。"

"石笋路站到了,石笋路站,下车的乘客请提前做好准备……"

谢星星站起来,把位子让给那个男孩,看到他正在用 iPad 看《天线宝宝》,她从口袋里摸出一颗糖:"小朋友,吃糖吗?"

对方欢天喜地接过去。她站起来认真地对他母亲说:

"神童的梦想……您是不是好莱坞电影看多了?"

地铁门在那位母亲的面部表情扭曲成几何图案前缓缓合上。

如果说世界上有什么事是谢星星无法做到的——

一是戒糖,二是表演。

所有和人打交道的方式都是一种表演。这就是为什么她没法表现得像个传说中的,但更接近大众眼里真实的心理咨询师。

"李小姐,你哭的时候有没有照过镜子?"

面前这位捂着心口的女孩终于从两行清泪中抬头,茫然地看着谢星星,摇了摇头。

"那你男友出轨之前,你是不是经常哭啊?"

"……什么意思?"

"你下次哭的时候照照镜子,就知道你男友为什么出轨了。"

病人彻底愣住了。她看着谢星星,对方不像是在开玩笑。她没搞明白这是什么状况。

不是,是没搞明白,我花了四百块来倾诉不幸,你确定这就是你要对我说的?

"还有,我觉得你应该试着瘦瘦身。哎对,我有个好朋友是学体育的,他在电台有一档健身节目,每周四晚上 103.9 兆赫……"

女孩站了起来,把手里的纸巾揉成团往谢星星面前的桌上用力一甩,转身走了出去。

然后又大踏步走回来:"你大名什么?我要投诉!"

"你看你还有愤怒这种情绪,行动力也很强,说明你没有抑郁啊。"

对方的脸色非常难看。

谢星星从桌上的盒子里拿出一颗糖:"那,李小姐,吃糖吗?"

"这是这个月第几个投诉了?!"饶是新望心理咨询中心的老板邱自愈吃斋念佛,每年花收入的三成做慈善,此刻也不免音量放大。已经花三成做慈善了,怎么能再给员工做慈善?

"第……十个?"

"这个月你拢共才十一个咨询者!"

谢星星对唯一那个没投诉的病人倒也没心存感激,她记得不错的话,那应该是老同学李超然。

"谢星星啊,我知道你是李立秦介绍来的,又是名牌大学毕业。说什么你在心理学这上面很有天赋,前途不可限量……"

当时说了让李叔叔别把那套忽悠人的技术用在帮她找工作上头,谢星星想。刚进来的时候邱自愈当捡了块宝,现在没过三个月,原形败露了吧。

"你知道我很器重你,才实习都没让你实习,直接就上职业岗的。"

"难道不是因为咨询中心缺人?"谢星星没忍住。

"……人是什么时候都缺的。你看你,我觉得你还是缺乏一点职业态度。"

"我知道,我有……"

"阿斯伯格综合征。李立秦跟我提过。但这不是你不职业的理由!"

"邱老师,国家二级心理咨询师资格证,我是考下来了的。"

"你没走心!"

"我……我走脑。"

"这样吧,下月开始,你补一个实习期。"

"啊?"

此时老板娘任雪敲门走进办公室,一阵浓烈的香气扑鼻而至,邱自愈立刻堆笑站起。

"亲爱的,你今天不是洗车去了?"

"临时接了个团体咨询的大单,赶回来签合同。"

"哇,你真厉害!"

"厉害的是你,能把我留在公司里。"任雪眼波流转,放下合同,转身离开办公室。走前注意到谢星星,"这是……?"

"新来的咨询师,谢星星。"邱自愈介绍。

"哦,我听说了,就是那个二十三岁博士毕业的?"

"不,是肄业……"谢星星纠正她的说法。

"那也很厉害了!"

"一般厉害。"

"哈哈,好可爱!啥时候来家里吃个饭?"

"就下周吧。"邱自愈拍板决定。新来的员工去老板老板娘家吃饭已经是个不成文的规定,谢星星暗自害怕的这一天,无论如何还是来了。

任雪走出办公室。也许是谢星星的错觉,她觉得邱自愈舒了一口气。

"跟谁啊?"

"我和任老师啊。"

"不,我问的是,实习跟谁?"

邱自愈盯着谢星星那身搭配完全错误没有任何美感的职业装。

"跟我。"

2

"现代科学证据表明,人的大脑只有不足10%被开发利用……"

谢星星走过张贴着各类夸张海报的围墙,转身进了大门。这是一个在W大后门的僻静角落,楼房按理说还是属于W大的,只是被租赁者花言巧语签了一纸长达五十年的合同。和W大那百年古典面貌的建筑不同,占地也就几百平米的建筑连同外墙,被重新设计成了浪漫主义建筑风格,钢筋混凝土走路易斯·康路线,一看就挺贵。

不过没关系,租得下这个地盘的人,自然也有能力赚到更多的钱。

进门是一壁的高清大屏显示器悬挂，每个屏幕上都有不同的人做着看起来相当厉害的事：七岁的男童和国内著名围棋大师在屏幕上对弈，大师面色凝重；前一秒还展现着精湛花样滑冰技术的女孩，后一秒从溜冰场上下来就拄上别人递来的拐杖；白发苍苍的老人在拳击台上大汗淋漓，面露胜利的微笑，左拥右抱四个美女，看上去在那方面也毫不吃力……

看起来每个人都是天才。

前台一如既往人头攒动，大部分是带着孩子来的父母，吵闹声、叱责声、厮打声兼而有之。

有小孩的地方，就有……江湖。尤其还是在这么一个地方，每个父母都暗自揣度着自己孩子和周围孩子的智力差距。培训中心的创办者显然深谙这些小心思，因此费用最高的班对报名者的资质要求也最高。

这表示我们提供最好的服务，却并不会去屈就那些偏低的门槛。肯到这里来的父母，哪个也不会在这方面表现得缺乏自信。

他们还真相信世界上有潜能这回事。

多亏了《雨人》《超体》这样的电影，好莱坞功不可没。

"不是我营销做得好，你要是有孩子，你也会相信。"创办人曾经这么回答谢星星的疑问。

谢星星走过这些显示着同样广告文字的屏幕，直接穿过大厅，七绕八绕，无视一块"工作区域，严禁擅闯"的牌子，走到一处大门前，娴熟地输入密码。

里面是一个不小的摄影棚，看起来不输工业光魔的后期制作流水线。

刚刚显示器屏幕上那两位对弈的男孩和某著名围棋大师刚刚结束广告拍摄。大师从绿屏走下来，旁边助理递上毛巾，工作人员上前补妆，顺手塞了一个鼓鼓囊囊的红包："导演说想再补几个镜头。"大师撇撇嘴，让助理收下红包。

副导演赶紧上前对男孩说戏："表情再自信一点。你演的是神童！"

男孩可怜巴巴："可我真不会围棋啊，五子棋行吗？"

谢星星对这一切司空见惯，穿过大棚走入一扇看起来相当破的小门，不知道的人还以为那是个道具仓库。

推开门，里面一位五十岁左右的男人正躺在椅子上闭目沉醉在音乐里，手指不自觉在腿上弹奏。听到激情处，不禁大喝一声："好！"

谢星星挑了挑眉毛，径直走到房间角落，把留声机的指针拨到唱片上。

巴赫的十二平均律这才悠扬传遍整个房间。

"哎，星星你！"这位慧龄智力开发学校的校长不满地睁眼，他知道来者是谁。

"李叔叔，你又忘了拨唱片了。"

"拨不拨都是一样。"

"不一样啊，我又不像你，光凭脑子就能听音乐。"

李立秦站起来，走到留声机边上，换了张唱片，"我刚'听'的也不是这首。"

老鹰乐队的《加州旅馆》传出来。

"我可以让你也听到。"

"别,我还是想听它自己发出来的声音。不过……"谢星星仔细琢磨,"您现在都能复盘这么复杂的 Solo 了?"

"哈,最近好像是,能听到的曲子越来越混沌了。"

谢星星盯着他,"还真是像你们广告上说的,老年人也有第二春。"

"我比你爸年轻!"

"我爸早停在四十岁了。"

"他要活到现在肯定比我显老。"李立秦话一出口有些后悔,这玩笑是不是开得稍微有些过?但看谢星星面不改色,也就放下心来。一个人得阿斯伯格综合征,周围人全是阿斯伯格综合征。跟这类患者打交道,完全不用考虑礼貌的问题。他们永远体验不到什么叫冒犯。

"你今天怎么不上班?"

"我……"谢星星想着怎么才能告诉他自己工作上的成就,最终决定还是不说,毕竟自己因为博士论文掀起了轩然大波而没有拿到结业证之后,多亏了父亲这个老朋友帮忙才得以混口饭吃。她也不是全然感觉不到一些人类初级情感。

"你要是干不下去了,还是可以来我这儿工作的。"

"你怎么知道我干不下去?"

"我用脚趾头都知道。"

作为看着谢星星长大的人,李立秦可能比她那个埋头科研、和她性格如出一辙的父亲，还有她那位乐观得不闻伤心事的母亲都要了解这孩子。

"李叔叔，你知道我的正职。"

"我知道，但你来我这儿一样可以研究啊。"

"……说实话，您这儿会有真正的潜能者上门才怪。"谢星星补充道，"哦，我是说除了您啊。"

"你别说，我上个月还真招到一位……能心算 10,000 以内加减乘除开平方根的。"李立秦想了下，"速度是可以，就是准确率还有待提高。"

"李叔叔，"谢星星认真起来，"我需要的是像您这样的，能在只听过一遍帕格尼尼的情况下写出完整曲谱的人。真正的潜能者。"

"除了自娱自乐外没任何用处。"李立秦自嘲。

"不，能帮我搞清楚——"谢星星轻轻吐出那个词，"Skinner 的完整表达式。"

听她说出这个词，一向嘻皮笑脸老不正经的李立秦也正襟危坐起来。

"你爸都研究那么多年了……"

"就是因为这样，我才没法放弃。"

"世界上到底有没有真正的潜能者？说真的，连我这个所谓的半天才都将信将疑啊。"

"您广告上倒是说得笃定。"

"骗人最重要的是自信。但你……"李立秦看到谢星星包里那本露出一半的书，《和男神共进晚餐的一百个礼仪》，"我觉得你的当务之急还是谈恋爱！去世界各地旅游，吃好吃的，看电影，像普通女孩那样生活。"

"我哪里不普通了？"谢星星疑惑地问。

李立秦看着谢星星外套下面露了一半领子的实验室白大褂，脚上的 NB 运动鞋，脸上——看得出来努力学习过基本化妆技术，但还是失败地晕了一脸的眼线。

"你知道 Jo Malone 吗？"

"……是哪个新出道的乐队？"

唉。李立秦从抽屉里掏出一瓶 Jo Malone 的香水递给谢星星，"不是我哦，Maria 给你的。"

"Maria？您那个新助理？"

"不，你说的是 Shirley。"

"那是那位女摄影师？"

"……那是 Vivian。"

"好吧……您是不是也该考虑正经结个婚啥的？"

"你妈愿意改嫁啦？"

"我还是叫您叔叔比较舒坦。"

"切，这是我给你的。"李立秦又拿出一大盒巧克力。谢星星接过来，以她对甜食的消耗能力，这三斤巧克力也就能撑两天。

"现代科学证据表明，人的大脑只有不足 10% 被开发利用……"

李立秦起居办公二合一的这个房间背后,巨大的银幕又开始循环播放慧龄的广告了。

人出生时,只有不到3%的大脑被开发。随着人年龄的增长,那些冰山之下的大脑会丧失活性逐渐死亡。大部分人到了二十五岁左右,被使用的大脑实际已经从3%变成了95%左右。

但是,只要能让95%变成96%,甚至95.005%,都可能让一个平庸的普通人变成天才。

甚至是——超人。

谢星星的父亲谢时蕴终其一生都在研究潜能这个课题,他试图搞清楚那些自然生发的天才和普通人之间的区别,找出一条让普通人通往超人的路径。

这个持续了他大半生的计划的结果叫作Skinner。

以谢时蕴非常尊敬的美国行为主义心理学家斯金纳的名字来命名,这多少反映了他的心理学观点:任何人都可以经由刻意训练而习得任何行为。

Skinner就是一款可以开发任何人大脑潜能的药物。

要不是父亲十年前死于一场车祸,谢星星本来可以继承到更多有关Skinner的研究成果,而不是像现在这样,只能从父亲生前的手稿里推测有关Skinner的猜想。

自然,虽然极有天分,有关潜能的博士论文也仍然因为学界不承认这种谵妄痴语的假说而遭到所有答辩导师的否定。

"谢星星,你很聪明,但是你应该也发现了,"导师看了看站在她背后那些等着被指导的其他学生,"你有的东西,他们没有,一辈子也不会有。而他们有的东西，你恐怕也不会有。"

"假说就是假说，没有临床案例，没有数据，你的论文不可能通过的。"

"谢同学，你有什么了不起？你爸是疯子，你也是。"

"为啥要借你图书证啊？你自己的还不够用？喂，这么装就有点过了啊。"

导师、系主任、同学……他们离她都很远。

谢星星当然不在乎所谓学界这样一种保守、过时、拾人牙慧的存在。

可惜没法在学界混饭，她就没有充沛的资源继续她的研究。

李立秦又轻微地摇晃起来，不知他现在在听哪首曲子。如果不是他在音乐方面有这天生独特的技能，光凭他没上过大学、从年轻时到现在都靠坑蒙拐骗生存，父亲大概是不会和他成为好朋友的。

谢星星也需要这样的研究对象。

她咬了一口巧克力，哦不，还有后援团。

"李叔叔。"

"嗯？"李立秦停下脑中演奏的 Beatles。

"你为什么相信我爸？"

李立秦愣了一下，回忆起那个早已模糊的身影。"我也不知道，大概是因为，他相信我吧。"

背后大屏幕上的广告恰好放到李立秦自己的那一段，维也纳金色大厅，在他的指挥下，一位钢琴家正在进行演奏，镜头拉近，那位钢琴家的手指原来并没有碰到琴键，而是通过李立秦大脑里的共振将音乐传送到他的大脑里去。两人就这样进行着一场无声的音乐演奏。

"请他您花了多少钱？"谢星星把嘴努向那位音乐家。

"哈哈，他我可请不动。他本来是世界上弹莫扎特弹得最好的人之一。那次是他求我帮他，他的最后一场演奏会，他因为意外失聪了。"

谢星星把目光收回来，吸了一口气，准备告诉他一件很重要的事——这是她今天来的主要目的。如果有谁应该第一个知道这件事，那准是李立秦没错了。

"李叔叔，我来其实是想跟你说，Skinner，已经进展到了1.1。"

"什么？你……"李立秦的表情变了。

谢星星点点头，"我最近调整了一下分子式。"

"新版本在哪儿？"

谢星星从口袋里掏出一颗花花绿绿糖纸包装的东西，剥开来，那是一颗看上去更像水果硬糖的东西。

"在这儿。"

谢星星走后，李立秦没理会她的"一定要遵照我指导才能服用"的叮嘱，揭开包装纸，舔了一下。

"甜的？"

3

"立春过后，我们已经不知不觉迈入春季。俗话说，一年之计在于春，对于养生也是如此，在新的一年里开个好头，让一切都顺着好的趋势去发展，养生就能够事半功倍。那么，怎么做是事半功倍的养生方法呢……"

赵芬奇一边不经大脑地信口开河，一边在电脑文件夹里选歌，跳过了 Nirvana，跳过了 Radiohead，还是没能在 Metallica 那里跨过。

"说到养生呢，就不能不提到音乐，美国上世纪八十年代后期，正是欧美摇滚乐坛上'重金属'音乐的鼎盛时期，有一支乐队像一股洪流一样冲击了整个乐坛，这支乐队，就是大名鼎鼎的 Metallica ……"

赵芬奇沉浸在自己唾沫横飞的讲述中，完全没注意到导播间导播的脸色越来越难看。Unforgiven 响起，导播终于冲进来。
"赵芬奇，你犯什么浑呢？！"
"怎么啦老陈？"
"咱这节目是《养生人讲堂》，不是《摇滚天堂》！"
"我也没跑偏太多啊。"
"你都重金属了还不偏？！听这节目的老头老太知道你这讲的是什么玩意儿吗？待会儿下节目你看看，指不定谁家氢化砷中毒！"
"那我下次不讲重金属了，我讲……我讲迷幻电子。"
"你再这样我要报警了我告诉你。"

"那我讲……"

"你就老老实实给我讲养生!开胃消食,补气固表!"

"老陈你冷静点,音乐是广播节目必不可缺的一环。"

"音乐是可以有,但你不能把每档节目都播成《摇滚天堂》!"

"那就让我开一档《摇滚天堂》呗。"

"老年夕阳红广播你开《摇滚天堂》?"

"老年人也有听摇滚的权利。"

"他们没有听摇滚的身体!"

音乐眼看要结束了,老陈抓紧叮嘱他:"记住啊,开胃消食,补气固表。"

"……行吧。"

赵芬奇放弃了抵抗,把音乐播下去,继续这档早八点的养生节目,也只有五十岁以上的人会保持八点前起床吃饭听广播的生活习惯。

不能听摇滚,这和死了有啥区别?赵芬奇为他的节目听众暗暗默哀。

"春天肝气升发,肝在情绪上主怒,大家可以留意一下自己最近是不是火气渐长,爆发指数增加?如果是这样,就更需要注意控制情绪,不是说不能发火,而是说要在生活中多给自己找乐,比如说,多……"

赵芬奇看了一眼玻璃窗外的老陈,对方正死死盯着自己。

"多看喜剧,多听相声和笑话,保持情绪通畅,心情愉快其实就是养肝。肝在五行中属木,肝木克脾土,所以,开春后要多注意脾胃的保养,在饮食上,适当地加点甜味,减少酸味,会有益于养生。"

赵芬奇心思又开始在一旁的屏幕上游走。

"……再有一个,就是多听音乐。"

老陈的脸果然又开始抽动了。

"下面,来听一首 Old School。"

蒋大为的《北国之春》缓缓响起。

"故乡啊故乡,我的故乡……"

蒋大为这句还没唱完,谢星星就被邱自愈提溜到了他的门诊室,也是咨询中心斥资最多的一间咨询室。全美国乡村风装修,参考的据说是林肯在美国南部老家书房的摆设,结合弗洛伊德在维也纳大学旁那间接待过各种历史名人的精神分析室。南北朝向。向佛。

当然了,邱自愈没真的去过美国南部和维也纳。这一切都是听他老婆任雪的意见。新望心理咨询中心能在H城做到首屈一指，尤其是在情感咨询这块儿名气极大，创始人邱自愈和任雪的爱情神话至少占了一半功劳。

关于这对伉俪的传奇故事，谢星星进公司许久了，也没怎么关心过，还不如后进来的同事佳佳了解，据说两人是在松赞林寺阴差阳错，一见钟情，干柴烈火，闪电结婚。

"好浪漫。"说完佳佳自己先感动起来，好像她才是爱情故事的当事人。

按照邱自愈自己的说法，是有佛祖的加持。

两人爱情的结晶，就是这家咨询中心。

于是当谢星星坐在一旁，学习邱自愈是如何耐心亲切地倾听这位一米八壮汉一把鼻涕一把泪的情感故事时，心里倒真不由得佩服起邱自愈来。

这心理素质，不愧是佛祖加持过的。

"我不明白，我对她这么好，她为什么还会离开我呢？"

"有可能是你没想到的一些原因。"

"比如呢？"

"比如……你可以先跟我聊聊你自己啊。你平时有什么兴趣爱好？"

"陪她看电影，陪她逛街，陪她看足球，哦对，还有给她做饭。"

"……你就没有，那个，单独的，一个人做的爱好？"

"看AV。这算吗？"

"……也算。"

"说到 AV 啊,我最近……"

"我还是想听听你在烹饪这方面的技术。"

谢星星努力分散自己的注意力,试图辨认那一壁书架上究竟都有些什么书,但视线屡次被书脊前面的老板伉俪合影阻挡,于是她开始默背《出师表》。

一上午的实习咨询结束,邱自愈问她:"说说你有什么心得。"

"菜做得再好,也留不住一个女人的心。"

"我说的不是这个!"

"那,那没有了。"

"控场。看看我在咨询的时候是怎么控场的。你不能被病人带跑你知道吗?当然了,你也不能硬碰硬,得顺着他们的话说。"

谢星星突然对邱自愈感兴趣起来,拿他做 Skinner 的实验品,应该比赵芬奇效果好多了吧?

她也不知道这个学体育却连毕业考试都找代考的青梅竹马,是有着怎样的抗药性,以至于 Skinner 在他身上完全无效。一直以来她都怀疑自己是不是在走一条错误的路,父亲指明的方向完全不对。

直到昨天李超然再次出现在她的咨询室。

"上回那个药,我还想再要点儿。"

"药?什么药?"谢星星奇怪地看着他,这小子浪费了八百块还嫌不够?

"你当时不是给了我一颗药嘛。"

"我给你的是一颗糖啊。水果糖。超市二十块一大包。"

"不不不，不是糖。哦，我懂了。"李超然站起身来，靠近谢星星，压低声音说，"违禁药品？"

谢星星疑惑起来。难道是我把Skinner当糖果给了他？

"你……为什么还要？"谢星星决定试探一下。

"开什么玩笑！"

"啊？"

"有这种好东西你不早告诉我！"

"什么意思？"

"别装糊涂了。"

李超然把他如何运用从天而降的催眠能力唬得全公司一愣一愣的事，原原本本告诉了谢星星。

这下完了，真给错了。

不对。

谢星星突然反应过来。

这么说，我成功了？

谢星星沉浸在不敢相信的震惊中，完全听不见李超然表达他的殷殷期盼。三年前她终于依照父亲留下的资料和数据开发出了Skinner1.0，这三年她只有两个实验对象：赵芬奇，和她自己。

样本之小，她只能选择设计严格的实验室实验。

一开始她只打算在赵芬奇身上实验，直到实验了一年都没起到什么效果——这家伙还是一样身体虚弱、头脑发昏、无可救药，以及，痴迷摇滚乐——她这才小心翼翼地在自己身上做了一次实验。

什么也没发生。她也还是一样的容易得罪人。

直到半年前她突然发现父亲的一个小小的错误。

只是一个数据的运算错误。

然后就有了 Skinner1.1。

她还没在任何其他人身上进行过实验。

现在看来，实验对象从 0 变成了 1。虽然是意外。

李超然还在那里大呼小叫，谢星星好不容易让他冷静下来，一一问清了整个情况。

然后她在心里点了点头。

首先，Skinner 确实产生了作用。在李超然身上，效力持续了三十六小时。他获得了某种催眠的能力。在药效作用内，他可以让任何人——不，现在还不能确定是所有人，但就当天情况来看，至少是十八到四十五岁的男性和女性，以及他自己，陷入催眠状态。

答应李超然一周后会再给他一颗药之后，谢星星继续在笔记本上默默记录：

其次，催眠需要道具：怀表。被催眠者的睡着时间由怀表拨动的时间决定。其中原因尚待研究，但很可能和潜能者的个人经历、在催眠上的过往经验以及他独特的行为习惯有关。

再次，除了催眠这项能力之外，潜能者其他方面的能力没有显著开发。这是否意味着，Skinner 在不同的人身上，激发出的潜能是不一样的？

谢星星在最后一句话上重重画了两条线。

她需要更多的被试。

4

三天过去了。

"真什么变化都没有？"

谢星星说这话的时候，赵芬奇正把谢星星母亲熬的干贝海鲜粥往嘴里送，压根儿没工夫应对她连续三天的审问。

"不可能啊，你就这么特别？"

赵芬奇喝完了最后一口粥，然后满足地擦擦嘴。

"早跟你说过，我可是要当中国柯本的人。"

"真见了鬼了。"

谢星星的母亲苏造方又端来一盘做得跟艺术品似的包子，赵芬奇犹豫了半秒，然后咬下大半口："谢谢啊苏阿姨，不过您不用费劲做这么精致，我都不知道是该吃还是该供着了。"

"这孩子最近怎么了？什么都不吃怎么回事？"苏造方没理他，而是看着一无所动的谢星星，"也是不好意思下口？"

"估计又是相亲失败吧。"

谢星星呆了一下，"你怎么知道？"

"我不知道,我只是根据你每个月相亲失败一次的频率来推测,"赵芬奇看了一眼墙上的月历,"又到了每个月的那几天了。"

"你……!"

"相什么亲啊?就你俩不挺好。"苏造方打岔,一边把吃完的盘子收走。

"苏阿姨,您这话说的。我可是知名广播电台主持人,约我吃饭还得先拿个号。我跟她啊?"

"哎,你别动!"

谢星星盯着他,看得赵芬奇一阵头皮发麻。"咋了?"

"你还说你没变化?我看你饭量提高了很多啊。"

赵芬奇放下手中吃了一半的包子。

"我不跟你多说了,得赶《养生大讲堂》。"鞋穿到一半,赵芬奇又回头冲着谢星星喊:"你还不赶紧在你身上试试!说不定能治好你这个斯德哥尔摩综合征!"

"是阿斯伯格综合征。"

赵芬奇的话却在她心里产生了涟漪。她走进洗手间,站在镜子前,看着自己的脸。三天了,在给李超然第二颗药之前,她必须得找到第二个人实验。

谢星星掏出了一颗花花绿绿的糖果,苏造方走进来。

"你最近吃糖是不是太多了点?"

"这不是糖。"

谢星星撕开糖纸,把药咽了下去。

什么变化都没有。

谢星星灰心丧气地坐在邱自愈的身后。又是三天过去了，那颗 Skinner 在谢星星身上仍没有产生任何特殊效果。她还是得像现在这样，坐在老板后头学习他所谓"控场"的技术。

就连耐心这方面，也没有丝毫提升。

"真的是要谢谢你邱医生。"

"哪里哪里。你们能够和好，主要还是靠你们自己解开了心结。"

"不不，没有您当时的开导，我真的可能就放弃了。"

"我也只是助人自助。"

"总之，太谢谢您了！上回跟您聊过，我突然就觉得，我们真的还有希望，我甚至觉得我们能结婚！"

那位一周前来这里一把鼻涕一把泪的一米八壮汉，牵着娇小女朋友的手，给邱自愈递上一面锦旗，上面写着四个字："妙手回春"。

"那是好事啊。"

"是吧！所以我当时就直奔蒂凡尼，买了一个钻戒。果然啊，Jenny 她就答应和我复合了。"

"你确定不是因为你买了钻戒？"

一米八壮汉和他女朋友都愣住了，没想到这个坐在邱医生后头的实习生还会说话。

"小谢！"邱自愈一边示意她闭嘴，一边拿起桌上的拍立得，"来，帮我们合个影。"

谢星星只好接过邱自愈的拍立得，为这令人感动的医患关系留下一张证据。

一米八壮汉搂着女朋友，邱自愈搂着他俩，两人一起拿着锦旗，背景是弗洛伊德精神分析大家庭图谱：荣格、弗洛姆、克莱茵。

咔嚓。

女朋友迫不及待把相纸拿过去甩动，谢星星按捺住不去提醒她这对加速显影没有任何帮助。

"哇，出来了出来了。亲爱的你看，我的钻戒真的好闪啊！"

一米八壮汉接过照片，附和道："真的。"

然后传到邱自愈手上，"这照片我就当广告放这儿了。"

最后照片又回到谢星星这里。她本没有兴趣看，但一瞬间却愣住了：

一米八壮汉鼻青脸肿，脖子上五条血痕，眼泪汪汪抱着女朋友的大腿，他女朋友搂着另一个陌生男人。

邱自愈则坐在一旁看书，仿佛另外三人的存在和他没有关系，是在另一个平行时空。

背景倒还是这个咨询室，家具位置换了方位。

谢星星以为自己看走眼，再仔细看，墙上的精神分析大家庭图谱里赫然多了个不认识的头像，形似邱自愈自己。

这张照片拍得压根儿就不是刚刚那幅画面。

真是见了鬼了。

"邱老师，你这相机在哪儿买的？"

"啥？"邱自愈不知道她又要说什么，"日本买的。"

"那，它是不是有什么特殊功能……比如，整蛊之类的？"

"你到底要说什么?"邱自愈有点不耐烦了。

"不然,你们拍出来怎么会是这样?"

"哪样?"

"就是……这样啊。"谢星星把照片递过去。

邱自愈接过来,看了照片一眼。"谢星星,你替我送送这两位。回来我有话跟你说。"

邱自愈俨然一副神色如常的样子,仿佛完全不觉得那照片有什么特别——如果说唯一有点不自然,那也是针对谢星星刻意压制的不满。

谢星星只好送两人到门口,她实在忍不住:"你们不觉得刚刚那照片有点奇怪?"

"啥意思?"一米八壮汉问。

"照片上你好像刚刚挨过打,"谢星星没说看上去就是你女朋友打的,"你女朋友搂着另一个男人……"

一米八壮汉怒了,"你说啥呢?!"

"我没别的意思,我只想知道是怎么回事……"

"小姐,你刚刚很不礼貌也就算了,现在又说我女朋友搂着别人,好像她背叛我似的,你还没别的意思?"

"对不起,可能我看错了。"谢星星看他确实不像演戏。

更重要的是,谢星星注意到他女朋友脸色完全变了。

送走两人后,回到邱自愈咨询室,邱自愈把门关上,谢星星闻到一股若有若无的香水味。

"小谢啊。你看看这是什么。"邱自愈把一封信扔在桌上。

Party 1　催眠师　　49

谢星星拿起一看，是寄给邱自愈的信，信封上印着 IPA。

"国际精神分析协会？"

"一年的考核期。"邱自愈清了清嗓子，极力做出一副风轻云淡的样子，"我不是觉得加入这个有多重要，但是，毕竟对咨询中心也是有帮助的。"

邱自愈拿起那张拍立得："所以，我希望咨询中心这一年能保持业绩。当然了，也希望你能稳扎稳打，好好发展，毕竟我和你任老师都是很看好你的。"

谢星星用逻辑推理了一番他这话的意思，还是不明白他想说什么。

"这张照片，你还是觉得奇怪？"

谢星星终于理解了，邱自愈是让她这一年少给自己添乱。

"不，不奇怪了。"

当然，她还终于理解了另一件事。

精神分析大家庭图谱。

"邱老师。"

"什么？"

"我能借您这拍立得用几天吗？"

5

谢星星站在股票交易大厅里。

她人生中，还没哪个三分钟像此刻等待手里这张拍立得显影时这样漫长过。

终于,照片上浮现出了一个大屏幕,各种红色绿色的数字。这是交易大厅的大屏幕。

谢星星兴奋地把照片上显示出的数字和笔记本上刚刚记下的数字作对比。

  上证指数:2315.60 # 2315.60

  深证成指:9418.20 # 9418.20

  交通银行:5.35 # 5.35

  中信证券:14.50 # 14.50

  中国平安:30.18 # 30.18

  ……

她的心慢慢沉了下去。

毫无区别。

这张照片和刚刚大屏幕上显示的数字毫无区别。

推测错了。

她拿出下面几张照片,拍的是她从咨询室到最近的交易大厅一路上的风景:

咨询中心门口的花园,还和拍的时候一样,修剪得干干净净的花圃,看上去没劲透了。

附近的公交车站,401路公交车正停在照片中央,一如既往地人满为患。

交易大厅门口的野猫，和刚刚看到的一样睡在那里，位置丝毫未变。

谢星星拿起最后一张，拍的是交易大厅里的人群。她抬起头，面前依然是散乱无章的各种人，照片拍摄的这一刻可以是过去五分钟，可以是现在，也可以是……未来的任何时刻。

不。

谢星星突然注意到了一个细节。眼前正站着一位穿红色外套的孕妇，她在大厅站了挺久，脸色阴郁，看上去买的股票不容乐观。

照片里也有她。

但是，照片里的她，小腹那里平坦一片，看上去并未怀孕。

谢星星又仔细对比了一下，确实是同一人，外套和鞋都是一样的。

她突然想起了什么，又拿起那张公交车站的照片仔细看。

车站发生了一处微小的改变：那里多了几道等候栏杆。怪不得她总觉得照片里有什么地方怪怪的，等车的人居然排起了队！往常她都要挤破脑袋才能坐上车。

她再看另外两张，花园和猫都没什么奇怪的地方。

一个结论渐渐在她心中形成。

照片里的这个女人，不是还没怀孕，是已经生完孩子了。照片显示的不是过去也不是现在，是未来。

她获得了某种看见未来的能力！

目前来看，这个能力必须要通过拍照这种方式才能显现，并且，似乎只有在人类身上才有效，也就是说，照片里必须有人，而场景的变化和照片中的人有某种因果联系。

所以,单纯的拍摄交易屏幕和没有人的花园,都不会呈现未来的样子。猫没有变化,所以拍摄动物也是没用的。

现在,她需要知道的是,这是未来什么时候的显影。

这很简单。

女人目测怀孕四个月左右,所以肯定是在五个月后。现在是立春,照片里女人还穿着这件厚大衣,说明不是夏天或者秋天。她的面容没有发生极大的改变,说明不是过去了十年以上。照片上她表情依然惨淡,说明股市没有好转……可惜谢星星对中国的股票市场一无所知。

下午三点,收盘了。大厅的屏幕上数字都消失了,切换成了一个巨大的时钟。

谢星星突然灵机一动,只要把屏幕上的日期和人同时拍进去,不就知道时间了吗?

只是,人群散去,现在屏幕下恰好一个人也没有。

她后退两步,准备找到一个合适的取景角度,等待时机,结果不小心踩到了一个人的脚。

"哎呀,对不起!"

抬头一看,是一位穿着黑色连帽衫的年轻男人,戴着深色棒球帽。

"没关系。"

对方正想走,谢星星脱口而出,"等一下。"

"什么?"

"我能……"谢星星想到了邱自愈教导他的控场技术,切换了一下说法,"我觉得你长得很像我喜欢的一个人,能跟你合个影吗?"

配以一张无知少女的崇拜脸。

"呃,好啊。"

谢星星凑上去,摆了个胜利手势,男人不知所措站在一旁,只好也比了个胜利手势,背景是电子屏幕上巨大的时钟日历。2016年2月14日。

咔嚓。

"谢谢。"

谢星星放下相机,准备走出交易大厅。

"那个……"男人叫住她。

"什么?"

"你,不需要个我的电话号码之类的?"

"哦,不用了。"

五分钟过去。

谢星星坐在附近的咖啡馆里,已经点了一杯咖啡坐下。

照片上那个男人没有什么太大的变化,还是那身衣服,帽子挡住半张脸。谢星星也没有变化,她不忍盯着自己那张佯装花痴却极其失败的表情细看。

背景的电子屏幕,日历显示的也还是这一天。2016年2月14日。

这就是刚刚的场景,不是未来。

怎么回事?

谢星星又拿起拍立得拍了周围的人。

等待。

没有任何变化。

换了手机摄像头试,也还是一样。

谢星星喝了一口刚刚端上来的滚烫的咖啡,现在只剩下一件事要确认了:看见未来的能力,是否和Skinner有关?

"小姐,买单!"

6

今天必须找谢星星再要一颗那个药。无论如何。

李超然穿上衣服,老婆帮他做了炒蛋和煎饺,已经放在桌上。这是本周连续第七天老婆起床帮他做早餐了。如果从他那天英勇拯救公司来算,则是连续第十天。

这大概是他结婚以来感到自己最有用的十天。可能也是这辈子以来。

然而药效过去之后,他没想到在公司受到的对待竟然比之前还要差。在连续第五次催眠失败之后,金老板不得不把他叫到办公室,"超然啊,我交给你的这几个都是公司金牌客户,你这样我真的很失望。"

"就因为是金牌客户,我才压力很大啊,神经衰弱。老板,再给我一次机会。"

"这样吧,你还是回原岗位,在普通客户身上多练练。稳定了,咱们再谈提拔的事儿。"

两天之后，随着他催眠能力的不再，别说提拔了，老板又开始动辞退他的念头了。要不是付出的代价太大，老板甚至怀疑那个撒泼的女客户是和李超然串通好的。

又过了两天，李超然在厕所隔间听到外面老板和小丁边撒尿边嘀咕："你说得付多少钱才让人家愿意吃屎啊？"

"说不定那不是真屎呢。提前备好的，拍电影不都这样。"

"啧，你说的也不是没可能。"

老婆虽然暂时回到了公司，但是也被调离了财务岗位，做了仓库管理员。"管理财务和管理仓库，都是管理职位，不是我不想让她回原岗位，公司上上下下都看着我呢。""出了这种事，你说你老婆她还值得信任吗？我让她去管理仓库，也是想考察她，适不适合继续做管理。""你别说了，我还没让她看大门呢！"

李超然心里知道，老板潜台词是，等着看自己究竟有没有真本事。

虽然老婆连续做了一周的早餐，但也从第一天媲美港式早茶的丰盛变成了现在的炒蛋和煎饺。煎饺是昨晚剩下的水饺做的，他夹起一块炒蛋，有煳味。

他把那块这星期在手里摩挲了无数遍的怀表放进上衣口袋里。他今天请了半天假，老婆走后，他打算直奔谢星星那里。

就在他正准备出门时，收到了Lily的微信，连续两条：

"下午我去找你。"

"看病。"

李超然没细想，今天必须再拿到那个药，必须。

从谢星星那里离开后，李超然才猛然咀嚼出了Lily微信的含义。不是下午去找他，和看病。而是"下午我去找你看病"。

哦，他明白了。这是要上他公司找他和他老婆一起摊牌的意思。

自从上回在公司回了她一句"去你妈的"之后，对方就没再发来过任何消息，李超然沉浸在获得超能力的喜悦中，也没顾得上这事儿。

一周的时间果然发酵出了一个大动作。李超然摸了摸口袋里刚刚从谢星星那儿要来的一颗药，犹豫起来。对方答应定期给他药，条件是必须全程按照她的指导服用，并记录自己的变化。而他们约定的服药时间是第二天早上八点。并且，谢星星认真地告诉他："绝对不能滥用催眠能力。"

啥叫滥用呢？李超然点头如捣蒜，心说你把我当什么人了？美剧里头的邪恶反派？我还会毁灭世界不成？

但为了每个月一颗的药，还是先不要忤逆她比较好。虽然一个月只有36小时的催眠神技是太短了点，但聊胜于无吧。

说不定以后我可以申请一个月就上36小时班呢。只要能保证长期稳定有这个技能，谁不把我当佛陀供着？

不对，我还上什么班啊！自己开公司。

也别开公司了，累。每个月就趁这36小时给一些权贵富婆们治治失眠，云游世界，成为一代催眠大师……

李超然越想越远，越想越美。但当务之急还是得解决Lily这个

Party 1 催眠师　　57

麻烦。他把药放回口袋，招手拦了辆出租车。

"去财富广场，越快越好。"

到公司的时候刚刚过十二点，一切正常，除了老板对他的旷工很不满意。李超然还想先找老婆劝她下午回家休息，就被勒令赶紧去工作室。"一位金牌客户正等着你。"

金老板看着他的眼睛："人家指名要求的你，你的神经恢复了吗？"

"我，我努力。"李超然只好先去解决这位客户。

金老板贴上去："这位客户很重要，黑卡，记着点儿！"

李超然不知道公司啥时候又多了一位黑卡客户，按理说这种年费在十万以上的主儿，拢共就那么几位。不知最近谁那么有能耐，又搞定了一个黑卡。

小丁，一定是小丁。李超然感觉压力倍增，但摸了摸口袋，又定下神来。

一个月后不知道谁是黑卡之王，走着瞧。

李超然推门走进去。

"等你好久了。"

他怎么也没想到这位黑卡客户，是 Lily。

呆了足足一个世纪。

"你怎么在这儿？！"

"不是跟你说了吗，下午找你看病。"

"我操……"

"我操？"

"不是，你看什么病啊？"

Lily保持双腿交叠的妩媚姿势，左腿换到右腿。差不多半个月没见到她了，凭良心说，今天她这身皮草短裙配合户外接近零度的低温，再加上一脸楚楚可怜的妆容，李超然瞬间想起了当初为什么会迷上她。

Lily站起来，脱掉皮草小外套，内里一身闪亮黑色露背裙。

"心病咯。"

这套行云流水极度魅惑的动作让李超然立刻从迷梦中惊醒，丫今天穿这一身绝对是有备而来。

李超然脸上挂笑："心病？什么心病？是不是我这几天忙，没去找你，想我想的？"

"你怎么这么聪明呀。"Lily媚笑着走近他。左手勾上李超然的脖子，"聪明到把我当傻逼是吧。"

李超然心中一凛。他本指望再拖几分钟。

"哪儿能呢！宝贝，我就是这几天太忙了，没去看你。你生气了吧？"

"别来这套。前几天你不还牛逼吗？'去你妈的'？"

"那是发错人了。"

"呦，发错人？谁啊？我倒想知道，除了我还有谁能让你发这么大火？"

操。李超然心想你丫知道还故意玩我？冷静。先把眼前这关对付了。

"看你这话说的！你什么时候让我发过火？爱你都来不及。宝贝，就是一个客户。真的是发错人了。"

"真的？"Lily斜眼睨着他，看上去倒有三分相信了。

"真的！你不知道，我这段时间在公司可惨了。"

"哼。"

"今天难得你来，下班后我陪你吃饭看电影吧。"

"你老婆呢？"

"她啊，她……"李超然一阵心虚，"她今天请假在家呢。"

"请假？"

"她身体不舒服。"李超然想赶紧切换掉这个话题，"对了，你怎么成了我们公司黑卡客户了？"

"怎么了？我一直都是啊。"Lily松开李超然，坐回椅子上，满不在乎地玩指甲。

李超然突然感到一阵头皮发麻："我怎么从来不知道？"

"你不知道什么叫黑卡客户吗？"Lily扬起半边脸看他，"有专享的治疗师，专享通道。我又不是你的黑卡客户，你怎么会知道？"

李超然哑然，她说得也不是没道理，问题是，她为什么要瞒着他刻意来他们公司做治疗？显然是针对他而来。

"你……在我们这儿做多久了？"

"三……你管那么多干什么？怎么，心虚了？"

"我心虚什么呀，你又不是那种会找我老婆撕逼的人……"

咨询室的门突然敲响了，前台的脑袋探进来。"李超然？"

"啥？"

"你老婆在找你呢。"

"啊？"

"说是急事。"

"那，"李超然看了一眼Lily，"我出去一下。"

"别呀。"Lily看着他，"让她上这儿来。"

"这……不好吧！"

"有什么不好？"

气氛一时僵住，Lily拿出手机来，"我让她来的。"

"你——"

李超然脑袋炸了，原来她早准备好了。他示意前台先出去，关上门，反锁。

"你这是干啥啊小祖宗？！"

"你刚不是已经说出来了吗。"

"咱们有话好好说，何必闹成这样呢？"

"我给了你一个月时间考虑了，你不理我啊。我也没办法。"

门外一阵敲门声。

"超然？"

李超然认出那是他老婆的声音，不由得脱口而出：

"你别玩我了好吗！你又不是真的爱我，干吗非得逼我到这步啊？"

Lily一时愕然，流露出一丝复杂的眼神。李超然心中一动，难道她对我是认真的？

"我不管，今天咱们就把话摊开了说吧！你让开。"Lily作势就要上前开门。

李超然一拉，谁想把 Lily 衣服扯了道口子——

她已经站在了门口，就要把门打开。

完了。

李超然闭上了眼睛。

7

"星星啊，我跟你说，你今天一定要陪我！"

"不行，我真的有事。"

"哎呀你就陪我一晚会死啊？"

"你又没事。"

"怎么会呢？我这次真的有很重要的事要跟你说。"

"又是哪个商场打折？还是什么韩国偶像团体要来国内了？"

"不不，是关于……那个的。"

谢星星花了三年才在王天依的训练下建立起对她那套话语系统的条件反射，因此，她很快明白对方在电话那头说的是什么东西。

"好吧，你又看上谁了？"

"这次绝对是真爱我告诉你！"

"我想想，这是你今年第……五次真爱了？以及，现在是二月。"

"这个绝对不一样！一见钟情。我跟你说你今天一定要来听我……"

"不行。我得挂了。"

谢星星打断了这位，或许说是她唯一的——还谈不上是闺密的——女性朋友，王天依。如果不是今天真的很重要，她或许会答应对方浪费两个小时去聆听关于她情感生活的最新进展。毕竟对她来说，也是一场有关社会化的学习。

"挤什么挤！挤什么挤！"

61.8%，谢星星挂上电话后，从人群中退回到公交车站，在心里默默把每次平均能够挤上公交车的百分比又调整了一下。

"早晚挤死你们！"

同样没挤上公交车的一位大叔恶狠狠地说。满员的公交载着一车好像面无表情的僵尸般的乘客向前开动。谢星星摸了摸瘪瘪的钱包，决定还是走路去李叔叔那儿。

"哎哟！"

后面传来一声惨叫。谢星星回头，发现是刚刚那位大叔被公交拖行倒地，原来是被挤下来的时候，车门恰好夹住了他的衣服。

大叔大呼小叫，周围人都围了上去，公交车终于停了下来。

谢星星见已经有人掏手机打急救电话，有人上前去扶倒地的大叔，没自己插手的余地，便转身继续默默前行。

突然一个念头击中了她：该不会就是因为这个事故，公交车站才多了后来她在拍立得上看到的那种排队分流栏杆吧？

她又掏出那几张拍立得出来，它们已经变回了普通的样子。她看见未来的效果大概只持续了五秒钟。

所以第一次在邱自愈咨询室"看见未来"时，对方最后一次问她"照片还奇怪吗"的时候，她说的的确是实话。

那时，那张照片已经变回了邱自愈和那两位来访者的正常合影。

现在，那张公交车站的照片也变回了人挤人的原始模式。

谢星星又拿出那张她和陌生男人的合影，背景上巨大的电子日历。

"今天必须要搞清楚你会变成哪一年。"

晚上八点，慧龄智力培训学校灯火通明。

不少孩子上的是晚间班，白天去正经学校上课，晚上再来开发一下大脑。不知道这些家长是怎么想的，他们不知道在经过长达八小时的学习后，对大脑来说最好的开发是休息，而不是继续学什么快速计算法按摩大脑吗？

谢星星绕开在门口等待接孩子的家长们，他们看自己的眼神充满深意——少小不努力，长大补智力。

绕过整栋一体大楼，靠近后门的地方有个小房子，非常不起眼。必须要把手放上去才会触动密码锁机关。谢星星输入密码，推开门。

这可能是国内唯一一个没有收录在美国公布的脑科学研究机构学力排名上的，心理学实验室。

慧龄智力培训学校的广告没有说谎，"顶级豪华导师配置，一流教学研究设备，世界先进网络平台铺轨"……

的确是完整一流的神经科学设备，不输世界级科研机构的fMRI和EEG实验水平。

至于导师——

谢星星从锁着的柜子里拿出那些发黄的手稿,在柜门上谢时蕴的照片那里愣了一下。

如果她真的具备了看见未来的潜能,会不会从这张她已经看了十几年的照片里看出别的东西?

照片是在一个公园里,谢时蕴把手搭在头发剪得极短、像个男孩子的谢星星肩膀上,两人对着镜头,都十分严肃。

"你迟到了。"

"我没挤上公交。"

谢星星关上柜门,李立秦穿着一身实验室服站在门口。以前坐在椅子上接受各种测试的他,现在却成了实验者,或者准确地说,是谢星星的助手。

"准备好了?"

"嗯。"

"这回不会又像上次那样搞错了吧?一颗糖还害我兴奋紧张老半天。"

谢星星谨慎地拿出 Skinner 舔了一下,"没有。"

李立秦放弃了告诉她"这是笑话"的打算。

"你干啥非把药做得跟糖似的?"

"你问住我了,我没考虑过这个问题。"

十几年前,李立秦和谢时蕴有过一模一样的对话。这一刻他不禁感到恍若隔世。

"下次我会考虑换个样子的。"

谢星星换好了实验室的蓝色外套,李立秦帮她洗发、清洁头脂、固定头皮电极、测量头皮电极阻抗……步骤一如谢时蕴当年对他做的那样。

做好一切准备后,李立秦架好三脚架,那是一台高速摄影机,对准谢星星。一旁有另一架长焦镜头的数码相机,对准的是对面的教学楼,它能把那些开小差的孩子在看什么漫画都拍下来。相机连着打印机,随拍随打。

谢星星打开录音笔:

"2016年2月15日,八点二十五分。第二次服用Skinner。"

一个小时。

两个小时。

三个小时。

李立秦被自己的鼾声惊醒,才发现已经快十二点了。面前的谢星星依然一动不动地坐在椅子上,表情严肃地看着眼前那些照片。

摄影机还在运转。

他不禁站起身,走近前去再一次打量这些刚刚用相机拍摄的照片。全都是对面上课的陌生学生的照片。播到最后,是几张拍立得。那是谢星星第一次服药时拍摄的。他拿起有谢星星的那张,"我说,这个跟你合影的小伙子,长得还挺帅啊。"

"哦。"

"你就没考虑跟人家要个电话啥的?"

"唔。"

谢星星满脸懊丧。李立秦以为她是被拒绝了,赶紧安慰道,"啧,脸是好看,就是太瘦了,跟你不太合适,你也瘦,抱一块儿硌得慌。"

"第二次实验,失败。原因不明。"

谢星星对着录音笔记录,原来她丝毫没听见李立秦在说什么。然后关上录音笔,把头皮上的电极扯下来。

"李叔叔,今天就到这儿吧。"

谢星星头发都没洗,径直换上衣服,背起包走出实验室:"您就别送我了,被我妈发现我又来您这里,她又得生气。"

李立秦只好留下来收拾实验室。这个地方,世界上只有三个人知道:他、谢星星和死去的谢时蕴。

谢星星回到家,母亲果然还在看韩剧,哭得双目红肿。听到声响,眼泪戛然而止,回头看她,"回来了?"

"嗯。"

"我给你做点吃的?"

"不用,我困了。"

"好吧。"母亲扭回头,眼泪又继续掉。

谢星星关上门,看着化妆镜里的自己,头发上还残留着乙醇的味道。她感到有些失望,看来自己可能和赵芬奇一样,不是个稳定的被试。

那就只有等明早八点李超然实验的情况了。虽然谢星星还是对这样一个人成为自己的实验对象感到莫名其妙的不放心。

谢星星把那堆照片摊开在桌上，刚准备关灯睡觉，突然，一张照片吸引住了自己。

她和陌生男人的那张合影。

不，现在看上去他俩不是在合影，而是……

在接吻？！

Party 2 预见者

1

"小朋友们,让我们欢迎新来的同学。她叫什么名字呢?"

足足等了有三秒,老师才反应过来,换了种问法:"你叫什么名字?"

"谢星星。"

"让我们欢迎谢星星小朋友。"

第六次转幼儿园,入学第一天。

和往常欢迎新同学的笑脸不同,面对这位不苟言笑的小朋友,多数小朋友表现出的是好奇。

饶是老师被提前告知这孩子"有点问题",也还是感到有些别扭。在之后的教学过程中,她将慢慢习惯性忽略这个总是沉默且我行我素的破坏分子,一如谢星星前面遇到的五位幼儿园老师。

只有一位小朋友依然裸着豁牙朝她笑,但很快谢星星就知道是为啥了。入学第二天午睡的时候,对方说要和她玩一个游戏:"像这样,我闭上眼睛,然后你假装小火车。"

"然后呢?"

"现在开到哪儿啦?"

"开到幼儿园门口。"

"不对。"对方睁开眼睛,"我们通常都说开到了火星。"

"现在刚过去10秒钟,火车速度通常在100km/h,火星离地球5500万公里。"

对方愣住了,这句信息量过于巨大的话像一块大石头砸过来。"什么意思?"

"怎么可能开到火星?"

对方表情古怪地看着谢星星,好像她是什么怪物一样,谢星星对这眼神习以为常,虽然她并不清楚那是什么意思。

"好吧。那现在轮到你了。"

"我?"

"对,闭上眼睛。"

谢星星把眼睛闭上,在心里默默开始计时,准备随时纠正对方的错误。

"现在开到哪儿啦?"

对方没有回答。谢星星只好又问一遍:"现在……"

一个湿漉漉的东西盖住她的嘴唇。

她睁眼一看,对方正在亲自己。

她呆在床上,不知道这是什么行为,也不知道自己该做什么。直到另一边的小朋友目睹了这副场景,尖声惊叫起来。

"老师!赵芬奇他又在乱亲同学了!"

谢星星几乎要跳起来。她拿起照片，没错，的确就是那一张，她在照片背面标记了拍摄时间和地点。2016年2月14日，善存路股票交易大厅。人物是：谢星星和X。

而现在，她和这位X确实是在接吻。背景是一个她认不出来的地方，只觉得类似废弃厂房，光线很暗，似乎还有别人，躺在地上，但辨认不出对方的样子。

她的表情，说不上来是甜蜜还是惊恐，或者是紧张。

但毫无疑问的是，她和眼前这位X是认识的。不仅认识，而且认识很深。

也许谢星星辨认不出别人的眼神通常都在表达什么意思，但她很清楚自己的。

有好几次失败的约会都是卡在了接吻这一步上。

"我觉得你应该试着去进行一些复杂的社会化交往，这应该会帮助你克服面临的这些困难。"

半年前，"地鼠"曾对她这么说。

——你不能老是这样，在虚拟世界和人社交。
——这有什么问题？
——这样你永远都不知道什么是真正的开心。
——XDDDDD
——你看，就像这样。
——什么？
——现实里，人们不会在表示开心时往脑门上显示

"XDDDD"。

——:P好吧。

——我觉得你应该交点现实里的朋友。

——我有啊。

——他会漏气吗?

——><

——这是玩笑。

——……

—— XDDDD

——我真的有,他是我发小。

——所以他也会在说笑话的时候举块"这是玩笑"的牌子?

——……

谢星星想了一下,不知道应不应该告诉对方,赵芬奇真的会,只是是用手机而已。

——↑这也是玩笑。

——这回我看出来了。

——有进步。

——所以,怎么才算复杂的社会化交往?

——约会。

谢星星愣了一下。

她想起自己在上大学之前都不知道男女是怎么交配的。这不怪她，上大学的时候她才十五岁。这也导致在大学毕业之前都没人想要和她谈恋爱，一是她看起来实在太小，如果不是对方有特殊的癖好，绝对不会想去追求这样一个看上去还是孩子的人。

二是——她确实没什么让人喜欢的地方。虽然这时候她已经表现得比较接近一个正常人，在同学看来，她也就是一个埋首书本、独来独往、情商极低、学习很好的——普通人。只是不大像男生们会喜欢的那种正常女孩子罢了。

直到研一的时候，她二十了。这时她看起来终于像个——说实话，还挺好看的女孩子了。只要不开口说话，图书馆里打量她的人挺多。

她还稀里糊涂算是谈了一次恋爱，对方请她吃了二十多顿饭，直到拿出求婚戒指的时候，她才哑哑嘴，惊奇道："我们原来是在恋爱？"

——推荐你看一本书。
——什么？
——《火星上的人类学家》。

谢星星去找来看了，那是一本讲阿斯伯格综合征患者的医学案例集，其中一位后来成为了动物学家的女患者对于约会的感受是：

"她觉得那种交往复杂得令人发昏而且难以控制，她也从不确定自己说过什么、暗示过什么，或者对方问过什么、期待什么。这种时候她不知道对方来自哪里，不清楚对方的假定、前提或者意图。这对于自闭症患者来说是普遍现象，这就是即使他们有性感觉也很难成功地约会或者发生性关系的一个原因。"

那位女患者终其一生也没有结婚。

谢星星一口气看完了这本书，她从没试着了解自己的问题，因为谢时蕴也从来没这么做过。更准确地说，他从来不觉得自己有什么问题。头一次看有关自己病症的描写，她体验到一种奇异的感觉。

"那么你认为'坠入爱河'是什么感觉呢？"
"也许是一种意乱情迷的感觉吧——如果不是，那我就不知道了。"

在书中，那位患者是这么回答关于爱的感受。

这不得不引发了谢星星的思考，她父亲当年到底是怎么"爱"上她母亲的？她没机会知道了。而且说实话她也并不关心。这本书没有让谢星星启动去约会的开关，真正促使她这么做的，是"地鼠"的另一句话：

——这对完善你的药也许有帮助。

2

啪!

李超然捂着被老婆打肿的脸。

对方从背后突然掏出了一把刀,满脸杀气,李超然不由得双腿发软,逃都逃不动。

"不要啊!"

"怎么了?"

"喂,你怎么了?"

李超然惊醒,原来刚刚只是一场梦,此刻他正坐在公司宴会厅外的沙发上,被几个同事推搡。

"赶紧的!香槟已经倒满了!"老板在宴会厅内招呼他。

这是他的庆功宴。

这个月,他在公司的业绩头一次拿到了第一,而且远远超过了第二名的小丁,打破了公司的纪录。

他从沙发上坐起来,打开怀表盖看了一眼,确认他是真的睡了过去,不是不小心把自己催眠了。

自从他把 Lily 催眠过去之后,他对这块表和自己的技能就有些神经兮兮。

那天,就在 Lily 要开门放他老婆进来的一刻,他在后面大喊了一声"Lily",对方回过头来,就看到一块怀表在自己眼前摆动。

她听见那句"跟随我的指示,听从我的呼唤"的同时,就进入了睡眠。

"好，很好，现在走过来，坐在椅子上。"

Lily闭着眼睛，摇摇晃晃，悉数照办。

李超然走过去准备开门，回头看了一眼Lily，又皱眉补充了一句："把外套穿上。"

门外已经叫声震天："李超然！你给我出来！"

门终于开了，他老婆满脸怒容，却发现李超然一脸困惑。"怎么了？"

他老婆走进诊室，后面跟着各种探头探脑的人。只有一个病人坐在椅子上，面容安详，像是在深度睡眠中。除了长得漂亮了一些外，没有丝毫的不正常之处。

"我正在给病人诊疗呢，到底什么事这么急？"

"我收到了一条短信。"他老婆只好如实说。

"啥短信？"

他老婆拿出手机，上面是一个陌生号码——李超然当然认得那是Lily的，短信内容是：今天下午到你老公的咨询室来，有好戏看。

"我以为什么事呢。这是谁恶作剧吧？"

"啊，是吗？"他老婆一脸迷惑。

"啧，你没看新闻吗？这种诈骗短信特别多，还有给你打电话，让你立刻去老板办公室一趟的……"

"这样啊。"他老婆已经彻底丧失气势。

"亲爱的。"李超然只说了这三个字，配合以一副非常无奈、又极力掩饰不耐烦的表情。

他老婆知趣地说了声"对不起",然后从房间退出。退出前她又仔细地看了一眼房间和那个女病人。

虽然总觉得气氛有些古怪,但确实没什么不正常。

"超然啊,我真的很为你骄傲。"老板举起了手中的香槟,朝他微笑。

李超然知道,喝完这杯香槟,老板就会宣布他升职为诊疗总监,负责整个中心的催眠治疗。

"哪里,都是因为您一直以来的信任。"

两人碰杯,拥抱,微笑。一切尽在不言中。

"李老师,你真的太棒了,你就是我的神!"

一名患者代表上前,给李超然献花。

李超然认出这是那一次来公司闹事的专业打击实体私营经济分子,她满脸崇拜之色,显然已经忘了吃屎的滋味。

现在在这些满身过多脂肪的女人眼里,李超然就是她们的新男神,她们的救世神医,她们的信仰。他可以让她们做任何事——甚至不需要真的催眠她们。她们已经忘了自己当初来减肥中心的目的,反正现在,她们的目的只有一个,就是和李超然单独度过数个小时,即便事后她们不会有任何记忆。这一结果更增加这一体验的神秘性。对一些年龄超过三十岁的已婚女人来说,更是面红心跳,小心翼翼又大着胆子去想象在那个封闭的诊室里,这个男人让她们做了什么,不啻比真正的偷情还要让她们感到刺激。

李超然有些出戏,这一个月来,他过得如梦似幻,眼前这一切更加让他觉得这是一场巨大的幻觉。他觉得，刚刚梦里自己被老婆追杀的场景反倒更像真的。

"不好意思，我想去个厕所。"

老板一愣，随即笑道："我又不是你班主任，这还用向我汇报吗！"然后搂住他的肩膀，"超然啊，记住，以后，咱们就是兄弟。"

"哎，哥。"

李超然没去厕所，而是径直开车去了Lily家。

他熟练地用钥匙开门，这是这个月他第十次开这道门。Lily在床上睡觉，面容安详，像刚出生的婴儿那样。李超然看着她的脸，心想你要是真的像婴儿那样单纯该多好。

那也就不会沦落成现在这样，需要每隔三天靠李超然唤醒，让她吃饭，给她换床单的植物人了。

从她第一次被李超然催眠并送回家之后，她就几乎没有真正意义上的自由意志了。李超然每次设定的睡眠时间是三天，七十二小时。这是人体不进食不饮水还能保证有机体存活的极限。

每次醒来，李超然都会在她面前摆满吃的，敦促她吃饭。醒来的时间不会超过一小时，因为超过的话，Lily就会开始对李超然那套"特意过来陪你吃饭陪你睡觉"的说辞产生怀疑。

"为什么我最近总觉得时间过得特别快？好像一睁眼就过去好久了。"

"和我在一起，时间当然过得很快咯。"

"而且我老觉得，我对最近发生的事一点记忆也没有。"

"怎么会呢,你记不记得上次我穿的衣服什么颜色?"

"记得啊。"

"那不就行了。"

"可……我怎么觉得除了你,我就什么也不记得了。"

每当这时,李超然就会努力用满怀爱意的眼神看着对方:"听你这么说,我真的很开心。"

然而如此数次之后,Lily还是越来越感到不对劲。比如,为什么每次她醒来都穿着不同的睡衣,床单好像也被换过,她什么时候变得如此勤劳了?

还有,她发现家里的日历不见了,钟好像停了,每次想换,却都被李超然以种种方式阻止。和李超然在一起的时候,手机也是禁止查看的。只要她一拿起手机,他就会不高兴地说:"你是不是又在撩别的男人?"

还有一点,一次她在浴室中称体重,惊讶地发现自己竟然掉了十五斤。

她到底怎么了?

李超然处理好每个细节后,唤醒了Lily。这一次,她没有那么好打发,而是一睁眼就问:"怎么又是你?"

"什么意思?"

"李超然,我觉得不对。"

"哪里不对?"

Lily突然感到一阵异样,她把睡裤脱下来,发现内裤上沾满了屎尿。李超然大惊,这才想起这一次竟然忘了帮她换内裤。大概他真的对这种照顾婴儿的工作感到疲惫了。

"你到底对我做了什么?"

Lily没想到,这可能是她在这个世界说出的最后一句话。

李超然拿出怀表,没有一秒钟犹豫,将指针疯狂地转动。

3

"闭上眼睛,闭上眼睛,别睁啊。"

谢星星不知道自己被拉到了什么地方,只感觉等了很久很久。她心里在一分一秒地数着:"五分二十八,五分二十九,五分三十……"

耳边传来了关门声,水流声,然后又是开门声,还有窸窸窣窣的奇怪声音。她还是在心里数着:"二十分十二,二十分十三……"

突然间,她感到什么人凑了上来,伴随着粗重的呼吸声,把她压在了一张柔软的……床上?

对方开始一边亲她的面颊,一边把她的手绑在了什么东西上面。但她还是牢记着对方的话:"别睁眼啊,等我让你睁了你再睁。"

一只手,两只手,然后是一只脚……

另一只脚还没绑好,对方就按捺不住急躁的心情,开始脱谢星星的衣服。这时候谢星星不得不觉得有点不对劲了。她小心翼翼地试探道:"我能睁眼了吗?"

对方完全忽略了她的话。直到她又再次用保证对方能听到的音量：

"不好意思，我现在能睁眼了吗？"

"什么？"对方终于停下了动作，"哦，可以了。"

谢星星睁开眼，发现自己被绳子捆在了这个情趣酒店的大床上，而眼前这个自己认识还不到二十四小时的男人，正赤身露体在自己面前。她不禁发出了她自己都从未听过的声音。

尖叫。

"这到底什么情况？"王天依一边和谢星星说话，一边踩着八厘米高的 Jimmy Choo 把谢星星从警察局领出去，目不斜视，尽管她知道所有人的目光都在自己身上。

"我尖叫，他制止不住，所以他就报警了啊。"谢星星跟在王天依后面，像个八岁不到的小孩儿。

"我是说，怎么会到你都被绑在床上了才发现不对劲！"

"我没睁眼啊，怎么知道发生了什么。"

"你傻啊！我问你，你们怎么认识的？"

"相亲网站。"

"认识多久了？"

"就晚上吃了一顿饭才认识的。"

"喝了多少酒？"

"六瓶红酒。"

"你俩喝了六瓶红酒？！然后他提出要带你去一个地方……三岁小孩都知道接下来会发生什么吧！"

"我……"

"算了算了。"王天依看谢星星一副不知所措的样子，清楚这人确实不知道接下来会发生什么。

"不过，你好歹也应该中途偷偷看一眼吧？"

"为什么？"

"拜托，男人一般跟你玩这种游戏，都估摸好了你会偷看。你要是一直没拒绝，他们就默认你同意了。"王天依在心里突然为那个约会对象感到可怜。六瓶红酒，一般姑娘估计一瓶就够了。谁让他遇到个油盐不进百毒不侵的主呢。

"太复杂了，比相对论还复杂。"谢星星摇头叹气。

"别再去什么相亲网站了，下次我帮你介绍。一对一辅导。"

谢星星这位十二岁开始初恋迄今为止已经把十二星座都集齐三轮以上的女友，确实有资格说这话。论长相身材，王天依说不定比谢星星还差一点，论学历她基本上没花什么时间在学习上。谢星星印象中，这位父亲大学同学的女儿就几乎没怎么去上过学，完全是凭借极高的情商和人格魅力，搞定了所有老师和同学，顺利一路毕业，还拿到了法国某大学的设计文凭，尽管她的法语连个完整的句子都说不出来。回国后也依然是花 80% 的精力在谈恋爱和自我修养的提升上，因此虽然一天到晚不务正业，所有认识她的人对她的评价都几乎是——完美。包括被她玩弄丢弃的各种前男友。

事实证明，在谢星星几次不成功的约会之后，王天依确实试着给她介绍了若干对象，结果谢星星发现，对方要么就是王天依啃食过后丧失兴趣的猎物，要么就是想要接近王天依却连她大名叫啥都没搞清的备胎。总之，他们感兴趣的对象都是王天依，而谢星星只是作为王天依的朋友这样一种标签存在的。和她约会，是接近王天依的一种方式。

也许这就是为什么王天依会成为谢星星的朋友。

因为实际情况是从小到大，也只有谢星星这么一位同性，能够成为王天依的朋友。

"我真的很想去美国念艺术，可是我男友每天跟我吵架……我不知道该怎么办了。"

"这还不简单？你觉得学艺术和你男友哪个重要？"

"我觉得……我觉得……都重要。"

一副波希米亚风格打扮的女咨询者坐在谢星星面前，后面的邱自愈时不时地咳嗽，提醒谢星星他的存在。

或者说，是这么多天以来，他的咨询技术对谢星星的进步之必要的存在。

现在，他俩终于换了换位置，邱自愈要来考察她的咨询技术了。

"呃，这个问题的重点其实不在艺术和男友谁更重要……"通过旁边书柜玻璃的镜面反射，谢星星看到邱自愈的脸色由危转安。她继续小心尝试，"而在你如何定义你的人生。"

"呃……"

"你能先跟我谈谈你的童年吗？"

一小时之后。

"所以你学艺术其实是因为你小时候在美术课上遭到了老师羞

辱,并非你真的对艺术有兴趣。"

对方露出恍然大悟的表情。

"我明白了,谢谢你,我决定了,我不念书了,我要辞职,要去环游世界。Follow my heart。"

"那你男友呢?"

"他爱 fo 不 fo。"

邱自愈点头,面带喜色,欣慰地看到谢星星终于开悟了,成长了,收获了。

"等一下。"谢星星突然想到了什么,"我能给你拍张照吗?"

"呃,好啊。"

结果果然如谢星星所料,她又一次看见了未来。

照片上显示,女孩正和一个男人步入婚姻的殿堂,从环境和她所戴的钻戒尺寸来看,她嫁的男人非常有钱。

"怎么了?照片有啥问题?"见谢星星愕然不语,对方把照片拿过去看。

只是自己的一张普通单人照。

"呃,小姐,我想问下,你男友长什么样子?"

"就是,很普通的样子啊。"

"他是不是——"谢星星盯着照片,"脑门巨大,脖子巨粗,身高比你矮半个头,脸上还长着一颗超大的痣子?"

"你怎么知道?!"这回轮到对方惊愕了。

"小姐,我告诉你,你别辞职了,也别念艺术。好好和你男朋友在一起,你会非常幸福。"

"啊?"对方蒙了,"可我男友还没我高。"

"在爱情面前身高算什么?"

"可他吃完饭还不刷牙。"

"以后改吃饭前接吻。"

"他还不爱换内裤。"

"那你就多洗几次澡。总之我跟你说,你嫁给他绝对不会后悔!"

比起女咨询者,更目瞪口呆的是邱自愈。

但这只是开始。

"姐姐,我真不明白,我帮她抄作业,帮她记笔记,天天给她写情书,她为什么还是跟隔壁班的数学课代表在一起了?"

"啥也别说了,我先帮你拍张照吧。"

"啊?"

"啧,隔壁这个数学课代表就是你的克星,我告诉你,小学毕业前你要是不转学,初中你的女朋友也会被他抢走。"

"啊?"

"快去求你父母啊,还愣着干什么?!"

"医生,你就跟我说实话吧,我这把年纪了还是处女,是不是很不正常?"

"不会啊。"

"可是我都十六了!已经是个没人要的老女人了。"

"……姑娘,我先帮你拍张照吧?"

"呃,你等下,我弄下头发。"

"哎呀,别担心!"

"怎么?"

"看上去你很快就会变成一个性经验非常丰富的人。一、二、三、四、五……从照片上看,你那次至少一下获得了五个人的性经验呢!"

4

"谢星星。"

这种情况持续了一周之后,邱自愈总算受不了了。

"你到底是怎么回事?"

"怎么了?"

"看来你是一点没长进啊,跟我实习了这么一段时间,不仅没进步,你还……咨询中心现在被你搞得乌烟瘴气!"

"我,我只是把他们未来的结果告诉他们啊。"

"什么未来的结果?你难道还能看到未来不成?"

"我……"谢星星想还是不要告诉邱自愈比较好,因为这显然只会让他更火大。

"我就不说你咨询师的身份了,你就算作为一个正常人类,你那些价值观对吗?!"

"价值观?……什么是价值观?"

"就是人不能为了金钱结婚，小学生应该把重心放在学业上而不是早恋，未成年的女生更关注的应该是身心的健康成长而不是啥时候才能破处！"

"可是，他们明明就会那样去做啊。"

"……好了不要再说了。我知道你这个人比较偏执，不过，"邱自愈看了一眼放在书架上那封国际精神分析协会的来信，"要是影响到了咨询中心的声誉，那我就不得不请你离开了。"

"……我知道了。"

从邱自愈房间出来后，佳佳正好路过。

"和邱老师实习得怎么样了？"

"除了一些技术上的小分歧，总的来说还是很有收获的。"

"什么收获？"

"这你得问他，他的收获。"

中午吃饭时，谢星星总算能够从邱自愈手下溜出来一小会儿，她走进附近的便利店，要了三人份的关东煮，然后又从口袋里拿出那张照片。那个男人的脸这个月以来她已经看了不下几百次了，可再也没有出现那天晚上看见的画面，为什么？难道同一张照片只能看见有限次数的未来？谢星星倒不是这么迫切想再看一眼那个画面，毕竟她怎么都无法想象她和这个人会在未来——

接吻？

莫非她会在某一次相亲中遇到对方？但她怎么会让约会顺利进行到那一步的？而且照片背景看上去实在不像一个适合约会的地方。

莫非对方又有什么特殊的癖好？

她把各种可能性翻来覆去想了无数遍。但现在最关键的问题是，她仍然不知道这张照片显示的是多久后的未来。这件事究竟会在何时发生？

当初设想的在电子日历底下拍照的方法完全是个失误，看来照片上只会显示未来那一刻、那个人所处的真实位置，而不会显示拍摄位置的未来情况。

更让她烦躁的是，她至今都没搞清楚这种看见未来的潜能到底是怎么来的。她无法控制自己什么时候能看见未来、同一张照片能看见几次，还有，看见未来是否必须要借助拍照这一手段？

这些问题统统没有答案。

虽然她研究出了 Skinner，可现在还远谈不上成功。她比以前更不了解 Skinner 的性状，可以说她只是打开了一个潘多拉的盒子，可对于里面是什么样的，她一无所知。

更烦恼的是，李超然也和她失去了联系。她不知道对方是否按他们约好的那样吃了药，更不知道李超然第二次吃药后的情况。

她的担心成真了，她就知道李超然不会是个可控的被试。

"谢星星！"

她一个激灵，回头看才发现是任雪。

"你怎么又拿这种垃圾食品当饭吃？"

这句话让她不由得想到王天依。"我妈可不让我吃这种东西。"当时十五岁和大部分同龄人一样刚上高中的王天依，和已经大一的谢星星一块儿在便利店，她在一旁看时装杂志，谢星星则埋头吃泡面。

哦对,谢星星觉得王天依还算是个不错的朋友的原因是:她总会替自己买单,还送自己各种各样淘汰下来的衣服、包、化妆品。

而任雪就好像是一个加强版的王天依。

她拿出两个大购物袋,递给谢星星。

"这是什么?"

"送你的衣服。"

"为什么要送我衣服?"

"咨询师的穿着很重要,尤其是你做情感咨询这块。邱老师没让你平时注意下外形什么的?"

谢星星想起来邱自愈确实跟她提过这个要求,只是她一门心思在 Skinner 上,完全忘了这回事。

更关键的是,尽管她已经很努力在学习一个正常女性的打扮,但结果好像总是不尽如人意。

"记住啊,下周来家吃饭。"

谢星星只好含糊答应,心中正为终于无法再推脱这场社交而叹气不已,突然,她看到了一个身影。

这个月来她一直想揪住狂扁的身影。

李超然。

"情况就是这样,当时实在太紧急了,Lily 跑来找我,要跟我老婆摊牌,我只好吃了那颗药。"李超然和谢星星坐在附近的咖啡馆里。

"那你之后怎么一直不跟我联系？"

"因为没按你的要求……我后来也不好意思跟你说。"

"是不好意思，"谢星星盯着他，"还是那颗药的效果延长了？"

"你怎么——"李超然脱口而出，然后又打住。

"因为……"因为我吃了第二颗之后，药效也保持了一个月。谢星星本想这么说，但又住了嘴。

"总之，我想可不可以，我们重来？"

"嗯？"

"这一次我保证按照你的要求来！"

服务员为他们端上两杯咖啡。

等服务员走了之后，谢星星才问："是不是你的药效过去了？"

李超然犹豫了片刻。"还没有，但……最近已经变弱了许多。"

谢星星明白了，这才是李超然来找她的真正原因。他需要更多的Skinner。

"很抱歉，没法重来了。"

"什么？"李超然显得有些意外。

"第一，你违反了我们之前的约定，虽然你的状况确实值得同情，但我没法承担违约的风险。你不是一个合格的被试。第二，我这里也没有更多的药了。"

谢星星说的是实话。Skinner目前还不可能批量生产，因为其中的配方非常罕见，下一次什么时候合成出来，她还在等药剂卖家的消息。

"谢星星，你这不是玩我吗！"

"怎么?"

"我现在的情况……哎,求你了,再给我一次机会吧!"

"真的很抱歉。"

谢星星对服务员挥手,示意买单。李超然脸色变了,拦住谢星星,口气因急躁而突然变得凶狠:

"你真的不愿意?"

谢星星摸出了零钱,放在桌上,甩开李超然的胳膊,走了出去。

"你会后悔的!"他在后头大喊。

回到咨询中心,佳佳神神秘秘地对着谢星星笑。

"刚刚你去哪儿啦?"

"我?吃午饭啊。"

"嘻嘻,和男朋友一起吃的吧?"

"啊?"

"刚刚我都看见了。"

"看见什么?"

"你和一个男人在咖啡馆。"

"不是那么回事!"

"这有什么不好意思承认的!"

"真的没有。"

"还没有?幸好我刚拍了照片。"佳佳翻手机找出照片。

"那个人不是我男朋友——"

谢星星看到照片,愣住了。

5

谢星星和"地鼠"第一次说话是在半年前。

那时是在深网。谢星星有时会用一种连接暗网的工具上去，通常她会绕过那些贩卖色情有关的东西的网站，在卖毒品、枪支和人体器官的店铺那里停留一会儿，然后直奔她的主要目的地，买一些需要的化学试剂和药品，用来做实验。这习惯始于高中——准确地说，是高中毕业的那个暑假，她刚刚拿到W大学录取通知书的第三天，她父亲在医院抢救了一天一夜之后被宣布死亡的第二天。

她去父亲的书房收拾遗物时，在他的笔记本上看到了这样一个ID：Dimstar，还有一串登录密码，以及上深网的办法。笔记本摊开在桌面上，像是等待着她的到来。

父亲葬礼的时候她没有哭，甚至没有参加。苏造方和李立秦把骨灰盒放进陵园中那一块小小的碑墓时，她正在用难以置信的目光贪恋地看着眼前的一切。

一个新世界。

这一年，她十五岁。

只要有钱，你几乎可以在深网上买到一切想要的东西。

但有些时候，你不能只是有钱。

在深网上，除了有形之物外，还有各种无形的东西贩卖。比如你可以雇佣杀手或私家侦探，可以购买一个新身份。还有人卖解决问题的方法，诸如数学题、维米尔遗失的三幅画的现址，如何攻克美国总统的私人邮箱账户，或者是半小时内处理尸体的最佳办法，等等。

像这样卖答案的卖家，在深网通常被称为"答题人"。

但你未必用钱就能购买到答题人的答案。这样的答案，要用另一些特殊的方法购买。

比如，以答案换答案。

但也不一定，你甚至搞不清卖家凭什么认定你是不是他的理想客户，有时可能只是凭心情。就像夜店的大门——越火爆的夜店，门槛越随心所欲。

你也可以把自己的题目挂出来，以悬赏的方法征集答案。但很少有人这样做，因为一般会在深网上买答案的，希望题目越少人知道越好。

谢星星只买过一次"答案"。

那是她在研究 Skinner 1.0 两年多，做了无数次实验之后绝望的时刻。那天晚上，她像往常一样在实验室通宵做实验。通过父亲了解深网之后的一两年里，她忙于功课和学分，几乎没怎么认真理会，只把它当作业余消遣的玩意儿。毕竟那上面的消息和新闻，是你在脸书或是微博上都看不到的。真正开始深入深网，是有一次实验室里某个药剂用完，要补充得等半个月，还要打报告、找各种人签字、微笑，而那个药剂是有毒化学药品，不可能通过合法渠道购买，于是，谢星星尝试在深网检索，果然——

各种各样的卖家一秒钟之后就在电脑屏幕上排成一溜儿。

然后她发现，"Dimstar"的账户里还有不少比特币，至少足够她用上好几年,只要她不想雇谁杀掉什么人的话。

三个月之后,她的同学们不会知道自己每天在用的实验室,已经完全可以制作98%以上纯度的冰毒。

然而谢星星还是搞不明白为什么Skinner 1.0完全没有效果。除非父亲的理论是错的——但这是她最后才会考虑的事。不然就是她自己出了错,但已经两年多过去了,自从她决定将博士论文目标设立为Skinner研究计划之后,她几乎把全部时间和精力都投入在了这上面。她认为自己不可能出错。不是出于自大,而是出于一个阿斯伯格综合征患者的客观认知。

或者就是,理论的一部分是错的。一小部分。

那天晚上她鬼使神差想到了深网。

也许,她可以试着把Skinner的分子式和数据放在深网上?

在花了半小时筛选值得信赖——主要是智力值得信赖的卖家之后,她锁定了一个ID:Earthmouse。

"地鼠"。

不知怎的,她对这ID有天然好感。

蜗居实验室多年,几乎没有任何朋友,对世界上大部分东西都没有兴趣的她,确实就像一只地鼠。

不妙的是她发现对方的接单率为1%,也就是说一百个人里头只会接一个人的单。而他的信誉评价又是99.99%。那么,有两种情况:一是此人真的是顶尖的答题人,有点自己的怪癖,对出题者挑剔到了极点;二是丫根本就是个弱鸡,只会拣看上去自己绝对能搞定的题目回答,所以只挑选一些新注册的买家。

谢星星很少依赖直觉，这时却直觉感到他不会是第二种。

那么，她要担心的问题就是，对方会不会接她的单？

意外的是，"地鼠"竟然认识她。

很快她就反应过来，对方认识的不是她，是这个ID。

"好久不见。暗星。"

愣了几秒后，她也回道："好久不见。"

他们通过深网特殊的即时通讯软件进行交流。

"这次你要买什么答案？"

谢星星犹豫了一下，还是将Skinner的资料发了过去，只是隐去了这个计划的背景和名字，因此，对方只能知道这是一个药理学实验报告，并不知道这是什么药，有什么效果。

结果那边却久久没有回应。谢星星以为他——她不知道对方是男是女，只是从概率上来说，是个男人的可能性比较大——被难住了。

确实，谢时蕴几乎花了半生研究Skinner，却都没有进展到1.0。而他是在三十岁就成为W大心理系正教授的人，打破了W大的纪录。到三十五岁，他已经成了全国行为科学方面最重要的学科带头人之一。结果，就在学校要提拔他做系主任的时候，他主动拒绝了，还申请从博士生导师上退下。所有人都不知道他是怎么了，只有谢星星从后来的笔记里发现，他正是从那一年开始全力投入Skinner的研制：他终于解开了Skinner的分子式，并且正式将这一药物命名为Skinner。

只是他当时怎么也没想到，按照这个分子式一直实验了五年，都没能真的研制出 Skinner。

——直到差不多一年前,谢星星都是这么以为的。

"星星啊,其实有件事,我想告诉你。"

那时,谢星星固执地决定即便没有成功的临床案例,也要拿她目前的成果去作博士毕业论文答辩。答辩果然没有通过,她没拿到毕业证,那天李立秦请她吃了晚饭。

"什么事?"她问。

李立秦有些犹豫,然后拿出了一样东西。

一颗糖。

谢星星脸色变了,她拿起那颗糖,不对,不是糖,是药。药丸上印着"S"。

"Skinner?"

李立秦点点头。

但这枚 Skinner 不是她合成的。糖纸不一样,药的外观也不一样。她合成的是蓝色,而这种是淡黄色。

"这是——"

谢星星很快明白了。这是她父亲合成出来的。

这么说,她一直以来认为父亲没有进展到 1.0 版本的想法是错误的。确实,分子式已经有了,配方虽然不普通,但也绝不难获得,尤其有深网这么一个东西存在。而实验室条件呢,他父亲使用学校的各种实验室绝对要比自己方便多了。为何父亲迟迟没有真正把它做出来?

谢星星以前一直想不通。她以为父亲是因为害怕失败,或者是,因为胸有成竹。

现在她明白了,父亲早就做出来了,只是和她一样,失败了。

"为什么现在才告诉我?"

"我不想打击你。"李立秦犹豫了一下,"也许你和你父亲不一样。"

谢星星没等到"地鼠"的回应,决定去睡觉。

就在她准备退出深网的时候,有一条新消息提示,是"地鼠"发来的。

"你不是暗星,你是谁?"

6

邱自愈的家宴没谢星星想的那么让人不堪忍受,不过,她还是被他们家挂的满坑满谷子婚纱照、出游照、写真集震惊了。她才意识到咨询中心的那些照片,可能并非一种炫耀,而纯粹是因为家里放不下。

"我和任老师是在旅游时认识的。"

"啊,什么?"

"旅游,我们是旅游时认识的!"

邱自愈领着谢星星一边参观各个房间,一边介绍他和任雪的故事。谢星星始终在走神,她没意识到事情就是从此刻开始不对劲的。

"这间是书房。"

邱自愈打开门,谢星星惊奇地发现书房的布置竟然和他的咨询室如出一辙。

"有时我也会在家里进行一些私人咨询。"邱自愈解释道。

"哦。"

邱自愈从书架上拿下相册,谢星星以为那又是一本他和任雪的相册集。邱自愈打开来,上面却什么都没有。

一本空相册。

邱自愈开始翻动相册,一边说:"这张,是我们在松赞林寺前照的,当时我们刚认识。"

谢星星一时没反应过来,不知道邱自愈这卖的是哪门子的关子。

又翻一张,也是空白。"这是在山脚下的客栈,你看我当年是不是挺帅。"

谢星星开始感到不对劲了。邱自愈不是在开玩笑,他说得好像那上面真有一张实实在在的照片似的。

而且,邱自愈的声音似乎有某种迷惑性。

"邱老师,这上面什么也没有……"

"怎么会呢?哎呀你看这张,这是我和她在海边,当时可冷了。你看,还有海鸥,是不是?"

谢星星确定那是空白的一页。

但邱自愈还在竭力描绘着:"这儿有一只,那儿,你看那儿,这照片是不是抓拍得太好了……"

他讲述得那么真实,谢星星差点儿要相信自己真的看见了一张有海鸥的照片。

"你今天穿得真漂亮。"

邱自愈突然低声说道。

"啊?"谢星星没反应过来。

"不过你不穿应该更好看。"

谢星星有些发愣,看邱自愈似乎不像开玩笑的样子,他眼神迷离,声音也和往常不一样。加上整个房间的布置——

还有,又是那股熟悉的若有若无的香水味。谢星星认出这是邱自愈咨询室的味道。

突然任雪在客厅招呼道:

"开饭啦!"

邱自愈仿佛突然从那种怪诞的状态中清醒过来,又变回了和蔼的模样:"来啦!"两人走出房间。

"哇,你今天真漂亮。"

"谢谢。"

"这是我送你的那身衣服吧?"

"对。"

"穿得再好看有啥用,你一开口咨询者还不是给吓跑。"

"今天不谈工作!"任雪嗔道。

平常邱自愈这么说她,谢星星总不以为然,这时候却谢天谢地,邱自愈终于恢复正常了。

谢星星不知道邱自愈是怎么回事,但她感到这和任雪有关。不是凭借直觉,而是她发现邱自愈只要在任雪面前,就会情不自禁开始用右手揪衣角。

某种强迫症。

吃过饭的第二天。

"邱老师,我想请一个礼拜,不,半个月……不,我能不能这段时间都不来上班了?"

"怎么了?"

"那个,我觉得,您上次跟我说的关于价值观的问题,很有道理。我想回去好好反思、学习,在这之前还是先不给您添乱了。"

"哦?"邱自愈很是意外,"你认识到自己的错误了?"

"认识到了,非常认识到。"

"那好吧。不过时间太长还是不行,先准你一个礼拜好了。"

"谢谢邱老师!"

谢星星从他的咨询室走出来,准备回自己咨询室收拾点东西就回家,突然手机响了。

"亲爱的,我需要你帮个忙。"

王天依发来微信,谢星星才发现已经有一个多月没见到这个闺密了。自从她上回声称自己又一次找到了真爱以来,就仿佛消失了一般。

"什么忙?"

"你啥时候有空,我们见面说。"

谢星星抓着手机发了好一会儿呆,才发现自己压根儿就找不出一个有空的时间。

而让她怎么也没想到的是，自己在十分钟之后就见到了王天依。

虽然不是见到本人。

"谢医生，你有一位咨询者。"

她请假的事还没告知所有人，只好放下外套，先搞定这一位病人。

咨询者推门走进来，谢星星差点儿跳起来，对方竟然是几个月前试图跟自己玩SM未遂的那位约会对象。

"别误会，我不是来咨询的，呃，也不是来找你的，我想请你帮我个忙。"对方掏出一张照片来，放在谢星星的面前。

王天依的照片。

原来自从那一次在警察局，王天依去帮谢星星缴罚金救她出来，和这位约会对象擦肩而过后，对方就看上了——

不，从他的眼神里能看出来，是深深地迷上了王天依。

"帮你什么忙？"

"不是那种忙！"对方见谢星星神色有异，慌忙说道，"她家地址、电话，豆浆爱喝甜的咸的，穿多少码的鞋子，我都知道。"

"然后呢？"谢星星心想原来那种忙你都自己搞定了。

"我就是想你撮合我俩吃个饭。"

"这……"

"我调查过了，她只有你这么一个女性朋友。而男性朋友……她没有男性朋友。"

你倒真了解。

Party 2　预见者　103

"所以，就是这么简单的事。"

"唔……"

对方见谢星星陷入沉思，误以为她对自己从约会对象变成红娘的身份转变略有不满，赶紧拿出名片，上面写着他是一家上市企业的高管。

"你放心，我不是什么坏人。家里有两套房，市中心一套，市区一套。一辆奔驰，一辆保时捷。银行存款……"

"好了我知道了。"

相亲时您倒没这么高调。

"我答应帮你试试，"谢星星突然心念一转，"不过，你能让我先给你拍张照吗？"

"好啊。你先等下——"

谢星星在花了十分钟看眼前这位高管打理自己的发型、滴眼药水、整理领带之后，终于打断了他。

"不用那么正式，就随便拍一下。"

"啊，不是拿给王小姐看的啊？"

"不是。"

话音未落谢星星已经拿起手机随便拍了一张。

"那是——"

对方还未来得及说完，谢星星已经放下手机道："不行，这个忙我没法帮你。"

"啊？为什么？"这位高管不知道谢星星态度为何在看过照片之后转变如此之快。

他不知道在谢星星眼中，照片上，王天依浑身蜡油，伤痕累累，而这个男人手里拿着一根皮鞭，表情淫邪……那画面她不想再看第二眼。

她绝不能帮这个忙，让王天依成为这位成功男人的变态性游戏的猎物？她怎么会在自己遭遇了那一切之后还差点相信对方是个正儿八经要谈恋爱的人？

"总之我不会帮你。"

"好吧。"对方看出了谢星星的坚决，失望地走出了房间。突然又回头，"你喜欢什么包？Chanel、巴黎世家还是YSL？"

"再见。"

送走了这位约会对象后，谢星星赶紧收拾东西，准备逃回家待一段时间。她请假的真正原因是躲避李超然。虽然不知道对方会什么时候来找她，但她确定他一定会来。

那天她在佳佳随手拍下的照片里，看见了李超然的未来。

如果不仔细看，那张照片简直像某幅宗教圣画，在某个石窟内，李超然盘腿坐在一块高起的平台上，表情安逸，犹如耶稣一般睥睨苍生，周围则是无数跪拜在他周围的信徒。罗马红衣主教也就这待遇了。

这一定是因为Skinner。

尽管谢星星拒绝了他，但事实显示，李超然还是得到了Skinner。不管他用的是什么方法，这段时间她必须避开他。

谢星星预测李超然很快就会来找她。自己那颗Skinner的效力最近快丧失了，李超然很可能也面临着相同情况。

她推开门，走进大厅，发现咨询中心突然变得很安静。

这不应该。

这种安静显得过于诡异了，这本该是下午咨询中心最吵闹的时候。对面前台应该在偷偷用iPad看电视剧，此时却看不到她的头。

如果谢星星再往前走两步，就会发现她看不见前台是因为对方正趴在桌上，发出轻微的鼾声。

但她没这个机会了。

她很快就发现自己被什么东西差点绊了一跤，低头一看，本来应该已经离开咨询中心的那位SM男正躺在地上，表情安逸。

糟了！

下一秒，她失去了意识。

7

谢星星醒来的时候已经过了整整一个小时。她和咨询中心的其他人基本是同一时间醒来的。李超然让所有人都睡了一个小时。

谢星星一摸口袋，发现最后一颗Skinner果然不见了。

"怎么回事？！""我怎么睡着了……""哎，你压我身上干吗？！""刚刚是地震了还是火灾了？""救命！"

没时间在这儿听一片混乱的同事们大惊小怪。她拿上包，直奔李立秦那里。

"幸好他只是偷走了我一颗药。最后的一颗。但他肯定会来继续找我的……所以必须想法阻止他。"

"等一下,"李立秦打断了谢星星的讲述,"你有没有想过,也许未来是不可改变的?"

"什么意思?"谢星星说完就立刻明白了李立秦在想什么。

未来是否可以改变,这在科幻小说里简直和历史学的决定论、非决定论一样,是一个关键母题。

如果未来是不可改变的,那么无论谢星星怎么想办法,李超然都会变成邪教领袖。

只有当未来可以改变,她才有希望阻止自己看见的那幅未来图景实现。

谢星星身处哪一部科幻小说里?她希望作者此刻选择的是第二种。

谢星星回到家,在门口看到了一辆车。保时捷。

那位高管显然在门口等候多时,看到她出现,拎着三个袋子递上去。

"Chanel、YSL和巴黎世家,我都买了。希望你帮我这个忙。"

谢星星没想到对方会这么执著。

"我不会帮你的。"

她绕开对方,准备开门进去,突然想起了李立秦的话,不禁转身,用手机对准对方"咔嚓"又拍了一张照片。

"喂……"

虽然姿势有所差异,但照片显示未来他还是和王天依在一起。

怎么可能?

"谢小姐,我说,你拒绝帮我忙,又老是给我拍照,该不会……你还没放下过去吧?"

谢星星盯着对方,现实怎么会变成那样?王天依虽然热衷恋爱,但她怎么会看上这种男人?还是她平时想错了王天依,也许她真有什么自己不知道的癖好?对了!她突然想起来,王天依不是最近一直说自己遇到了真爱吗?那她又怎么会和这人在一起?

难道——

王天依说的真爱不会就是他吧!

她赶紧把手机掏出来,电话很快拨通了。

"我问你,你说的那个真爱是谁?"

"是……"对方显然有点蒙,"你怎么突然问这个?"

"很重要!你快告诉我。"

"是,是一个高大英俊、神秘又有型、酷到爆炸而且非常有才华的男人啊……"

谢星星有些无语,只好问:"那个人是在企业做高管?"

"你怎么知道?"

"身高……"谢星星打量着眼前这个男人,"一米八朝上,体重目测不超过七十公斤,不戴眼镜?"

"你怎么知道?!"

谢星星越来越恐慌:"他平时开一辆保时捷?"

"呃,我还不知道他开什么车,"王天依在电话说,"不过,等下见到他我可以问问。"

"等下？"

"哎，说来就来，他来上班了，不说了我挂了啊。"

谢星星总算放下心来，看来王天依的那位真爱并不是眼前这个人。她突然有了一个念头：关于那个"未来是否可以改变"的问题，她可以在这人身上试试。

"我可以帮你，不过，你得听我安排。"

谢星星接过了他手上的购物袋。

"还有，我对你没有任何兴趣。"

回家之后，她给赵芬奇打了个电话："喂，你那身蝙蝠侠的衣服还在吗？"

三天后，李立秦的实验室。

"SM爱好者一般会通过痛感获得性快感，针对这种情况，可以采用行为疗法中的系统脱敏法。"

那位SM爱好者被蒙着眼睛，全副武装绑在一张立着的床上，他怎么也不明白，自己明明按照谢星星的嘱咐去一家餐厅和王天依约会，却为何会在中途被人用麻药迷晕，绑到这里。

突然，他眼前的布被揭开了。一个……蝙蝠侠？开始在他眼前播放各种SM图片和视频。同时，他感到有什么东西在重重敲着他的大脑……

"系统脱敏法于本世纪五十年代由精神病学家沃尔帕

所创,它是整个行为疗法中最早被系统应用的方法之一。最初,沃尔帕是在动物实验中应用此法的。他把一只猫置于笼子里,每当食物出现引起猫的进食反应时,即施以强烈电击。多次重复后,猫即产生强烈的恐惧反应,拒绝进食。最后发展到对笼子和实验室内的整个环境都产生恐惧反应。即形成了所谓'实验性恐怖症'。然后,沃尔帕用系统脱敏法对猫进行矫治,逐渐使猫消除恐惧反应,只要不再有电击,最终回到笼中就食也不再产生恐惧。"

赵芬奇照本宣科念完这段广播,结束了今天的《养生大讲堂》栏目。本担心这期节目又要遭到老陈的怒斥,对方却站在导播间外给了他一个大拇指。看来本期围绕心理学做题目还真切中了老年人向往民科的心。赵芬奇小心翼翼地收好桌面的材料,不是因为材料多宝贵,而是他经过前两天的体力消耗,浑身酸痛,哪儿都没法动弹。

下一个节目是《法制热线》,来交班的主持人和他打了个招呼。

"哎,"赵芬奇突然想到了什么,叫住对方,"话说在违反某人意愿的情况下,用麻药将其迷晕,用武力强制带到某个地方,让对方做一场对科技文明有巨大贡献的实验。这不算绑架吧?"

"什么?"对方愣了。

"呃,没事。"

赵芬奇走出导播间,然后,给谢星星发了条微信。"前几天帮你的大忙,啥时候让你李叔叔把那张原版老鹰乐队的黑胶唱片送我?"

"急什么,实验结果有效才送你。"

"那,有效没?"

谢星星盯着手机,坐在咖啡馆的椅子上,等着那位高管出现。

对方果然按照约定时间来了。

谢星星做出一副不满的样子,"你怎么回事?好不容易帮你约上了,你人却不见了。"

"唉,实在抱歉,你都不知道我身上遭遇了什么事。"

"什么事?"

"我……"他双目呆滞,仿佛又陷入了那天的恐怖回忆中,摇摇脑袋,"一言难尽。我被蝙蝠侠绑架了。"

"哈?"

"真的。不过好在对方也没做什么,就把我放了。"

"不会吧?"

"那人好像就是一个变态……"

谢星星差点要笑出来。

"那你也没报警?"

"我……我想想还是算了,也没什么损失。"

"那你还约吗?"

"约谁?"

"王天依啊。"

"噢,我,我再想想,这段时间我有些忙。而且,我最近有了一些人生观的变化,我得调整下自己。总之还是谢谢你。"

"没什么。"

谢星星趁对方不注意,偷偷拍了一张照。

Yes!成功了。

照片上,这位高管虽然还是和王天依在一起,但他们已经成了一对正常的情侣,房间里没有皮衣、蜡烛、绳子,看来这家伙是彻底对 SM 不感兴趣了。

虽然没有一次性成功,但至少说明未来是可以改变的。

现在,轮到李超然了。

谢星星走出咖啡馆,信心满满,要去狠狠教训一下李超然,不管用什么办法,都一定要阻止他利用 Skinner 成为邪教领袖。

李立秦突然给她打电话:"星星,告诉你一个好消息。"

"我也正想告诉您一个好消息!"

"你不用担心李超然了。"

"我也想告诉您这个,您知道吗,未来是可以改变的!"

"不,你没明白,你快上网看一下新闻。"

"怎么了?"

"李超然死了。"

Party 3

欺骗者

1

"你为什么从来都不笑?"

谢星星扭头,后排那个男孩又来找自己说话了。如果理他,自己就会因为开小差而被老师批评,如果不理他,他就会在自己耳后不停地说下去,直到下课。

这是小学三年级开学的第一天,第一节课。谢星星不想因为听不到上课内容而没法完成回家作业,更不想被老师提溜到班级后面罚站。所以她选择了——

举手。

"报告老师,他一直在找我说话,让我没法听课。"

当天放学,谢星星被男孩和他叫来的帮手堵在了学校后头的暗巷里。那两个五年级的帮手,显然没料到要对付的是这么一个小女生。

"她真是你同班同学?"

"对。刚转来的。"

"喂,你多大?"

"七岁。"

"啥?"其中一位疑惑地看着同伴,"这不应该是一年级的吗?"

"她跳级来的。"男孩着急地解决他们的疑问。

"这……"

"这种事以后你自己搞定就行了。"另一位拍拍男孩。

两人正准备走,突然看到远处一个小黑点朝他们冲过来。

"你、你们想干啥?!"

等来人跑到跟前,才看清这是个看起来也像一年级的小男生。两人面面相觑:"没干啥。"

"我、我警告你们,不……不许欺负我朋友!"对方弯腰双手撑着膝盖,上气不接下气。

"哟,你还找了帮手?"五年级对着谢星星睨笑。

"他不是我找的帮手。"

"你是哪个班的?"

"一(2)班,赵芬奇。你、你们等一下……"赵芬奇说完这句话,一口气也没喘上,就躺在了地上。

再次醒来的时候,已经在校医务室。男孩和两个五年级生在墙角蹲着,一脸颓丧,见赵芬奇醒来,都喜不自胜,站起来围着他,好像他是什么亲人一般。赵芬奇四下看了看,问:"谢星星呢?"

"谁?"

"你们欺负的我朋友。"

"哦,她早就回家去了。"

赵芬奇慢慢下床,拿起书包,天已经黑了。出门前,其中一人嚷道:"喂?她真是你朋友啊?"

赵芬奇头也没回:"不,她是我女朋友。"

后来,当再有人问她"你为什么从来不笑"这个问题的时候,谢星星慢慢认识到,这种时候,只要她张开嘴,两边嘴角同时往上,眼睛眯成月亮,"笑"一个给对方看,事情多半就得以顺利解决。

遗憾的是,她要到高中才明白这个简单的道理。

而另一个名词,"朋友",直到现在她都没能太确切地知道其中的含义。尤其是随着她的跳级和赵芬奇的留级,两人的距离越来越远,远到甚至不在同一所学校之后,谢星星就更难以感受到自己在这世界上还有什么朋友。

她学会笑,是她发现自己需要学会笑。她没搞懂什么是朋友,是她从来没觉得自己需要朋友。

但是,当"地鼠"在屏幕上发来那句话的时候,谢星星竟然鬼使神差地这样回复:

"我是暗星的朋友。"

对方沉默了一会儿,发来一句话:

"暗星从来没有朋友。"

谢星星心中一凛,这才意识到父亲似乎确实没有朋友,也由此意识到,自己同样如此。

坦白说她和谢时蕴并不熟。

至少在过去的二十几年中是如此。她五岁时第一次见到谢时蕴,他从美国回来,准备接受W大的教职工作。在那之前,她对"父亲"

这个名词没有概念。当她把父亲要回来的消息告诉赵芬奇的时候，对方的反应比自己要兴奋多了："他一定会带礼物的！"

然后，谢星星就把"父亲"等同于"礼物"接受了下来。

但是，父亲并没有带礼物回来。

他回来的那天，家中坐着W大的校长，当门外传来开门的声音，校长比在场所有人都抢先一步站起来，疾走到那个身影前，握住他的手：

"回来就好，回来就好。小谢啊，你可真是国家发给我们的礼物啊。"

而那个身影两手空空。谢星星在心里"喔"了一声：原来父亲本身就是礼物。

后来赵芬奇满怀期待地来找她："你收到了什么？"

"没有。"

"什么也没有？"

"没有。"

结果赵芬奇只好把兜儿里的巧克力分了她一半。

这之后，时间好像突飞猛进一般，而她和这个叫作"父亲"的人的关系，并没有增进多少。在她看来，谢时蕴不过是一位寄居在家的客人。他的世界里没有家人的存在，甚至可能没有人的存在。当时谢星星还不知道，谢时蕴已经开始了他的研究计划。

她只知道，父亲从美国回来的时候，带回了一个"朋友"。那人和父亲差不多大，看上去却是个完全不一样的人。

当他从那个被校长握住手的身影后面蹿出来的时候，第一眼就看到了站在角落、冷冷清清的谢星星。他弯下身子,第一句话是,"你要不要吃糖?"

谢星星虽然没有收到父亲的礼物,却收到了这位李叔叔的一个大包裹。里面除了糖,还是糖。

李叔叔说的第二句话是:"别告诉你爸,这是我从他那儿偷来的。"

到谢时蕴意外去世时,她已经认识了这个人十年,但并没有失去的感觉,因为这十年来,父亲之于她好像依然是缺席的。

她从来没把赵芬奇当朋友,直到有一回他来家里找谢星星,他走后父亲问这是谁,她想了想,最终选择了一个看上去最合适的词:"是我朋友。"

谢时蕴头也不转:"你不需要朋友。"

谢星星没说话,但从此她心里开始有了一个"朋友"。不是因为她需要朋友,而是因为父亲这句话。

"暗星从来没有朋友。"

当她看着屏幕上的这一行字时,想到自己和父亲似乎是一样的。

随即她觉得并不完全是这样。赵芬奇,李立秦,似乎都能算她的朋友。王天依也能算半个。

然后她就开始担心"地鼠"会因此而拒绝回答她的题目。好在对方对于谁在使用"Dimstar"这个ID并不真的关心。深网上的交易就是如此,只要按照规矩买卖,这里的人都知道收敛自己的好奇心。

知道得太多就越会给自己带来麻烦。谁都不喜欢麻烦。"地鼠"也是如此。

"这个题目,暗星以前给我发过。"

"什么时候?"谢星星惊讶了一下,但她很快意识到,自己想到的事情,父亲肯定早已想过。

"很抱歉,我无法透露。只是,当时我没解出来。"

"是吗。"谢星星失望了一下。

"这就是导致我的评价不是100%的唯一一个失败案例。"

后来,谢星星跟"地鼠"熟起来之后,才知道他对这事有多在意。因为无论之后怎么疯狂接题目,只会无限接近,而永远不会达到100%了。

"真不好意思。"

"没事。我后来解出来了。"

"什么?"

"花了我三个月时间。只是解出来之后,暗星再也没找过我。"

谢星星明白了,那时父亲已经死了。所以这已经是十年前的事了。

"那么,答案你还记得?"

"当然了。"

"是什么?"

"你得先付钱。"

谢星星从父亲留下来的一小笔遗产账户里划了不算小的一笔钱

过去，差不多是她当时一学期的伙食费。那个账户里的钱也就刚刚够她用到博士毕业。

对方很快发来了答案，并且在附带的 readme 文件里解释了当时错误的原因：当年计算时使用的 32 位浮点数的精度不足，使得方程提前收敛到了一个错误的解，在一个非线性混沌动力学系统中，这微不足道的一点点误差，使得"地鼠"求得的新的正确答案和老答案相差了足足两个数量级。

"这是我这辈子见过最荒诞的分子式。这药到底是用来干吗的？"

谢星星愣了一下，然后回过去。

"寻找朋友。"

2

李超然的死差点被当成搞笑新闻走红网络——就是那种常见的类似马上风之类的无聊新闻，事实情况也确实让人瞠目结舌。

谢星星后来根据李超然透露给她的线索和外界新闻来推测，李超然不知道怎么搞定了那个情人之后，又转念催眠了他老婆。警察发现李超然死在酒店之后又去了他家，发现他老婆早已在房内"死去"多时。说"死去"并不准确，因为他们的状况几乎一模一样：除了有机体尚有生命活动迹象之外，和死人没啥不同。看上去和植物人极为相似。据"尸体"的第一发现者，两位酒店提供的性服务工作者称，因为酒店那一晚要进行某剪彩仪式的彩排，希望她们能早一些出入酒店，因此早半小时来到了客人房间。有时候，她们也会这样给客人一些"惊喜"。结果敲了半天门也没人应，她们拿着房卡进去，才发现客人倒在沙发上。她们以为客人在睡觉，其中一位玩起了放在茶几上的怀表。又等了半小时客人还没醒来，怎么都摇不醒，这才发现不对。

"所以，是他试图让自己小睡一会儿，结果意外被叫来的小姐弄成了永久睡眠？"

"虽然有些难以置信，不过应该就是这样。"

"那你们咨询中心的人呢？"

"怎么？"

"他们对自己统统睡倒了一小时没有任何反应？"

"邱自愈似乎解释为某种集体癔症打发过去了。对了，我觉得这个人也怪怪的……李叔叔你了解他么？"

"不了解，吃过一次饭，交换过名片而已，名头倒是很响，所以你要找工作，我就第一个想到他了。"

李立秦听完谢星星的全部推测，还是迟迟陷在这个意外的结局中无法走出，无心对邱自愈的事多打听。谢星星却已经拿上包准备出门。

"你去哪儿？"

"收快递。"

"什么快递？"

"Skinner 的材料到了。"谢星星又想起什么，走到那堆黑胶唱片前，找出其中老鹰的那张揣进包里。

"哎，你干吗？"

"上次答应赵芬奇的。"

"可这是我的唱片啊！"

"好吧，"谢星星放下自己的包，把里面的东西都掏出来，"这包给你，巴黎世家的。你可以给你的那个什么Joanna。"

"是Maria！"

对方已经"砰"地把门关上。

"而且根本就没有Joanna。"李立秦望着合上的门说。

确认谢星星走了之后，李立秦拿出一沓照片仔细查看。这些都是一个酒店房间的内景，床上有一个昏睡的男人，看上去像命案现场。李立秦一一打量这些照片，看起来没什么异样。

事实也许正如谢星星猜测的，李超然本来只想小睡片刻，却不慎被妓女弄成了永久睡眠。小心谨慎的李立秦在获知新闻之后立刻想办法进入了已经被封锁的酒店现场。这本来就不是什么要紧的案子，加上李立秦本就常作为警局的顾问解决一些问题，要进入那里易如反掌。

现场并没有发现任何异常，李立秦又通过关系拿到了事发现场的照片，这两天把这些照片看了许多遍，也仍然找不出什么破绽。

就在他准备放弃追查，认可这个结论时，却被其中一张照片吸引了。准确地说，是照片里床头的一对袖扣，梵克雅宝，那款式他从没见过。

"啧，品味倒蛮好。"李立秦停留了一会儿，便把照片全部锁进了抽屉。

谢星星走向实验室。

Skinner虽然有效,但目前根本就无法预测它的效果,在找到下一个合适的实验者之前,她再也不能随便给人乱用了。

除了她自己。

第二颗Skinner的效果已经完全消失了。

谢星星把看到的最后一张未来照片冲洗出来,是那位SM男的大头照,尽管惹人讨厌,她还是把它老老实实贴在实验室的玻璃墙上。在"第二颗"那一栏下面。

然后,谢星星写上第二颗药效持续的时间:一个月零三天。

然后是每张照片的拍摄时间、呈现未来的时长、呈现画面的关键词……

做完这一切工作后,谢星星拆开包裹。那是她从深网上购买的新一批药物原材料。

为了保证样本的多样性和平均性,她几乎不会从固定的买家那里购买材料。

这也就意味着,每次生产出来的Skinner,都会有微小的差别。对于普通药物来说,经过标准化设计的工业流程会抹消这一点小差别。但对于实验室水平且分子式的复杂程度远远超过一般药物的Skinner来说,这一点小差别造成的结果可能会天差地别。

谢星星从一开始就有意要这么做。她在研究父亲留下的笔记时,发现父亲是严格按照标准化的配方和操作进行配置的,由于他拥有稳定的材料源，所以几乎不需要从深网购买材料。这意味着谢时蕴每回生产出来的 Skinner 都几乎是完全一样的。

谢星星却决定采用完全相反的做法。这毫无道理。她知道自己毫无道理。

但 Skinner 的存在本身已经毫无道理，不遵循任何既有药理学的规律。这让谢星星觉得放手一搏或许是更好的做法。不限定它的可能性，才会有更多的可能。

一切准备就绪，谢星星突然瞥见了书架上的一本《变态心理学》。

"你们谁也别上来！"

谢星星本来只是想回咨询中心报个到，准备告诉邱自愈请假结束，她要回来上班。毕竟她负担不起请假所要承担的经济损失。谁知，却碰上有人在楼顶上闹自杀。

"你先下来，有话好好说嘛。"

下面已经有一堆人围观，警车、救护车都在一旁待命，邱自愈拿着大喇叭冲着楼顶的人喊话。

"这是谁啊？"谢星星问一旁的围观者。

"好像是这个咨询中心原来的病人，大概以前来治疗过情感创伤吧，结果没治好，现在又失恋了，寻死呢。"

谢星星突然明白了那人是谁。她看到一个曾经见过的娇小身影出现在围观的人群里。

那位给邱自愈送锦旗的一米八壮汉的女朋友。

那么楼顶那位想必就是一米八壮汉了。

谢星星回想起自己在他们的合照上看见的未来，这结局来得也太快了。

"我那么爱她，她还背着我找别的男人，我……"壮汉眼看是伤心欲绝，话也说不下去了。

"你听我说，人生还有很多可能。不如你先跟我说说，你早饭吃了啥？"

"我太伤心了。我那么爱她。"

"最近那本畅销小说你看了没？叫《谋杀电视机》。"

"我真的不想活了。没意思。"

"对了，你是学什么专业的来着？"

谢星星实在听不下去了，她穿过人群，挤到邱自愈身边："把喇叭给我。"

"咦，你怎么过来了？"

"邱老师，把喇叭给我。"

"啧，你别胡闹。没见我正说服他吗，都快成功了。"

谢星星一把夺过喇叭，完全不理会邱自愈的惊诧。

"喂，你给我听着，当时我就跟你说这女的不靠谱你怎么不听？"

上面沉默了一下，好像认出了谢星星。

"你……是那个谁？"

"对，我就是当时跟你说你女朋友会背着你拉别的男人手的那个。"

上面愣了一下，然后号啕大哭。"对，对，当时我为啥不听你的？"

"我跟你说，当时我没告诉你全部，你下来我告诉你。"

"全部？我还能更惨？"

"我忘了告诉你你中彩票的事了。"

上面沉默了。

十分钟后，几个警察簇拥着壮汉出现在了谢星星面前。

"我骗你的。"

"我操你祖宗。"

3

"下面，我为大家介绍一位新朋友。"

对幸光制药的大部分员工来说，能在每月一度的员工大会上见到他们董事长的机会实在为数不多。有些员工或许进来两三年都不知道董事长的样子。相比董事长，他的千金——公关部的王天依倒是更被人所认识。能够被董事长在员工大会上隆重介绍，这位新员工想必不是一般人。座下员工已经开始窃窃私语，猜测这个人究竟是什么来头。

因为站在台上董事长身旁的那个人，看起来实在太年轻了。

王怀松往后退了一步，示意这个年轻人上前。

"大家好，我是吴穹，很荣幸能够加入幸光制药。"

年轻人只是草草地说了这么一句，又退到后头。

夹杂在员工之中，坐在第一排的王天依，正拿着手机对准吴穹拍照。如果她回头的话，会发现身后不少女员工都在这么做。

"有些人可能觉得这位新同事很面熟，确实，他进公司已经有段时间了，你们可能已经打过照面，只是还不知道他是做什么的。现在，我借着这个机会，向大家宣布这个新消息。"王怀松继续道。

"公司正在秘密研发一款新产品，它将成为幸光制药未来的一个拳头产品，会给医药界乃至社会各界都带来巨大冲击。我们非常有幸从国外请到了这位非常年轻的天才工程师，吴穹将会负责一个新部门，主要任务就是研发这款产品……"

虽然王怀松说得神秘莫测，但公司的不少人都早已知道这款新产品是什么。

Plus，一款智能手环。

说起来这也并没有什么耸人听闻的地方。智能手环市场早已饱和，竞争激烈，何况以生物制药为核心竞争力的幸光制药突然开发起智能手环，这听上去实在让人没什么期待。公司有些人甚至认为，这是进入平台期许久的幸光制药所下的另一招烂棋。

只有董事长不这么想。他似乎对这个计划信心满满，不仅在半年前就兴师动众招入一批新员工，秘密组建这个部门，甚至更加少地出现在公司，对公司的主要业务甚少过问，几乎全权交由副总裁打理。关于这个手环计划，虽然大家都有所耳闻，但真正参与其中的却少之又少。连公司的几位高层都几乎没有涉足。

现在又空降了一位部门总监……可以说，对于吴穹的加入，公司的多数人是持旁观和不满态度的。

员工大会结束之后，公司破天荒为迎接吴穹的到来举办了一个晚宴，不过只有中层以上干部才能参加。

王天依本没资格出现在这个晚宴上。

幸光制药的员工们虽然对董事长是否因为年岁增长而才能下降有所担忧，但这位时年才刚刚五十的男人能够凭一己之力创办幸光，并花了不到十年就让幸光成为全国医药界首屈一指的企业，确实有其过人之处。

所以虽然贵为董事长千金，王天依也还是通过普通招聘进入幸光，凭借自己真实水平获得了相应的职位——公关部一位普通PR。若不是她在公司太过光彩夺目，引人探究背景，她是王怀松女儿的事想必不会有太多人知道。而若不是她花了太多精力在谈恋爱上，以她操控人心的本事，也早已晋升为中层。即便如此，她还是在若干个关键时刻帮助公司化险为夷，因此，公司里极少有人拿她当绣花枕头看。

这也是为什么她出现在这个晚宴上，不会让人有什么想法。

晚宴已行至一半，王天依自觉时机差不多，不动声色往吴穹那边桌子一瞥，发现他的座位是空的。

果然。王天依心中一喜。见到这个男人的第一眼，她就直觉感到这是个略有难度的挑战。高冷，独来独往，待人彬彬有礼却总让人感到戴着一层面具，相貌算不上多英俊，却独有一番清秀。这些特质组合成了吴穹身上最吸引人的部分：神秘。

也是最危险的部分。

王天依喜欢危险。

或者应该这么说，王天依从不害怕危险。对于人性黑暗、肮脏、龌龊的那一面，她一向富有钻研精神。善良的人会被所有人利用，龌龊的人只能被强者挟令。

对于吴穹这样的男人，王天依早已想好攻略方法。

只有比他更神秘。

所以虽然已经在公司打过几个照面，王天依却几乎没怎么和他说过话，也注意没有透露自己的背景。

然而背地里，她早已把吴穹调查个底儿朝天。

母亲早逝，高中随父亲移民去了美国，卡耐基梅隆大学计算机科学专业毕业，后在硅谷工作了几年，最近被王怀松挖来幸光，主要负责Plus手环的研发工作。单看经历，只是普通的优秀青年，无甚特殊之处。然而，他会被父亲花大代价挖来的主要原因，在于这人在数据信息上卓越的处理能力。高中时拿了全美机器人比赛的冠军，大学时独立开发的软件被Google收购而身价过百万，毕业之后却异常低调地在一家小型创业公司工作。

虽然有些奇诡，却异常符合王天依对这样一个人格的想象。

此刻，如果猜得不错的话，吴穹应该在——

"要火吗？"

"嗯？"

露台上，支着胳膊看风景的吴穹见是王天依颇为惊讶，因为他并没有表现出要抽烟的意思。

"你是不是好奇我怎么知道？"

"什么？"

"你想抽烟。"

"嗯。你说说。"

"你裤子口袋出卖了你。"

吴穹低头一看，果然，裤子口袋里鼓出来一块，方方正正，看上去确实像放了一盒烟。

或者是别的。

"你怎么知道这不是手机？"

"我见过你打手机。"

吴穹用的手机是那种最老款式的细细窄窄的诺基亚，虽然不知道他一个科技行业的精英为何会使用这种老式手机，但正是这些反常之处让王天依对这个人愈加有兴趣。

吴穹微微一笑。

"你的观察力很厉害。"

"没有。"

"不过——"吴穹从裤子口袋里掏出那个东西，王天依惊讶地发现，那并非烟盒，而是一个手机。

另一个手机。

"我有用两个手机的习惯。还有，我不抽烟。"

王天依有些尴尬，但对方很快化解了她的尴尬。

"还好你也不抽。"

"嗯？"这下轮到王天依惊诧了，"你怎么知道？"

"像你这样有一口漂亮牙齿的女孩，应该没有抽烟的习惯。"

王天依微微一笑。

"你好,我叫吴穹。"

"我是王天依。"王天依笑了,说着递过右手。

对方却些微踌躇了一下,然后也递过右手。

那只手,却戴着副手套。黑色针织手套。

王天依这才猛然想起,前几次在公司碰到他,他都戴着手套。她没表现出任何不快,和那只戴着手套的右手握了握。

吴穹主动解释道:"不好意思,我没法和人作肢体接触。"

"哈哈,为什么?是你们工程师的职业习惯,还是……你真实身份是外星人?"王天依打趣道。

"都不是。"对方很认真。

"那是……?"

"我有病。"

4

"谢星星,你解释一下。"

"解释什么?"

邱自愈脸色铁青,这回,连谢星星都看出来他是真的心情非常不好了。他把一份报纸丢在谢星星面前:

　　　　心理咨询中心误诊害人,病人心病复发跳楼相胁

"头版头条。我看了下,连国家宣布拆除防火长城都排在了

下面。"

谢星星拿起报纸一看,新闻大致描述了昨日壮汉跳楼的事件和动机,二版还有一小块对跳楼者的访谈,和一篇巨大的专家评论。

评论大意就是指责现在的心理咨询中心一味掩盖残酷现实,只会灌输心灵鸡汤,治标不治本。后面则升华成了社会整体溃败、精神分析在当代的沦丧、幸福学理论之于当代的滥觞等等。上面是专家评论员的漫画头像。而谢星星举着大喇叭喊话的大幅照片则被登在了紧邻壮汉跳楼的照片旁边,配合以当代都市英雄的说明文字。评论文章更是将谢星星描写成了一位破除当代心理学精神分析迷思,大胆说出真相,鼓励跳楼者直面虽严酷但真实的现实的救世者。

谢星星猜测,这篇评论才是让邱自愈抓狂的主要原因。

她猜对了七成。这个专家评论员是新望咨询中心最大竞争对手的雇佣文人,这才是让邱自愈恼火的真正原因。

"你就这么爱出风头?"

"我没有……"

"那你昨天是为了什么?"

"为了救人。"

"所以你就骗他说你能看见未来?"

"当时情况很紧急……再说我那也不是骗人。"

"你又来了。现在咨询中心都传开了,说你我行我素不考虑公司名誉的这还是小,说你想踩着巨人的肩膀单飞的也不算啥,还有人怀疑你是竞争对手派来专门捣乱的……要不是你是李立秦介绍来的,我都差点相信了。"

"邱老师……"

谢星星刚想解释，突然一股男人的体热冲鼻而来，她一抬头，发现邱自愈不知何时站在了自己边上。很近很近，眼神似乎又开始放光。

"邱老师！"谢星星退后两步。

"啊？"

"如果我能证明我能看到未来呢？"

"什么？"

"您是不是就相信我说的了？"

"你……怎么证明？"

"您等一下，我去趟厕所。"

谢星星看着镜子，掏出一颗药丸，剥掉花花绿绿的糖纸，咬碎咽了下去。这是她刚刚制造出的新一批 Skinner。

等她回到房间的时候，佳佳正好在向邱自愈递送文件。谢星星抬手将两人一起拍了下来。

"怎么了？"等佳佳走后，邱自愈问她道，"愣在那干啥？不是要证明吗？"

谢星星表情古怪。

"要不……还是下次吧。"说完逃也似的离开了咨询室。

"哎！你这事儿还没完呢！"

回到自己咨询室，谢星星才又打开手机里那张照片，集中精神，未来那幅图片又若隐若现呈现了出来，照片上确实是邱自愈和佳佳，可两人浑身赤裸，佳佳趴在桌子上，邱自愈站在她身后，两人明显正在做一些不堪入目的事情。

这是怎么回事？邱自愈和佳佳什么时候有的婚外情？

谢星星皱起了眉头。佳佳平时被老板老板娘的爱情传奇打动的花痴模样又浮现在她脑海里。她会是这种人？

"星星姐？"

谢星星抬头，佳佳在门口露了个脑袋，吓了她一跳。

"怎么了？"

"噢，这是邱老师刚刚下发的通知……"佳佳拿着一张薄薄的纸走进来，放在谢星星桌前。上面是对谢星星全公司范围的通报批评，以及停发一个月薪水的处罚决定。

"你也别想太多。这个事闹成这样谁也不想……"佳佳安慰她，"都怪那报纸评论员，我听说是竞争对手的人，挑拨离间。"

"你觉得邱老师怎么看？"

"我觉得他也是处在中间比较难做吧，只好象征性地处罚一下。"

"你和邱老师，很熟吗——"

"我。诶？"佳佳觉得谢星星这话问得未免也太奇怪，"什么意思？"

"你觉得……邱老师和任老师关系好吗？"谢星星换了种问法。

"这还用说？"

谢星星看着佳佳的一双大眼睛，实在看不出有假。她突然注意到另一件事：佳佳穿的那身价格不菲的衣服，她也有一套同样牌子的。

"这衣服是……？"

"任老师送的。对了，她还让我下周去她家吃饭呢。"

一道灵光。

对啊，为什么不是邱自愈勾引佳佳呢？

谢星星又想起了在他们家吃饭时邱自愈那奇怪的表现。没有照片的相册、低沉的嗓音、房间的布置和若有若无的香水味……

谢星星终于意识到邱自愈是在做什么了。

催眠。

"催眠，以人为诱导引起的一种特殊的类似睡眠又非睡眠的意识恍惚心理状态。此时的人对他人的暗示具有极高的反应性。是一种高度受暗示性的状态。并在知觉、记忆和控制中作出相应的反应。"

尽管谢星星只是在大学时上过一学期催眠课程，此后再也没有深入这方面的研究和技术培训，但她仍然记得老师对于催眠的描述。不同于李超然这种半吊子坑蒙拐骗，她相信邱自愈之前在她面前展现的，是真正的催眠技术。

饶是自己有社交障碍，体质不易受到暗示，也被他搞得晕晕乎乎。她突然意识到了，邱自愈在情感咨询中一定也在不动声色地运用催眠术。这就是为什么他的咨询者总是满意而归。

而房间的布置、合影照的大量摆放、特定气味的香水……这些都是在对咨询者进行潜意识的心理暗示。

那么佳佳呢?

一定是被邱自愈催眠的。

继续想下去的话,佳佳不会是邱自愈第一个目标,自己也不是。所以,咨询中心到底有多少人被他用这种卑鄙的手法搞上过床?!

谢星星看着自己桌上那个印着邱自愈和任雪合影的广告宣传照,上面写着《哥林多前书》里使徒保罗那段关于爱的颂歌:爱是恒久忍耐,又有恩慈;爱是不嫉妒,爱是不自夸,不张狂,不做害羞的事,不求自己的益处,不轻易发怒,不计算人的恶,不喜欢不义,只喜欢真理;凡事包容,凡事相信,凡事盼望,凡事忍耐;爱是永不止息。

她感到手心出了不少汗。这种生理上的表现叫作愤怒。

该怎么办才好?

等一下,谢星星再一次凝神盯着照片打量,她突然被照片里墙上的挂历吸引住了,2016年3月21日。那不就是……明天?

谢星星掏出手机,在通讯录里找到任雪的名字。

5

W市第六中学。寒假后开学第一天。高二(5)班。

"同学们好!"

"老师好!"

新班主任大黄接收这个重点实验班的第一天。

这是高二下学期,对于所有学生来说,是非常重要的一学期。

Party 3 欺骗者

这学期他们将学完整个高中的所有课程，以备高三整学年进行高考冲刺。

大黄是从一中调派来的新老师，本不应该从高二接手，但因为这个班的班主任休产假，不得不顶替了她的班。

开学前她已经打听过了，这个班出奇地优秀，学生个个让人放心，每学期都是先进班级，可以说是全校最好管教的一群学生。

但面对这样一群陌生的目光，自己刚工作也没多久的大黄还是有点怵。

"今天第一堂课，我想先自我介绍一下，我姓黄，大名黄兆莉，你们可以喊我黄老师，或者大黄。"她有意这么说，试图留下一个亲切的印象。

然而下面一片沉默，她不禁有些紧张。

"老师，我们知道啦！"

其中一个学生说道，对她挤挤眼睛，冲着她身后努嘴。

大黄回头一看，这才发现原来学生们早已知道自己要来，在黑板后头写上了欢迎她的艺术字，配合以精美绝伦的《火影忍者》粉笔画。

她十分吃惊："这是……？"

"文艺课代表画的。"那学生介绍。

下面一位女生举了举手，自信甜美地冲大黄一笑。

"真厉害。"

"老师，画是我画的，字是语文课代表写的。"

另一男生则不好意思道："不过老师您的名字是数学课代表打

听的,还有今天这教室,是劳动课代表和同学们一起打扫的。"

"你们真棒。"

"还有还有,粉笔和粉笔擦都是新的,学习委员去领的噢。"

"谢谢,我很开心。"

"不过呢,所有这一切,都是我们的班长安排指挥的。"

"对,要是没有班长,我们想不到这些。"

"真的,最大功臣是班长。"

大黄看着班级一片团结友好的氛围,不由得非常感动,同时也放了心,和传说中的果然没两样。虽然这种欢乐的氛围,总让她觉得有些怪怪的。但要说怪,又说不上哪里怪。

"那么,班长是谁呢?"大黄问。

班级里突然安静了,仿佛就是等待着大黄问出这句话。

"班长?"她又询问了一遍。

"老师,"头一个发言的学生说,"班长今天好像请假了。"

"对,他身体不舒服。"

"您放心,今天布置的所有作业我们都会告诉他的。"

开学第一天就请假?大黄在心里皱了皱眉头。

但她没往心里去。这位能够赢得所有同学喜爱和服从的班长,一定是一位非常优秀的同学。这是她认识高二(5)班的第一天,她相信自己会慢慢了解这些可爱的同学们。

结果,班长第二天也没来上学。

据语文课代表说,是生了肠胃方面的病,还在医院打吊针。

"不过,班长托人给老师送来了礼物。"

"礼物?"

语文课代表从背后拿出一个包装十分精美的小盒子,递给她。

"那我先上课去啦。"

她走后,大黄拆开了那个盒子,是一个八音盒。打开来,放的是《灌篮高手》的主题曲。

奇怪,这孩子怎么知道我喜欢这个?

下午最后一节课之前,劳动委员来办公室领新作业本、练习册的时候,见到大黄,非常认真地告诉她不用担心班长。放学后他会和另外几个同学去探望班长,并帮他带上这些作业本和练习册。

"你们真是好孩子。"

"不不,这是应该的,班长平时对咱们也这样。"

"是吗?"

"我阑尾炎手术那次,整整半个月没去上学。结果班长每天放学都来我家,帮我补习功课,还给我送吃的喝的。要不因为他,那次期末考我就完了。"

大黄做了个夸张的表情:"看来你们这班长真是非常好啊。"

"的确是的。"劳动委员说着,露出了一丝微笑。

大黄看着远去的劳动委员,又把八音盒从抽屉里拿出来摆弄了一会儿。不知是不是她多想,她总觉得劳动委员那个微笑,有点意味深长的意思。

第三天,第四天,第五天,班长一直没来上学。

关于班长的传说却越来越多，越来越夸张。班里几乎每个人都发自真心地赞美班长。有人说他曾经有段时间数学退步，班长就把自己的数学笔记无私奉献给他，帮助他提高成绩；有说她受到隔壁班级女生团体欺负，是班长独自一人跑去找对方，不知怎么就解决了矛盾；有说联欢晚会汇演前不慎把演出服弄坏，班长当即和他换了，宁愿自己穿着破演出服遭人嘲笑；更夸张的是说父母太忙没时间给自己做晚饭，班长竟然会亲自上门帮他做一桌不亚于餐厅水准的菜肴。

大黄已经完全听傻了。

面前这位目测体重两百斤的学生还在眉飞色舞地形容那桌菜是多么的色味俱佳："我简直宁愿父母天天不给我做饭。"

"这位班长，他成绩怎么样？"

胖子一愣，立刻说道："当然很好咯。基本上每学期都是第一。"

"每学期？好像不是吧。"一个女孩走进办公室，大黄认出这是班上名叫朱娜的女生。朱娜拿出一张假条递给大黄，下午第二节课后她要去上美术课。

"你又知道什么了？"胖子不满道。

"上学期、上上学期，他都不是第一。"

"哟，看不出来，你成绩一般，对排名倒挺关注嘛。"

朱娜没理会胖子的阴阳怪气，交上假条就走出了办公室。大黄知道这女孩成绩一般，准备走艺考的路，便不放在心上，又回到关于班长的问题上。

"他年龄多大？"

"和我们一样啊。"

"也长着两只眼睛一只鼻子？"

"哈哈哈，老师，您真会开玩笑。"

"那他，就没啥特别的地方？"

"这个……"胖子挠挠头，突然想起来什么，"对了，他是市长的儿子。"

"市长的儿子？"

"他很低调哦，从来没说过，不过我们都知道。"

胖子走后，大黄找来高二（5）班往期的成绩名录查看。

常迟，也就是这位班长，的确是成绩优异，每门课都没的挑。

大黄终于觉得不对劲了，这位班长，是不是完美得过头了？

已经快两个星期了。班长还是没来上学。

尽管每天都有不同的同学去慰问他，然后带来新的假条，但大黄还是觉得，两周都没露面，这也太说不过去了。

中午在食堂吃饭的时候，她正好和教数学的老师坐在一起，便问："话说班长究竟是怎么样的一个人啊？"

"啊？"

"我说我们班那位常迟同学。"学生们总是开口闭口说班长，大黄也被带习惯了。

"哦，那孩子啊。就是上周测验满分那个？"

"不不，是班长，你说的那是学习委员。"

"班长？"数学老师想了好一会儿才想起来，"哦，你说那孩子啊。"

"对。"

"挺普通的,我印象不太深。"

"怎么会?"大黄惊奇道,"他很受欢迎的啊,功课又好,我以为他是学校的什么风云人物呢。"

"没听说。你要说功课好,这个班孩子功课都好。"

他说的是实话,论成绩班长虽然好,但和他差不多的班里总也有十来个。

"你就没觉得这孩子有哪儿特别?"

"没啊。"

大黄觉得有些奇怪。这之后,她又跟好几个代课老师打听对班长的评价,都和数学老师差不多。很普通,没啥印象,存在感不强。

这是为什么?

她决定周末无论如何要去家访一次,见一见这位传说中的班长。

6

照片上没有开灯,又有光线,所以一定不是晚上。而这一天邱自愈的工作表上午是排满的,中午他通常会和员工一块儿吃饭,以便和大家打成一片。一点钟之后他会在自己的咨询室休息一个小时,这期间谁也不能打扰。而且这时候,他房间斜对面的服务前台小丽总在看韩剧,有什么动静一定逃不出她的耳朵。据任雪说,她下午四点半要和邱自愈一起出去见一位客户。那么邱自愈就得在四点左右离开。

所以,邱自愈会对佳佳下手的时间,就必然是在两点到四点之间。看他的能力,持续时间应该不会很久……所以要掐准那个时间,就得好好把握。

吃午饭的时候,谢星星不停地抬头观察邱自愈,差点被他看出破绽。

"我不过扣了你一个月工资,至于这么耿耿于怀吗!"

"没,邱老师,你脸上有颗芝麻。"

"那是痣。"

"噢。对不起。"

佳佳没在饭堂出现,也许她去外面吃饭了。

一过两点,谢星星立马从自己的房间出来,开始在邱自愈咨询室门口流连。

"佳佳呢?"她问小丽。

"哦,吃饭还没回来吧。"虽然已经是上班时间,小丽目光仍停留在 iPad 上,希望能见缝插针把这集电视剧瞄完。

谢星星只好守在邱自愈房间门口。

"你,下午没事?"小丽终于忍不住问她。

"我……哎,这男主角怎么能这样呢!大白天的就上手了?"

"是吧!我也觉得,编剧编的什么乱七八糟的!"

两人很快就电视剧讨论起来。

十分钟。二十分钟。三十分钟。

谢星星不住看表。

佳佳还没出现,任雪倒是来了。

"小谢啊。"

"任……老师。您来得真准时。"

"是啊,从没见你这么认真要给我看什么东西,我人到了,东西呢?"

"呃,您能不能稍微等一会儿。"

"天哪,孩子,我可是百忙之中抽身。"

"就一会儿……您先在休息室那里喝杯咖啡。"

"好吧。"

任雪面带失望地走开。

谢星星又看了一眼表,快下午三点了。佳佳还没出现?

邱自愈咨询室的门突然开了,邱自愈走出来,似乎是准备去找谁,一抬眼看到谢星星,突然又改变主意似的说道:"小谢,正好,你来一下。"

谢星星只好进去。

邱自愈把门用力关上,关得谢星星心脏一抖。

"什么事?"

"上回那个事情,我还没跟你说完,你就走了。"

"不是已经作出处罚结果了吗?"

"结果是出来了,不过我知道,你心里是不服气的。"

"没有没有,这个您放心。"

谢星星看着时间一分一秒过去,心里着急想出去。她就是为了赶在邱自愈用催眠引诱佳佳的那一刻冲进来揭露他的真实面目,才特地把任雪叫来的。任雪有多忙她自然知道。如果喝完一杯咖啡还不见谢星星有什么重要的事,任雪多半会起身就走。

"怎么会呢。"邱自愈一把按在谢星星肩上,示意她坐下。

谢星星只好坐在通常是咨询者坐的那把软沙发椅上。

"中午你盯着我看,我就知道你心里有疙瘩。"

"我那是……"

"别解释了。"邱自愈突然声音变得低沉,"小谢,你要理解我的用心。"

谢星星心中一凛,邱自愈这声音她很熟悉。莫非他要对自己下手?

不对不对,照片上显示的未来明明是邱自愈和佳佳啊。

"未来是可以改变的。"

谢星星想起了自己得出的这个结论。

由于谢星星闯入了这个"过去的未来",未来发生了改变,产生了新的未来。

所以,那张照片,现在或许变成了邱自愈和自己……

谢星星赶紧摇摇脑袋,把这幅画面从脑中赶走。

不行,如果是她成了佳佳,那就没人来替自己揭露邱自愈了。

等等,谢星星心念一动,也许,任雪可以?

想到这里,她假装被邱自愈的催眠蛊惑,做出昏昏然的样子。

"邱老师,你的声音怎么这么……"

"小谢啊,其实我一直觉得你很聪明,又漂亮,一直很欣赏你……"

"邱老师,我怎么觉得这里有点热。"

"那你把衣服脱了吧。"

"好。"

谢星星站起来把外衣脱了,走到衣帽架那里挂上,伺机偷偷给任雪发了条微信,"我在邱老师咨询室,快来。"

"邱老师,我一直把您当父亲看待。"

"是吗?那我可太幸运了,"邱自愈靠了过来,越凑越近,一只手搭在谢星星肩上,"有你这么漂亮的女儿。"

那只手开始往下滑,往下滑,最后停在了谢星星腰上。

谢星星掐着秒,从休息室走到这儿,只要不到二十秒。

十五,十四,十三……

"不过,比起做你的父亲,我更愿意……"

邱自愈把谢星星搂向自己。

十,九,八……

"……做你的情人。"

邱自愈把脸贴近谢星星,准备吻她。

五,四,三……

谢星星已经听到了门外的脚步声。

就在开门的前一秒,谢星星的手机突然响了,铃声大作。

邱自愈好像触电一般,立刻把手收回去。

任雪恰好把门打开。

"老、老婆,你怎么来了?"

"嗯？不是小谢……"

"我找任老师有点事！"谢星星抢道，然后拿上外套拉着任雪走出去，内心大骂哪个浑蛋这时候打电话，低头一看是赵芬奇。

"喂？什么事？"

"呃，就想告诉你，晚上去你家吃饭，我想了想还是让苏阿姨做鲈鱼吧，草鱼刺多。"

"浑蛋！"谢星星刚想挂上，看见一直盯着自己的任雪，突然有了主意，"话说，你现在是不是在做节目？"

"是啊，这不广告时间吗，抽空给你打的。"

"那你能不能帮我一个忙？"

"小谢，你把我叫来到底什么事啊？"任雪看手表，"我一会儿得去见客户呢。"

"任老师，是这样的……"谢星星走到小丽那儿，趁她没留神，拿起她的iPad，调出广播APP。

"下面这首歌呢，是一位名叫谢星星的听众点播的，她想特别送给她的，送给一直以来关照她的领导，任雪。好，接下来由Beyond为我们带来这首，《海阔天空》。"

任雪愣住了，看着谢星星，对方努力挤出一张真诚的笑脸。

"……谢谢你，小谢，我还以为你在搞什么恶作剧呢。"

小丽扭头发现iPad在谢星星手上，正准备问她，谢星星赶紧堵上她的嘴:"话说这个佳佳啊,怎么还不回来,找她有急事呢。"

"她啊?回来了啊。"

"啊?在哪儿?"

小丽把嘴一努:"里头咯。"

原来佳佳在刚刚谢星星偷偷跟赵芬奇打电话的时候,已经进了邱自愈的房间。

"什么时候进去的?"

"噢,十分钟前吧。"

就是现在!谢星星拉着任雪,对方还在听那首《海阔天空》。"任老师,我还有个东西要让您看。"

"哎,歌还没听完。"

"一会儿听。"

"一会儿就结束了。"

"一会儿我给您唱。"

谢星星去开邱自愈咨询室的门,没有反应。锁上了。

"任老师,您有咨询室的钥匙吧?"

"有啊。"

"快给我。"

"做什么?"

"解释不了那么多了,总之快给我!"

任雪慢腾腾把钥匙拿出来,谢星星立刻拿过钥匙开门——

邱自愈正和佳佳抱作一团,佳佳的上衣已经褪到了腰间,眼神迷离。

邱自愈还未反应过来,谢星星已经抢上一步:"住手!"

佳佳这才幽幽醒转过来,当意识到这是什么情况时,短促低沉地尖叫了一声,然后赶紧把衣服穿好。

"你们——"邱自愈表情尴尬,愣在原地。

谢星星感到身后的任雪没有反应,才扭头看她,发现她的神色竟然极为平淡,仿佛习以为常。

"这就是你要让我看的?"

"嗯。"

"谢谢你,小谢,这情况我知道了。"任雪看了看表,"时间不早了,我得去见客户了。你的歌,我改天再听吧。"说着任雪非常平静地走了出去,好像刚刚发生的一幕还没有那首《海阔天空》不寻常。

难道我有什么地方搞错了?

7

大型百货商店,谢星星陪着王天依试鞋子,王天依仍在滔滔不绝地讲述她那位真爱。

"实在太帅了。又聪明,又低调,又神秘,完全就是我心目中完美的男神。"

谢星星完全无心听讲,她满脑子还在前一天捉奸的事情上。虽然看似成功了,可任雪的反应让她感觉比失败了还要沮丧。更何况,这之后要怎么办,她还完全没有头绪。咨询中心这份工作肯定是保不住了,就是不知道邱自愈会不会报复她?但比起这些来,那种蓄力满满却像是击中了一团棉花的挫败感,是她最无法忍受的。

"不过就是有一点不好。"

"什么?"

王天依放下那双小鹿皮的靴子,瞪着镜子里的自己:"你说一个人没事总戴着手套,这是什么毛病?"

"气血两虚症状,末梢循环不好。"

"啊?"

"就容易手足冰冷。"

"哎呀!人家不是这毛病。"

"那就是他手上文了什么难看的文身。"

"应该也不是。"

"或者……对了,我听说 Gay 都爱戴手套。"

"不是不是!绝对不是 Gay。"

"为什么?"

"因为他看我的眼神……"王天依陷入花痴中,羞涩地笑起来。

"原来你们已经发展到这一步了啊。"

"也没有。连手都没碰过呢。"

"真的假的?"

"就是因为他说他没法跟人有肢体接触嘛……"

听到这儿,谢星星不禁一愣:"没法跟人有肢体接触?难道是……"

突然,她看到前方不远有个熟悉的身影晃过,虽然戴着大号墨镜,打扮的风格也和往常迥异,但她不会认错,那人是任雪。

更令她惊讶的是，任雪还挽着一个男人的胳膊，神色亲昵。

那男人不是邱自愈。

"难道是什么？"王天依问，"对了你要不要看他照片？"

"你在这里等我下，我去去就回。"说着谢星星已经站起来匆匆走开。

"哎——难道是什么啊？"王天依的手机刚刚亮出吴穹的照片。

任雪和男人有说有笑，在柜台之间流连。

谢星星心想，莫非是她受了邱自愈的刺激，为了报复立刻新找了一个男人？

可看两人的样子，实在不像刚刚认识。

谢星星情不自禁拿出手机对准任雪拍了一张照片。

她凝神去看，一会儿，照片上浮现出了……任雪和邱自愈？不对，是邱自愈和另一个女人抱在一起，而任雪站在两人旁边，脸上似笑非笑，好像在看一出精彩大戏。

这也太诡异了。

背景是邱自愈的咨询室？不，谢星星又仔细看了看，这是在任雪和邱自愈家里，那间布置得和咨询室差不多的房间。

谢星星又猛然想起邱自愈当时拿着相册给她看时的状态，以及，他在任雪面前总是揪衣角的动作。

原来如此。一切都搞错了。

邱自愈当时并不是在催眠谢星星，他是被催眠了。

是被谁呢？

"小谢?"

谢星星抬头,任雪正站在自己面前。"你怎么……"

任雪看到谢星星手中的手机,上面正是自己的照片,她明白了。

"昨天刚捉完我丈夫的奸,今天轮到我了?"

"我是碰巧。"

"噢,那你可能误会了,我和刚刚那位,我们是大学同学,今天正好遇到。"

"任老师。"

谢星星声音平静,任雪意识到不必在她面前装了。

"小谢,有些事没你想的那么复杂,也没你想的那么简单。"

"你们夫妻俩的婚姻情况我不关心。我只关心,您究竟要放任邱自愈这样祸害多少女孩?"

任雪假装露出惊诧的表情:"我不明白你在说什么。"

"您知道得很清楚。我不知道邱自愈之前受过什么刺激,不过,他表现出明显的妄想、幻觉……"谢星星顿了顿,"这是偏执型精神分裂症的典型症状。"

任雪沉默了。

"但不单单是精神分裂,他应该受过某种强大的暗示,这才导致了他引诱佳佳的行为。"谢星星忍住了没说自己的遭遇,也忍住了没问之前还有多少人受害,"如果我猜得不错的话,应该是——"

"是我,没错。"

"为什么?"

"你刚刚看到的那个男人,不是我大学同学,是我第二百八十五个男友。或者按你们年轻人的说法——炮友。"

任雪突然像变了个人似的,露出满不在乎的笑容,仿佛之前的所有都是伪装。

"没办法,我就是需要新鲜感。老邱跟我结婚的时候知道这一点,本来说好是 Open relationship,结果结了婚他还是受不了……"

"他就是因为这个得的精神分裂?"

"还有一点家族遗传。他妈就是因为他爸在外面找女人才进了精神科。"

"那他还执意要和你结婚?"

"他离不开我。"任雪说得好像这是再自然不过的一件事,"所以,他产生那些幻觉之后,开始求我帮帮他。我告诉他,'你自己也去找别的女人就好了'。一开始他还不愿意,后来有了第一次之后,就体会到了乐趣。现在,我们有时还会一起……"

"好了不用说了。"

"所以我说了,小姑娘,这事很复杂,也很简单。"

任雪说完就被她的男友拉扯走了,留下个意味深长的笑容。

看着任雪的样子,谢星星感到一阵恶心。这就是咨询中心爱情神话的真相,如果不是被自己偶然发现,还不知道有多少人会继续被这所谓的活招牌蒙蔽。

现在该怎么办?

"星星姐,你真的决定要走吗?"谢星星一从咨询室出来,佳佳就拉住她。果然是小地方,辞呈刚刚递交,就几乎所有人都知道了。

她想起前一天和赵芬奇在家里吃饭，赵芬奇见她一副低沉的样子，非要拉她出去放风筝。

"大半夜的，天又冷，放什么风筝啊？"

赵芬奇却已经拿出他那只上学时自己制作的大风筝，推上了自行车。"少废话，快点上车！"

两人来到平时常去的公园，赵芬奇让谢星星捏住风筝，自己骑上车，牵着线辘，风驰电掣般在黑暗的公园里骑起来。

等风筝稳稳当当在天上挂起，他才骑回谢星星身边，把线辘一交："给。"

谢星星接过线辘，在长椅上一坐，一言不发。

"你今天到底怎么啦？"

"你说，假如你知道有些事不该发生，却又没有能力阻止，你会怎么办？"

"那就放风筝咯。"

"我说真的。"

"我也说真的啊，"赵芬奇一脸严肃，"就好比你捏着这个线辘，就只能管这一只风筝，别家的风筝飞得高还是低，你都管不上啊。"

谢星星盯着线辘，陷入沉思。

"那还有，你别老住我家行吗。"

"谁让你妈做饭的手艺好呢。"

谢星星回到现实，看着咨询中心里忙忙碌碌的人，上门的那些或伤心或蹙眉或愤怒的咨询者，心道，我还是捏着Skinner这一个线辘吧。

谢星星走出咨询中心的大门。

"请问,这里是新望咨询中心吗?"

谢星星抬头,一对男女正牵着一个大男孩,看上去是父母带着儿子。

"对。"

"好。"那位母亲拉着儿子往里走,一边说,"这是带你来看的第五家心理咨询了,你要再不肯上学……"

那男孩没理会母亲的训斥,而是回头对谢星星露出浅浅一笑,腼腆地说了声"谢谢"。

谢星星愣了一下,走上前叫住他们:"你们是看什么的?"

"啊?"

"我是这个咨询中心的医生。你们来看什么问题?"

"哦,"那父亲颇有气派,说话沉着稳重的样子,"是这样,我儿子不知有什么毛病,就是不愿意上学。"

"我们也不想带他看心理医生,但除了看心理医生,好像也没啥办法了。"

"之前看了四家,都说他心理没问题,但他还是……"

这父母一唱一和,好像儿子并不在场似的。他们的儿子也并不恼怒,只是静静地站在一旁,看他们说话。

谢星星打断他们,问男孩道:"那么你为什么不愿意上学?"

"我……"他的声音唯唯诺诺,一边说话,一边打量父亲,最终还是没说什么。

"你在学校有朋友吗?"谢星星不知为什么问出了这句话。

"当然了,他在学校可受欢迎了。"他母亲说。

"我们从小就教育他要多交朋友。"他父亲补充道。

说到这儿的时候,谢星星从男孩的眼里竟然看到了一丝——恐惧?

极度的恐惧。

这男孩身上究竟遭遇了什么?

"你好,我大名谢星星,你叫什么?"

"常迟。经常的常,迟到的迟。"他母亲抢道。

谢星星掏出一张名片:"你们进去就说挂我的号。"

"您是哪一科?"

谢星星想了一想:"风筝。"

"疯狰?我儿子好像还没到那一步。"

"不不,风筝,天上放的那种。"

"风筝科?这里还有这种科?"

"本来没有,"谢星星转过身去,她看着新望咨询中心的大楼,改了主意,"现在有了。"

Party 4 复仇者

1

目的地在一片红砖小楼的旧别墅群中，位于 W 市西边。这小区颇有年头，围绕 W 市最早开发的一片人工湖而建，因此取名为琥珀潭。

谢星星拿着手机上抄下来的地址，跟着 Google Map 七绕八绕，还是没有找到 B 区 10 栋在哪儿，只好向一个清洁工打听。那大妈一听她是去 B 区 10 栋，露出奇怪的神色："你也是去看那户人家儿子的？"

"'也是'？最近有很多人去吗？"

"对啊，几乎每天都有。有时是一个学生，有时是几个一起。对了，刚刚还来了一个。"

"刚刚？"

"就是一小时前，不过这回不是学生，是个女的，说是他班主任。"

谢星星没多想，顺着大妈的指示，很快找到了常迟家。

那也是一座小楼。在琥珀潭住着的，多是有名头有地位的人。

谢星星猜常迟他家也一定有些背景。然而到了楼门口，却看到一个工人模样的人正在刷墙。再仔细一看，不是刷墙，而是把墙上原来的涂鸦盖去。

难道是之前被涂上了什么牛皮癣广告，或是不良少年的即兴创作？

"你好，请问这里是常迟家吗？"

"对，你是？"

"噢，我是新望咨询中心的心理医生，约好了今天做上门治疗的。"

"那你等一下。"

那工人正准备敲门，门却自己打开了，从里面走出一个女人，看上去挺年轻，后面跟着常迟的父母，欢送前者出门。

想必这就是那个班主任了。

谢星星和她擦肩而过，注意到对方眼睛里有一丝奇异的光彩，就像刚刚收获了什么礼物，不由得多看了两眼。对方却没怎么看她，径直走了过去。

常迟父母见是她，招呼道："谢医生来了？快请进。"

谢星星进屋，内部装修虽然不算豪华，但能看出布置非常讲究。

常迟正坐在沙发上，胳膊搁在沙发靠背上，一种非常放松的状态。突然听到又有客人来，连忙起身。转过身的时候，已经又是谢星星之前见到的那个非常腼腆的孩子。

常母招呼他去洗水果，常父请谢星星在客厅坐下。常迟洗好了水果，又被常父吩咐去沏茶。那不是普通的沏茶方式，而是一套复

潜能者们

杂的茶道。常父用欣赏的目光审视完这整套动作,好像这不是自己的儿子,而是家里的一个用人。

"那,咱们就开始?"谢星星问。

"别急嘛。小迟,你带谢医生先参观一下家里吧。"常父说。

"爸,我想先上个厕所。"常迟看起来非常疲倦。

"忍一忍,先带谢医生参观。"

于是,常迟又起身,带领谢星星参观了一楼、二楼和三楼阁楼。确实是挺大的房子。参观到常迟自己房间的时候,谢星星进门就震惊了。

书架占了两面墙,从地板到天花板,排满了各种书,少说也有两三千本。房间里还摆放着钢琴、绘画架、足球和天文望远镜。

这哪儿是一个高二生的房间?

"你兴趣真多啊……"

"不是我的兴趣,我爸妈的。"常迟的语气听起来有一丝无奈。

谢星星走近书架仔细浏览,全套的卡耐基著作、《高效能人士的七个习惯》《成功、动机与目标》《领导力》《一生的计划》……

"这些书都是你自己买的?"

"是,不过是我父母列书单,我去买。"

谢星星终于看到一套《神雕侠侣》:"这总应该是你买的了吧?"

"是,不过是小海让我买的。"

"小海?"

"我们班文艺课代表。"

"你还帮你同学买书啊?"

"是……这些足球的是给体育委员的,这本言情小说是语文课代表想看的,还有这个,这个,这个……"

"等下,那哪些是你自己想看的?"

常迟挠挠头,走到书架最远那端,蹲下去,抽出一本薄薄的小书走回来。谢星星一看,《家常菜精选1288例》。

"你看这个?"

"对,有时我会给父母做做菜。呃,有时还上同学家做。"常迟不好意思地笑笑。

要不是亲眼所见,谢星星简直难以相信站在她面前的是一个高中生。

参观完毕下楼,常迟去厕所后,常父开始介绍自己的教育经,"我们从小就注重对他的全面培养,不光是学习,还有人格、品质、道德观、价值观……"

谢星星打断他:"你们觉得常迟为什么不肯上学?"

常父常母相互看了一眼。"不知道。挺突然的,以前从来没有过。"

"他在学校没发生什么事吗?"

"没有呀,一切正常。寒假也好好的,开学还换了个老师……"

"是不是因为换老师?"

"不会,听他老师说,他没去上学,还安排同学们准备了新老师的欢迎仪式。"

"那……"谢星星直视着他俩的眼睛,"有没有可能是常迟在学校遭遇了霸凌?"

"霸凌？"

"就是被学生欺负。像常迟这么优秀的孩子，很容易遭遇到小团体的集体欺凌。"

"这……不太可能。"常母说。

"对，他同学都很喜欢他，他没去学校，还天天上门给他带作业。"

谢星星突然想起什么："对了，我来时看到您家工人正在外头刷墙，那是怎么了？"

"哦，是……"常父和常母对视了一眼，闪过一丝犹豫。

身后传来一些响动，是常迟上完厕所回来了。

"是我涂的。"常迟神色平静地道。

"为什么？"

"这孩子大概是在家里待着太闷了……"常父赶紧说。

谢星星站起来："参观也参观了，我们可以开始进行咨询了。就去常迟的房间吧。"

"好，好。"

谢星星见常迟父母也要跟着一起来，便说："咨询通常不能有其他人在场，不好意思，您二位就不用一起来了。"

"呃，那好。"常母说完，又对常迟说，"招待好谢医生。"

从见到这一家三口开始，谢星星就感受到一种非常怪异的气氛，现在这气氛则达到了顶峰。她赶紧催促常迟上楼。

坐在房间里，谢星星才松了一口气，那种压力感总算缓解了几分。

常迟坐在她对面的床上,有点不知所措。

"你放心,我不会问你为什么不想上学。"

"嗯?"

"这话一定每个人都问过了吧。刚刚你应该也回答过一遍了。"谢星星估计那位班主任也是为这事上门来的。

"嗯……"

"我更想知道,你在外面画了什么?"

"没什么,就是一些图案。"

说这句话的时候,常迟低下了头,把目光错开。

谢星星突然想到,也许可以拍照试试能不能看出什么。

"我能帮你拍张照吗?"

"好啊。"

谢星星拿起手机,常迟抬起头,直视着镜头的眼光还是有一些不好意思,表情微微不太自然。那样子,让人总想叫他为自己做点什么。

谢星星盯着拍出来的照片,没看到任何未来的浮影。这表示什么?

也许只是药效不稳定。

谢星星放下手机,眼角恰好瞥到桌上的作业本,她拿起来。

"等等……"

"怎么?"谢星星不知道常迟为何对这个这么敏感。

"那是……那不是我的作业。"

谢星星翻开看,本子上写的确实是另一个名字:姚海。"这是……

文艺课代表?"

"对。"

"她的作业本怎么会在你这儿?"

常迟又低下了头:"我得帮她写。"

谢星星看到桌上还有一堆作业本。难道……?

她又随意翻开几本,果然都是不同的名字。还有各种练习册、辅导书,甚至有一套《海贼王必知必会100问》。

"做出来那个就能拿到限量版海贼王手办。"

"这又是哪个同学布置的?"

"嗯……是刚刚班主任留下给我的,她是一个动漫迷……"

谢星星皱起眉头,这到底是怎么回事?

常迟又打了个哈欠:"谢医生,咨询什么时候结束?我还有一堆作业要写。"

"你为什么一定要帮他们做这些事?"

常迟沉默了,过了好一会儿才说:"因为他们是我的朋友。"

"朋友?"

"朋友。"常迟站起身来,把音响打开,拿起手机,"听首歌吧。"

勃拉姆斯的《德意志安魂曲》。"这个,是我自己喜欢的。"他说,"可能是唯一一件我自己喜欢的事情。"

2

"我不同意!"邱自愈整颗脑袋都红了,粗声粗气地说,"你不但要收回辞职报告,还想单独开一个科室?你做梦呢!"

"我就是在做梦。"谢星星淡淡地说,然后看着任雪。

"小谢的想法也不是完全没道理。"任雪拿起那份计划书,"风筝科,专门接收那些由未知原因而产生复杂身心问题的咨询者,咨询者通常难以发现其病灶,或难以治愈及助人自愈……我觉得挺好。"

邱自愈像是不认识任雪似的,用怀疑的眼光看着她。

谢星星估计任雪还没有把自己威胁她的那番话告诉邱自愈:"你和男人偷情的照片在我手上,邱老师引诱佳佳的事情我也亲眼目睹,如果不答应我的条件,这些事情我会告诉新望的每一个竞争对手。"

任雪十分清楚地知道,新望能有今天的名声,他们的夫妻形象至少有一半功劳,更清楚那些竞争对手对这夫妻俩的八卦又是多么延颈鹤望。可想而知,这件事一旦传出去,效果会是怎样。

"你的条件是什么?"

"第一,你们夫妻俩想玩什么变态的情感游戏都随意,只是你不得再操控邱自愈引诱无辜的女性;第二,我要新望单独给我开一门科室。"

任雪只想了三秒:"我答应你。"

为什么要回来?

赵芬奇的话一直在谢星星心里回荡:"你捏着这个线辘,就只能管这一只风筝,别家的风筝飞得高还是低,你都管不上啊。"

然而递交辞职报告之后,谢星星一直觉得,这不是解决问题的正确方式。

逃避不是正确的解决方式。至少不是唯一的。

"因为我在那里没有朋友。"常迟的这句话又浮现了出来。

是因为在门口遇到了常迟？不不，绝对不是因为他。谢星星想，自己又不想做什么英雄，她只是需要新的Skinner研究对象而已。

她需要的不是普通人，也不是天才，她需要的是那种极不寻常的对象，那种本身具有某种偏移，因此需要寻求平衡的对象。

她在常迟的眼睛里看到了这种极端不平衡：具有非常强的能力，同时在性格上极端懦弱，轻易被人支配。

借助新望这样一个有名气的咨询中心，她能够大大节省寻找这类被试的精力。

邱自愈在任雪的逼视下，只好点了点头，在计划书上盖了章。

流程很快走完。这周内，咨询中心就会安排出新的诊室。

"为什么要叫这个名字？"任雪问。

"随便起的。"

谢星星坐在椅子上，时间是下午三点。她已经这样盯着诊室的门盯了好几个小时。

一个病人也没有。

而这已经过去一个星期了。

唯一的咨询者常迟又约了做上门诊疗，谢星星坐在这间空荡荡的新诊室内，只好开始继续整理照片。

右手食指前两天已经被照片边缘割破了一个小口子。伤口看不见,又挠心挠肺地疼。

看见未来的规律依然没有摸透,她只感到越来越头疼。

为此,她专门换了有强大照相功能的新手机,一有空就随手拍一些路人的照片,然后整理出来,记下哪些能看见,哪些看不见,看见未来浮影的次数、时间、内容……在电脑上做了巨大的分类记录表格,并试图用SAS进行统计学分析。

把所有照片一一整理完毕,她又看到了最开始拍的那几张,包括那张她和路人拍的合影。

现在她必须非常用心专注地去看,才能看到微弱的她和那人相拥接吻的画面。

她发现所有能看出未来浮影的照片,虽然维持时效不一,但都会慢慢消褪,直到再也看不出来。

咚,咚,咚。

一阵敲门声,她放下照片。难道是佳佳又把什么东西落在这儿了?

"请进。"

门被推开了。

"是谢医生的诊室吗?"

竟然有病人上门?

"对,是——"

看到那人的样子,谢星星愣住了。

对方穿着黑色帽衫和牛仔裤,戴着顶卡其布色的棒球帽,穿一双黑色帆布鞋。谢星星低头看了看手中的照片。

对，没错，就是他。他就是和自己合影的那个男人！

谢星星五雷轰顶，她原本正疑惑自己怎么会和一个不可能再见第二次的路人有那种未来，谁知在命运的安排下，她又一次和这个人相遇了。她感到一种被玩弄的感觉。

"怎么了？"那人见谢星星看着自己说不出话，表情怪异。

"没，没什么。"他想必完全不记得自己了。

"你好，我叫吴穹。"

对方伸出手，谢星星这才注意到他两只手都戴着黑色针织手套。谢星星也伸出右手。"你好。"

吴穹？这名字很耳熟，好像在哪儿听过。

"我是你朋友……"

"王天依！"两人同时说道。

谢星星终于想起来了，王天依念叨了好久的真爱，男神，传说中比小栗旬还要优秀的男人。

原来就是被她在股票交易所拉着一起合影的路人？！

她怎么完全没觉察到这人有王天依形容的那么……独特呢。

"对，她介绍我来看病的。"

"好吧。"

谢星星估计，这又是王天依为了拉近和男神的距离而想出来的什么破冰方法，拉上自己只不过是作为陪客。

这不是她第一次被王天依这样利用了。

有一次，王天依看上了一个有妇之夫，打听到对方的婚姻不甚美满，但又不想让自己显得趁虚而入，就介绍对方去谢星星那里咨询婚姻问题，再由谢星星之口提点他："也许你可以试着找朋友倾诉，会对你的压抑状态有好处。你身边有没有情商高又不会对你婚姻产生影响的异性朋友？哦对，最好还是有丰富恋爱经验又出过国的。如果长得漂亮那就更好了。"

"为什么要长得漂亮？"

"长得漂亮才不容易对你移情啊。"

对方果然就一步一步陷入了王天依欲擒故纵的圈套。

这么想着，谢星星便不再关心这个男人究竟要咨询什么问题，漫不经心地请他坐下，问："什么病？"

吴穹平静地看着她："我没法和人发生肢体接触。"

"哦？"谢星星想起来，王天依也这么告诉过她，"什么原因呢？"

"我小时候遭遇过一次车祸，那次之后就变成这样了。"

PTSD？

谢星星在心里嘀咕。

"创伤后应激障碍（PTSD），你想的没错。"对方竟然把谢星星的想法直接说了出来。"个体经历、目睹或遭遇到一个或多个涉及自身或他人的实际死亡，或受到死亡的威胁，或严重的受伤，或躯体完整性受到威胁后，所导致的个体延迟出现和持续存在的精神障碍。"

"你懂得不少。"谢星星突然有种奇怪的感觉。

"久病成良医。谁都会这样。"

"这么看来，你也尝试过很多治疗方法了？"

对方却摇摇头:"那次车祸之后我就出国了。当时为了出国,我必须装作没有病,后来一直忙于学业,也没有进行治疗。再说,"他补充道,"我也不觉得这妨碍了我什么。"

"那为什么现在突然想治了?"

"之前我的工作基本上都是一个人就能完成的,几乎不需要与人接触,而且在国外那种环境,你表现得再怪异也不会有人在意。现在回国了,我不想显得太奇怪。"吴穹看着她,奇怪的是这人眼睛里完全没有一点情绪体现,平静得可怕,"而且,总归是要治的,我也得谈恋爱、结婚、生子。"

他的语气里没有一点温度,可又解释得非常圆满,滴水不漏,一点儿也找不出不自然的地方,并且半点儿没提王天依。莫非是自己搞错了?

如果是这样的话,更没必要浪费自己的时间了。而且,谢星星想到和这个人的未来浮影,就觉得一定要阻止那种未来发生。

"你这个病其实挂普通精神科室就好,我这里主要接收难以治愈或诊断的患者,你出门……"

对方没有理会谢星星,而是打断她继续说道:

"哦,确实。这事和王天依有关系,她觉得我的这个毛病阻碍了她和我的进一步发展,尽管她嘴上说是这样不利于职业发展和人际交往……为什么是你?你是她的好朋友,可能还是唯一的朋友。找你一来可以治疗我的病,二来你们可以相互配合……"

等等,这人究竟在说什么?谢星星有些蒙了。那种奇怪的感觉又浮现出来。

对方还在兀自继续。

"这不是她第一次这么做吧？把喜欢的男人介绍到你这里。虽然不知道为什么，但你这次好像不太情愿的样子……"

谢星星彻底傻了，既然这人完全看穿了王天依的心思，为什么还要来？

"因为，虽然我刚刚说的那些回国工作结婚生子的话都是扯淡，但我身上的病，目前确实还没人治好过。"

等一下……

"嗯，你现在又在怀疑我究竟有没有PTSD了？"吴穹站起来，走向谢星星，屈下身体靠近她，"你可以试试。"

谢星星感到大脑一片空白，吴穹身上温热的气息浸透了她，眼前现实的场景和她记忆中那幅未来浮影混杂在一起，难道这一刻就是那个未来？

在复杂的混乱中，一道灵光劈开：他怎么知道我在想什么？

而吴穹也停下来，向后退了一步："只是开个玩笑。你相不相信我都可以，我会来看病，主要还是想配合下你的朋友。另外，我们之前见过吗？"

谢星星一身冷汗。她盯着眼前这个男人，完全不知道该相信他的哪一套说法，或者都不相信。这人就好像一个黑洞，只会把你的视线吸收进去，反弹不出一点信息。

"没有，我们没见过。"

吴穹看着她，意味深长地说了一声："好吧。"

"为了配合你的朋友，我们还是按照程序走完一个疗程吧，一共八次,八小时,并不久。你觉得呢?"他看了看手表,"今天的已经快结束了。"

谢星星手上的伤口又开始疼起来。她想今天无论如何要去买创可贴。

"那就这么说定了。"不等谢星星回答,他又补充道,"对了,这个给你。"

他从口袋里摸出什么东西,放在谢星星桌上。

一张创可贴。

"你……你究竟……"

"你猜得没错,"对方微微一笑,"我会读心术。"

3

"高一(5)班第二学期班长竞选,现在开始。"

常迟坐在下面,看着台上那个颇为明艳的女孩子宣布竞选开始,暗暗思忖这学期是不是应该尝试谈个恋爱什么的。如果要的话,就选她好了。前一天开学报到的时候,他已经记住了女孩的名字,姚海,文艺课代表,长相虽不算多出众,但举止大方,成绩优异,综合来看是个挺合适的人选,最重要的是,他喜欢她笑起来的样子。

这是常迟刚刚转学来新学校的第二天。说实话,他对竞选班长没太上心,毕竟一切都是全新的,他准备做个旁观者。不知为何,他隐隐觉得所有人在竞选班长这事上都有些紧张。

"现在先进入十分钟提名阶段。"

一时沉默。

"我觉得,咱们这次应该选个新人做班长。"一个胖子开腔道。

"有道理。新人在管理上或许会有新思路。"数学课代表。

"对新人融入班级也有帮助。"语文课代表。

"这个人最好对咱们班的情况不太了解。"劳动委员。

"一无所知。"胖子补充。

常迟还在低头看着课本,听到这里才抬起头来,姚海正甜甜地看着自己。

"不如就让我们的新同学常迟来担任这份重责吧?"

"我……"

常迟喉咙里还想发出声音,自己的名字却已经被姚海工工整整写了上去。

"常迟同学,你有什么意见?"

"不……"

"让我们欢迎新班长!"

底下扬起了热烈的掌声。

"……作业就是这些,下课。"

下课铃刚刚好响起,政治老师走了出去。姚海愁眉苦脸抱怨,"政治课都布置这么多作业,下周的物理竞赛怎么办啊?"

"是啊,咱们班一向是物理重点班。这下完了,我看这次名次拿得悬。"

开学一周,常迟这班长做得还算可以。这是他头回做班长,以前总觉得会分散精力,现在看来情况倒也不坏。

"抱怨有什么用?又没人来帮你写政治作业。"物理课代表说。常迟一抬头,却发现他正看着自己。

"要是有人帮咱们写就好了。"姚海好像配合他一般说出了这句话。

"物理竞赛真那么重要?"常迟小心翼翼地问。

"当然了,能不能拿市省名次,关系到咱班排名,关系到全体士气,更关系到,"姚海非常认真地看着常迟,"传统。"

"那……"常迟被她看得不好意思,低下头,"要不我帮你们写吧。"

"太好了!"几个人像就等着他这句话似的,齐刷刷把作业本递过来。

"班长,靠你了。"姚海凑近他说,然后给了他一只千纸鹤。

常迟把那只千纸鹤郑重叠进了语文课本里。

他回头,发现叫朱娜的女生正埋头画画,便问:"你的呢?"

"什么?"对方头也不抬。

"政治作业?"

"不用了。"这女孩抬起头来,眼神冰冷,"我不参加物理竞赛。"

"哦,好。"常迟感到一阵窘迫。真凶啊,他想,我谈恋爱绝对不要找这样的女孩。

"班长班长,你家离长江西路那家曲奇店是不是很近来着?"

"走路得一小时吧。"

"哦,我奶奶生病了,她最爱吃的就是那家的曲奇。"

"你奶奶得了什么病?"

"绝症。"

"……明天我帮你带。"

"谢谢班长!"

"班长,这部小说你看过吗?"

"没有。"

"没有?全世界都看过了你没看?"

"这么火?"

"对啊。"

"那我有空买一套看看吧。"

"别有空了,就今天吧,对了,明儿我找你借啊。"

"啊?不是全世界都看过了吗?喂?"

"班长,我下周请一礼拜假。"

"你怎么了?"

"踢球的时候把腿扭了。"

"严重吗?"

"没啥大碍,就是失去生活自理能力了。"

"啊?"

"就是每天没法吃饭,我父母都整天不着家。"

"那我放学去看看你?"

"别呀,这多麻烦。对了别给我带吃的,我胃口不好只能吃家常菜。"

"……你家附近有菜市吗?"

"班长。"

"哎。"

"班长。"

"好。"

"班长。"

"行。"

"班长。"

"……"

班长——

常迟又一次从噩梦中醒来,发现自己满身大汗。他睁开眼睛,天花板上投射灯映出大幅凡·高的《星空》,在清晨的阳光照射下已经显得十分暗淡。不,不能回学校。这是他休学以来,每天醒来蹦出脑海的第一个念头。

绝对不能回学校。

咚咚咚。

"常迟啊,你朋友打电话找你。"母亲在外面敲门。

"我知道了。"

常迟闭上眼睛。不回学校起初看起来还有些效果,他逃离了所有的"朋友",逃离了帮他们写作业、替他们上课、帮他们买东西、上门做饭等等一切负担。但真正让他觉得,自己被要求做的事已经逾越了班长界限,还是从那时候开始。

"班长。"

常迟正攥着口袋里汗湿的镜子,紧张地练习待会儿见到姚海应该怎么说第一句话。那面小小的圆形化妆镜上镶嵌着闪闪发光的珊瑚星星,是他在礼品店一眼相中的,作为礼物送给心仪的女生再合适不过了。

他抬头,然后愣住了。面前站着的不是姚海。

"胖子?不……李翔,你来这儿干吗?"

胖子故作惊讶地打量了四周:"班长,杏花公园啥时候变成你家的了?"

"不,我不是这个意思。"

胖子扑哧一声笑了:"别紧张,我开个玩笑。"

常迟放松下来,手不自觉摸了摸口袋,那块小镜子让他感到安心了一些。

"我知道,你来是因为这个嘛。"胖子从口袋里掏出一张纸条,常迟很熟悉,那是他写给姚海的,上面写明了今晚约会的时间地点。

"这……怎么会在你那儿?"

"啊?"胖子表情惊讶,"你不是写给我的吗?"

"我……"

"嘻嘻,"胖子又笑了,"我跟你开玩笑呢。我知道,你喜欢姚海嘛。"

"不不……"

"嗨,还否认什么呀,全班都知道你喜欢姚海。"

常迟脸红透了,头上开始冒汗。

"我来就是替姚海传话的。"胖子故意停了下来。

"她怎么说?"常迟急道。

"她说她对你也挺有好感的。"

常迟放松下来,心里仿佛被气球填满了一般,要飘起来。他的手又摸了摸口袋。

"不过。"

"不过什么?"

"不过你得先通过一个考验。"

"什么考验?"

发榜日。

"又是高一(5)……邪了门了!"

"有什么邪门的,每次前三不都是他们班的吗。"

"这次模考数学这么难,他们班平均分还上了90?"

"放弃吧,这个班不是人。"

"也不能都不是人吧?"

"都不是人。"

常迟站在模考榜单前,目瞪口呆地看着那张排名表。这或许是头一次他没有像往常那样关心自己的排名。因为他知道这排名是怎么来的。

他总算知道了，高一（5）班的秘密。

放学的时候班主任叫住了他。

"这是怎么回事？"班主任把两份数学试卷扔到他面前。一份是他的，另一份是胖子的。常迟不用看，他知道班主任是什么意思。

"我……我错了。"常迟低着头，"我不该抄李翔同学的卷子。"

"抄？"班主任挑起眉毛，"难道所有人都抄了李翔的卷子？"

他把全班剩下的所有试卷堆到常迟面前，唯独挑出一份放在一旁。常迟瞥了一眼，那是份不及格的试卷。

朱娜？

"你能给我解释一下吗？为什么所有人的试卷看起来都差不多？"

"对不起，老师，我……"

常迟偷偷看了一眼办公室的窗户。那个晚上，胖子就是从这扇窗的外面弄开了插销，逼迫他一起进来偷走了考卷。

"还愣着干吗？！"胖子在窗台内催促他道。

"这就是姚海对我的考验？"常迟站在窗台边，不敢进去。

"爱情考验。勇气、身手、责任，缺一不可。"

常迟犹犹豫豫还是跨了进去，他没想到，此刻他跨入的不仅是一扇窗户，而且是他整个人生的阴暗面。

他本以为，这只不过是胖子和他那几个朋友小范围地提前"学习"一下考卷内容。没想到……

全班？

当他站在榜单前,看着整个班级的名字整齐划一地几乎占领了前面几乎全部位置时,他意识到完蛋了。现在他满脑子只有一个疑惑,为什么大家会那么蠢?!这不是告诉全世界我们作弊吗?

常迟深吸一口气,准备把事情和盘托出。

"你别解释了,我都知道了。"班主任说。

常迟抬起头看着班主任,却发现他并不在看自己。

"你先回去吧,这件事我会处理。"

常迟难以置信地站在原地,过了好一会儿才发出一声:"哦。"

"对了,"班主任在他转身前叫住他,"听说你爸最近在审批一个土地项目?"

"嗯?"

"我有点事情想拜托你爸。"

常迟愣了一下,然后突然明白了,不是大家蠢,他们是故意的。

他们从一开始就是故意的。所有人。他们知道全班只有一个人能够做这件事而不受惩罚,市长的儿子。所有人都是凶手。

不,也许不包括她。

常迟的目光落在那份不及格的试卷上。

4

"怎么样?"

"什么怎么样?"

"吴穹啊。"

"哦，没看出他哪儿长得比小栗旬帅了。"

"不是问你这个！"

王天依发现对面的男人已经是第三次抬眼往自己这边看了，于是右手拨了拨头发，假装不经意展露额头到鼻尖的线条。谢星星的目光则半秒也没离开过手里的冰激凌船。

"那是？"

"治疗情况！他的病到底怎样了？"

"他的病我治不了。"

"什么？"王天依顾不上保持端庄，"连你都治不了？这完了，他这病难道是绝症？"

谢星星把杯盘里最后一大勺冰激凌挖干净，送入口中。

王天依脸色苍白："唉，要实在那样，柏拉图也不是不可以……"

"不。不是他的病难治，是我治不了。"

"什么意思？"

饶是谢星星情商低，也知道不管如何，还是别把她和吴穹那张照片的事告诉王天依比较好。多一事不如少一事，她这么告诉自己。看见未来的能力，越少人知道越好。而且，她必须把全部精力都投注在 Skinner 的研究上，她可不想让一个旁逸斜出的男人打扰到自己。但更深层次的本能在驱使她远离这个男人，当吴穹直视着她的眼睛时，她感到自己被看透了一般浑身不舒服。

准确地说，她感到害怕。

这不是一个职业咨询师应该有的情绪和态度，事实上，这恐怕是谢星星这辈子头一次体会到这种情绪——害怕。而因为陌生，这

184　潜能者们

种情绪造成的困扰更加严重。

"就是我医术不够高明呗。"

谢星星起身,看了看手表:"我得走了,门诊时间到了。"

"哎!"王天依哪里想到会是这个结果,"你都治不了,那谁能治啊?"

吴穹那次问诊结束,谢星星请佳佳吃了顿饭。佳佳尚未从上回邱自愈事件的阴影里走出来,那次事件过去不久,她就准备辞职,被谢星星劝住了。

"星星姐,抬头不见低头见的,我以后怎么待啊。"

"谁说你一定得见到邱自愈了?"

"创伤修复就在情感咨询旁边呀。"

佳佳在创伤修复咨询科室工作,谢星星一直没怎么了解过她的工作能力。实际上,咨询中心没哪个人是她了解的。但现在,她突然觉得佳佳是个绝佳的助手。

也是个绝佳的替代者。

"我有主意。"

谢星星站在那栋小楼的门口,墙上经过粉刷,已经看不出原先的涂鸦。她站在墙壁前,仔细抚摸着被涂抹的墙壁:"不、要、逼……"

涂鸦虽然被新的油漆盖上了,但仔细去摸,仍然能摸出被盖掉的是什么。

Party 4 复仇者

"……我。"谢星星摸出了最后一个字。

不要逼我。

涂在外墙,这是给谁看的?

她捏了捏口袋里的糖果,然后摁响门铃。

极端的懦弱导致意识被操控。一个棘手的案例。谢星星还没想到什么特别好的办法能帮助他。

从第一次见面起,她就觉得常迟这孩子在极力隐藏着什么。虽然他宣称自己从未遭到欺凌,且把那些支使他的同学们都当作朋友,但他说出"朋友"那两个字的时候,脸上的神情非常古怪。

她知道,这和自己当年对谢时蕴说赵芬奇是自己的朋友时,神情是完全不同的。她不知道自己说这话时是什么样子,但脸上绝不会显得那么……绝望。

"来啦?"常母开门,热情的脸上却有一层阴影。

"路上有些堵,稍微迟了一点。"

"没事没事,快请进。"

"怎么了?"谢星星注意到常母这次显得尤为急迫。

"常迟他……"

"他把自己关在屋里。"常父说。

"什么时候的事?"

"自从上次你走后不久……"

谢星星一算:"那已经有一周了?"

常父点点头。

"他自己的房间里有卫生间,吃饭的时候我们把饭端进去给他。"

"为什么会突然这样?"

"不知道……"

"最近有人来看过他吗?"

常父和常母相互看看。"没有。"

"等一下,"常母说,"好像有同学来过电话。"

"什么时候?"

"大概就是你走后不久。"

"哪个同学?"

"不记得了,是个女孩儿。"

谢星星的脑海中浮现出"姚海"两个字。她点点头,向二楼走去,并告诉常迟父母自己要和他单独谈谈。

咚咚咚。

"谁?"

"我,谢星星。"

"我今天不想看病。"

"我不是来给你看病的。"

"我不想见任何人。"

谢星星往楼下看了一眼,常迟的父母正坐在沙发前看电视。她压低声音问:"你到底在躲谁?"

里面沉默了。

谢星星继续说:"数学课代表?还是文艺委员?我不知道你同学都做了什么,他们可能没有欺负你,但他们显然用某种手段控制了你。在你自己都不知道的情况下,你就已经被控制了。"

还是沉默。

"我猜这是一种不知不觉的精神控制,这种案例在集体中很常见。梅杜萨之筏……"

"我知道。1816年,法国政府派遣的巡洋舰'梅杜萨号'在途经西非海岸的布朗海岬南面时搁浅……"

常迟打开了门,面无表情地站在谢星星面前。

"船长逃走了,剩下一百五十多名乘客被抛弃在临时搭制成的一只木筏上。几天之后,人们开始绝望、发疯、暴乱、自相残杀……一百五十多人,最后只有十人幸存下来。"

他抬起头看着谢星星:"你觉得我也陷入了'梅杜萨之筏'?"

谢星星没说话,因为她吃惊地发现,才过了一周,常迟的面颊已经凹陷下去,双眼肿胀,胳膊上满是瘀青,仿佛经历了一场劫难。

"是我自己弄的。"常迟说,"你想多了,控制?怎么会呢。只是因为我不去上学,大家都来帮助我而已。"

谢星星不搭话,径直向房间里走。常迟拦在她身前:"我今天真的不想见人,不好意思。"

两人正在门口对峙,突然房间里的电话响了。听到铃声,常迟突然面如死灰,迟迟不去接,直到楼下母亲接起了客厅的分机。

"常迟,找你的!"他母亲在楼下喊。

犹豫了有好几秒,常迟才慢吞吞地移向电话机。

这时谢星星突然意识到了什么,她悄悄下楼,走到客厅的座机边上,示意常迟父母别作声,然后拿起了分机。

"……那个心理咨询师又来了？"谢星星听出电话那头是一个男生的声音。

"她和这事没关系。"常迟的声音。

"那就快点打发她走。"

"我知道了。"

"嗨，班长——"电话那头突然换成了一个娇滴滴的女声。

"嗯。"

"明天要交去参加省英语演讲比赛的稿子写完了吗？"

"还差一点结尾。"

"那你最好快一点哦，今晚发电子文档过来。我就不盯着你了。"

"我知道了。"

"真乖。"

电话挂了，传来嘀嘀声。谢星星悄悄把电话放回去。

"常迟没有手机吗？"她问常母。

"本来有，后来不知道为啥他自己不用了。"

谢星星点点头，再次上楼，常迟的房间门虚掩着，她掏出笔记本撕下一张纸条，在上面写着："我知道你被监视了，不过，你想吃糖吗？"然后偷偷从门缝里塞了一颗"糖"进去。

她下楼，坐在沙发上，和常迟父母一起看电视。然后开始计算常迟多久会出现在她面前。

她相信用不了太久。

谢星星从公交车上下来。她提早下了一站,这样就可以多花一些时间走回家,路上计划一下如何安排除她自己之外的第二个实验对象——常迟的实验。

事情正如她预料的那样,常迟不仅是被控制了,而且是被监控着。当他的同学们发现他不再上学、关掉手机、躲在家中避不见人之后,想出了更极端的方法。他们在他的房间里装上了隐藏摄像头,监控他的一举一动。

"为什么不告诉别人?"

谢星星问出口之后就明白自己问了个蠢问题,极端的懦弱导致的被操控意识……他的同学不是随机选择了他,而是特意选择了一个最容易被控制的对象。也许他从转学过去的那天起,就被盯上了。可怕的不是他,而是那一整个黑洞般的班级。

然而没有任何证据,便无法说他们是在集体欺凌,也无法和他们正面交锋,阻止这一切行为。不就是让你写写作业买买书吗?所有的行为看起来都不足以构成什么罪名。一种精神凌虐,导致被害人陷入自虐的境地,也无力摆脱控制,向外界求助。

谢星星只有一个办法,她给了常迟一颗 Skinner。她知道这么做不够理性,但一种奇怪的直觉告诉她,常迟这孩子不一般。在那种环境下,任谁也坚持不了多久,而常迟却坚持了一学期。"班长"这两个字在那个班所代表的特殊含义,只有他们自己才知道。

这样想着,很快就走到了家门口。谢星星却发现门口站着一个熟悉的身影:瘦削,一身黑衣,棒球帽,黑色手套。

还能有谁呢?

5

"你怎么知道我家在这儿?"

"我的心理医生告诉我的。"吴穹站在路边,表情淡漠,一副早就知道她会这么问的样子。

佳佳。没想到这么快就被他攻克了。谢星星不禁为那顿人均三百元的饭不值。本来她打算让佳佳代自己去治疗吴穹,就像他说的,如果只是走个形式,那么谁都可以。更何况佳佳本来就是学创伤后修复治疗的,而她又因为邱自愈的事而不想待下去。让她来自己的诊室帮忙,接治吴穹再合适不过了。

"你来找我是?"

"我想跟你谈谈。"

"为什么不在咨询中心谈?"

"在这里免费啊。"

"据我了解,你的治疗是公款报销。"

"我不喜欢把钱浪费在不必要的事情上。"吴穹向前走了两步,"不管是谁的钱。"

谢星星不自觉往后退了两步。

"车轱辘话我们没必要多说了。我来就是想告诉你,我的病……"吴穹抬头看她,"只能由你来治。"

"为什么?"

"我知道你会拒绝。"吴穹压根儿就不理会她的问题,"我还知道你为什么会拒绝。"

谢星星听了这话,如晴天霹雳一般,她突然意识到,这人如果真的有读心术,就不可能不知道她心里所想的——那张照片!

"你知道我们会接吻还……"她脱口而出。

"接吻?"两个声音同时说道。一是吴穹,二是……

谢星星这才发现赵芬奇刚好从自己家里走出来,拎着一袋垃圾,看上去是准备出门顺便扔垃圾,不巧正好撞见这一幕,还听见了谢星星的那句话。

"不,我……没什么……"

"什么意思?"吴穹皱起了眉头。

"这又是你哪位相亲对象?"赵芬奇问。显然,上次帮谢星星"解决"那位有特殊嗜好的相亲对象,让他在"奇葩"和"谢星星的相亲对象"间建立了某种联系。

"不不,这是我的一个病人,他……找我有点事。"

"哦——"赵芬奇拖长了音,一副不相信的样子。

"他有那个,呃,PTSD,创伤后应激障碍,没法和人接触。所以我问他有没有谈过恋爱啊,谈恋爱和人怎么相处啊,接吻时怎么办啊,之类的。"谢星星极力掩饰。

"哦。"

"对,之前谢医生把我介绍给了她的同事,但我觉得效果不太好,这次来还是想请她亲自治疗。"吴穹非常自然地替谢星星圆场,然后转向她,"PTSD之后,我确实没和女孩子有过亲密关系了。所以……"他做了个无奈的表情。

"这么惨?那星星你可得好好替他治治。"赵芬奇一脸郑重,"我不打扰你们了。"

赵芬奇拎着垃圾走出去,突然又转身:"哎,哥们儿。"

"嗯?"

"你自己碰自己没问题吧?"

"可以。怎么了?"

赵芬奇开口想说什么,看了谢星星一眼,又忍住了。"没事。"

"我自己可以解决生理问题。"吴穹自然地说了出来。

"那就好。"赵芬奇满脸尴尬,怕看到谢星星的表情而立刻转身走远。

"等下。"吴穹叫住他。

"嗯?"

"路口转角的那家星巴克暂停营业了,你要买咖啡得从这头走。这边有家Costa。"

"哦,好,谢谢。"赵芬奇掉过头来,突然意识到不对,"哎,你怎么知道我要去买咖啡?"

谢星星大叫:"他会读心术!"

"啊?"赵芬奇愣住了。

"什么也别想,快离开这里!"

赵芬奇看着谢星星,发现从来没有见她这么大乱阵脚过。"什么意思?读心术?"他看着吴穹。

吴穹微微一笑。

"你的垃圾袋里有很多咖啡纸杯,这说明你是一个嗜好咖啡的人。你上身穿了一身正装,脚上却是球鞋,说明你随便踏了一双鞋出来，你要去的地方不远，很快就会回去。从你刚走出门到现在不到三分钟，你已经打了三个哈欠……"

说这话的同时，赵芬奇又打了一个。

"……四个。这些都说明，你有很大的可能是出门去买咖啡。"

赵芬奇已经听愣住了："哥们儿，你大名叫福尔摩斯？"

吴穹微笑道："当然，最主要的原因是我刚刚在这儿等谢医生的时候，看到送外卖的小哥把你本来要的咖啡洒了。"

听到这儿，谢星星已经慢慢镇定下来。

"对了，你是谢医生的……？"

"赵芬奇，我和星星是发小。"赵芬奇伸出右手，见吴穹停顿在那，才反应过来缩回了手，"哦对对，我忘了，PTSD！那我先走了，你们慢聊哈！"

赵芬奇转身，瞥了谢星星一眼，轻轻笑道："读心术……"谢星星被他看得不好意思抬头。

"你没有读心术。"待赵芬奇走远，谢星星才说道。

"噢？"

"你只是凭借观察和推理，像读心一般分析出对方在想什么。"

"嗯。"吴穹既不肯定也不否认。

"不然的话你说说看。"

"什么？"

"我为什么会拒绝你。"

"答案很简单。"吴穹直视着谢星星，"因为你喜欢我。"

谢星星愣在原地，她已经有七八成把握确定吴穹压根儿就没有什么读心术，但她万万没想到吴穹会说出这种……这种……

"呸！不要脸！"

"这再明显不过了。每次你见我的时候，都会脸色发红，这说明你的毛细血管扩张，是心跳加速所致。当我稍微靠近你一些，你就会开始出汗，瞳孔扩张，且举止异常。通常这种情况，要么是我们有仇，我想这个可能性很小，要么就是……"

吴穹再次俯身靠近她。

"你对我一见钟情了。"

谢星星发现不知不觉间，吴穹已经离她很近很近，他身上那种熟悉的味道传来。她从来没有这种体验，此刻却情不自禁想闭上眼睛，就在她的眼皮要阖上之前，冷不丁看到了吴穹的眼睛，那里面没有一丝温度。

谢星星立刻清醒了过来，他是故意凑近自己，以验证自己的说法。

"不好意思，你误会了。"

谢星星从他的个人场域中后退出来，而吴穹仍然在兀自继续他的分析。

"从你的表现来看，也许你是头一次喜欢一个人？所以比一般人要更紧张。而王天依又是你的……我们姑且这么说吧，朋友。道德感不允许你横刀夺爱，你为自己的情绪烦恼不已，所以干脆拒绝治疗我，眼不见心不烦。"

越往下听，谢星星越感到无语。更关键的是，她简直不知道怎么反驳这个人。她平生从未遇到过这种情况：一个人在你面前，一本正经地告诉你你为什么喜欢他，你的种种生理反应代表了什么，你此刻的心理活动又是什么。你该夸他是逻辑严密还是无耻自恋？

这都谈不上自恋，不，绝对不是一种自恋，至少不是对于自己受到他人喜爱而产生的自恋，而是一种自信。对于自己从未出错、远超常人的判断能力的自信。虽然这一次他彻底错了，不过谁又能想到第一次见面的女孩面红心跳的原因是她具有看见未来的能力，之前又恰好见过那样一副画面呢？

这不禁让谢星星想起了那个好评率永远也达不到100%的人——"地鼠"。

等一下。

谢星星脑海里突然蹦出了一个念头，莫非面前这个人也像李立秦那样具有超乎常人的已经觉醒的大脑潜能？如果是这样，那他的大脑对Skinner研究来说就是极其珍贵的样本。

"嗯？"吴穹注意到谢星星半天没有反应，"我说得太多了，挫伤了你的自尊心？"

吴穹只看了她一眼，就否定了自己刚刚的猜想："不，你不会。一个明知道论文不符合学术规范，却还要将它作为博士论文答辩的人，是不会因为这点小事就伤自尊的。"

吴穹的这句话才真正让谢星星吃惊起来。

"你调查了我的背景？"

吴穹笑了笑："这就是为什么我一定要你来治疗。"

"为什么？"

"没有一个人相信你，但是，我相信你。"

谢星星听了此话突然呆住了。

她抬眼看着吴穹，吴穹也在看她。他的眼神还是十分冷清，但是有一丝非常笃定的光彩，她读出那是强烈的自信所带来的神采。

这个人，真的是太奇怪了。

从来只有别人觉得她奇怪，还没有她觉得别人奇怪过。

"我相信你"，这四个字，好像一下子打开了谢星星阿斯伯格综合征的外壳。她从来不觉得自己做的事情需要别人来相信，就像她父亲一样。不过，也从来没有人跟她说过"我相信你"。

她不知道这四个字听起来原来这么孤独。这感觉实在是太奇怪了。奇怪而崭新。

不。她的理性又紧跟上来，我不能信任他。她盯着眼前这位"福尔摩斯"，把刚刚那一瞬间的感受全部从脑海里提溜出去。

"你不是相信我，你是相信自己。你调查了我的背景，相信你的顽疾只有我才治得好。"她说。

"你这么说也可以。"

"我有一个问题。"

"说。"

"你真的想治好你的PTSD？"

"不然？你觉得我非要找你，还有什么别的目的？比如，我也喜欢你？"

谢星星又差点被吴穹的话呛住，她努力保持冷静："我不知道你的经历，不过听王天依说的，你应该有大把的时间和机会治疗……"

"你还是在怀疑我。我上次跟你说的都是实话，我的病，还没人治好过。"说完吴穹脱下了一只手的手套,"把手给我。"

"什么?"

吴穹不理会谢星星,径直去拉她的右手,两人两手相握。那一刻谢星星只感到冰冷。

而吴穹则发出一声像是被闷住的声音,然后身体一歪向前倒去,径直倒在谢星星身上,谢星星用尽力气才搀扶住他,让他慢慢坐下来。

"喂,醒醒!"

谢星星探了探他的脉搏,判断他只是暂时性的晕厥。过了一会儿,吴穹终于清醒过来。

"现在你信了?"吴穹伸手想借谢星星站起来,谢星星触电般闪开,把他的手套扔过去。

"快戴好!"

"奇怪。"吴穹扶着额头道。

"什么?"

"之前我和人接触最多只会感到头晕,脸色发白,流汗,心脏悸动,晕过去还真没有。"

"你上一次和人接触是什么时候?"

"很久之前,我都想不起来了。大概是回国前吧。"

"那可能是太久没有引发,症状加强了。"

"噢,大概吧。"

"好吧。"谢星星正色道,"我接受了。"

"什么?"

"接受你这个病人。"

吴穹重新戴好手套,然后伸出右手:"谢谢你,谢医生。"

谢星星刚想去握,谁知吴穹又说道:"你放心,我对你没有一点儿想法。所以我们肯定不会逾越病人和医生的关系。"

谢星星终于忍无可忍,打掉吴穹的右手:"不要再自作多情了好吗!我对你也完全没有任何想法!"

吴穹一言不发,只是似笑非笑地看着她,那样子好像说,别掩饰了。

谢星星更加着急,脱口而出道:"而且我已经有喜欢的人了!"

"哦?"吴穹慢悠悠地说,"是谁?"

"是……是……"

这时赵芬奇拿着咖啡走回来,恰好走到两人面前,刚想和他们打个招呼,就听见谢星星指着自己说:"是他。"

"我喜欢的人就是他。"

6

大黄站在讲台上,照例打开了语文课本。今天应该回顾高二两册课本里文言文的重难点字词部分。上课月余,她已经非常适应这个班级和这群孩子。可以说,她还从来没带过这么容易的班,几乎所有事都让她省心。

而这,不能不提那个一直没来上课的班长常迟。她不知道他具体做了什么,但已经感到他是这个班级不可或缺的人物,一股力量。

她仅仅去他家拜访了一次，就为那孩子身上那种你可以交付他做任何事的气质所感染，情不自禁将当时随身带的《海贼王必知必会100问》给他。

"答对了所有的题目就可以参加抽奖了呢。"

"我会努力完成的。"

她从常迟家走出来，觉得自己像是中了邪。在他面前，她感到自己有必要把所有的困难都卸下来交给对方。这到底是为什么？

这之后她觉得自己是想太多，几天后，她收到了常迟寄来的那本《海贼王必知必会100问》，上面的所有题目都已经答完。她兴致勃勃寄去了兑奖地址，换回了一个二等奖，一套限量版手办。

她立刻又给常迟家寄去了一本《火影忍者300问》。

"课本翻开到53页，今天我们上课的内容是……"

底下鸦雀无声。

通常来说，上课时这群学生确实都相当安静，很少有不守纪律的情况，但今天还是太安静了，连翻书声都没有。

大黄不禁抬头看了看底下。没有一个人翻书，所有人都安静地坐着。这才是安静的根源。

她终于意识到哪里不对。

最左边第二排，那个空了一个多月的座位上，突然有人了。

常迟？！

她惊讶地发现常迟竟然来上学了。

"常迟同学？"

"老师好。"他淡淡地说。

"你……康复了？"

"没有。"

"那你……"

"我只是想来上课了。"

"噢，那也很好！这是你今天的第一节课吧？大家欢迎一下常迟？"

然而依旧没一个人有反应。大黄把目光移向胖子，平时他最活跃，此时竟也双目呆滞，只是坐着不动，看向虚空。

"怎么了？大家……"

"老师。"常迟坐在座位上，盯着她，"不如你一个人欢迎我吧。"

"什么？"大黄已经感到事情很不对劲。

"黄兆莉，现在在黑板上写'欢迎常迟同学回归'。"

"什么？"然而这句话只是在大黄的脑海里一闪而过，她立刻按照常迟的话转身在黑板上写字，仿佛不受控制一般。

应该说，是仿佛受到常迟的控制一般。

常迟和谢星星约好了服药的时间和流程。因为常迟还是不想出门，他提出让谢星星也在他的房间里装上摄像头，监控他服药后的反应。这个建议被谢星星拒绝了，因为她不想变成"和他的同学一样的人"。谢星星没告诉他服下这个看似糖果的药丸会有什么效果，只告诉他"或许会改变现状"。直到常迟服下第一颗 Skinner 之后的第二天，他才意识到谢星星为什么没告诉他效果。

多半她自己也不知道会有什么效果。

当时,常迟的母亲像平时一样敲门告知他饭菜放门口了。他正心烦意乱,因为姚海他们一定要自己为昨天从房间消失的一个小时作解释。否则的话,"你永远也不要来学校了"。

他知道他们有本事这么做,他们会像搞定上学期那个班主任一样,搞定这学期的新班主任。而就她给自己寄来的漫画问答书来看,多半已经差不多了。他深知他们那一套操控人心的办法,必然是在班主任刚来的时候就故伎重施,相互配合在她面前演戏,不知不觉赢得她的信任,等到她发现自己成了他们中的一分子时,只会享受这种状态。他们因材施教,对症下药,上一位班主任贪财,他们便要他觉得从常迟身上获利再合理不过。那次,常迟不得不帮班主任的亲戚从父亲那里搞定了地产投标项目。父亲对此一无所知,他根本不知道见到的那个人和儿子的班主任有什么关系。

这些并没有真正击溃常迟的最后一道防线。

真正促使常迟逃离班级的原因,是他无意中知道了在他转学来之前,上一任班长的结局。

"哦,他意外坠楼了。"当时别班的同学这么说。

整个寒假他都生活在恐惧中,夜不能寐。因为是假期,他稍稍脱离了那个黑洞,趁机调查了上一届班长的意外——所有人都说那是一起意外,只有他知道,那个人是自杀。

不,应该说是他杀。死亡是他精神崩溃下的自救。

"早点出来拿,不然都凉了。"他妈在门口嘀咕道。

"我今天不吃了,妈,你拿走吧。"常迟道。

门口突然没了动静,然后是母亲收起碗筷走下楼梯的声音。

奇怪,妈什么时候这么听话了?

常迟想了想,还是站起来去开门,他没想到,这是一扇通往新世界的大门。

"现在,离开你的座位,到后面去,靠墙壁倒立。"常迟对胖子说。

胖子仿佛机器人一般,一一按照常迟的话去做,只是在倒立这一步失败了,他继续尝试,一次又一次,似乎必须要完成常迟的命令才会停止。

其他所有人都在伏案写字,大黄站在讲台上。

"时间到,现在每小组从最后一个同学把你们的作文传上来。"她的声音是机械式的,没有任何情感。

然而同学们都没有动,直到常迟说"按她说的做",他们才动作麻利地开始交作文。

就在这时,有人敲门。

常迟看着大黄:"去开门。"

大黄走过去,打开门,校长站在门口。

"上课干吗把门关着?"

大黄只是直愣愣地看着他。

"怎么了?"校长见大黄没反应,不禁向教室内探头,所有同学都在有条不紊地交作文,但气氛十分古怪。

"校长。"

校长向教室内看去,发现这声音是个男同学的。

"班上不少同学都感冒了,天气有些冷,所以才关着门。"

"哦。"校长突然注意到胖子——他终于倒立成功了,"那个同学是怎么回事?"

"他刚流鼻血,试着倒立止血来着。"常迟看着校长,然后扭头对胖子说,"李翔,下来吧,回座位坐好。"

胖子如嘱照办。

校长觉得这话从常迟口中说出来有些奇怪,但班里看上去又一切正常的样子。

"你们在写作文?"

"对,刚刚正交呢,我还差最后一句话结尾。老师,能让我写完吗?"

大黄扭头过来,看着常迟,还是一言不发,好像无法对问句作出反应。

"老师,你让我写完吧。"常迟换了种说法。

"好的。"大黄这才回答道。

常迟看着校长,校长不得不说:"嗯,那你们继续。"

他终于转身离开,常迟松了一口气。

突然,他又折回来:"不对。"

常迟的神经绷紧了,难道校长发现了什么?

"我来是要说,下周全国奥数竞赛,你们班要加油啊。"他说。

"放心吧,校长。"

校长终于走出了教室,如果他回头看一眼黑板,就会发现到底是哪里不对了。

作文题：我的朋友常迟

下课铃响起。

"那么，下课。"

常迟拍了拍手，所有人都如梦初醒般回过神来。

"怎么了？"

"刚刚发生了什么？"

"哎？那不是常迟吗？他来上课了？"

"我觉得好像做了一场梦。"

"我也是。"

"常迟？你去哪儿？"

大黄还呆在讲台上，这节课到底教了什么，她一点也想不起来，大脑好像经历了四十五分钟的空白。她看着那个男生拎着鼓鼓囊囊的书包走出教室，却没有半点反应，全身软绵绵的。现在她只想赶紧回到办公室，好好想想自己到底是怎么了。

常迟包里装着全班同学的作文，缓缓向校门口走去，直到一个女生拦住她。

"把我的作文本还给我。"

"什么？"常迟愣在原地，眼前站着的是朱娜。

"作文本，在你书包里。"

你怎么知道？常迟有些惊讶。

这一天的历险得从早上说起,他发现自己服下那颗神奇的药丸后,竟然拥有了操控别人的能力,只要使用命令式的语句,就能让他人做任何事情。他先是在家拿父母做实验,然后慢慢走出家门,扩展到更多的人身上。清洁工、路人、麦当劳店员……他一路实验,免费吃了顿午餐,坐了公交车,甚至还大胆让人理了个头发——比他以往任何一次的发型都要成功,然后,他发现自己来到了学校门口。

站在门口他还是有点怵,这时他感到肩膀被人拍了一下。

"常迟?"

他回头,原来是数学课代表。

"你怎么在这儿?"两人同时问道。

"我上午肚子不舒服请了半天假。"数学课代表说,"你来上学了?"

"我……"

数学课代表不怀好意地笑了起来:"还是你终于想通了?"没等常迟回答他又自顾自地道,"我也觉得姚海他们做得是过分了点,不过谁让你躲着不出来呢,我们看不到你,也很想你啊。"

常迟感到愤怒起来。这是他这么长时间以来头一次感到愤怒。是啊,他早就应该感到愤怒了。为什么要躲起来?为什么?做错的又不是自己!

数学课代表看到常迟捏紧了拳头:"怎么?想动手?"

"不,你自己动手。"

"什么?"

"用你的左拳揍你的左脸。"

数学课代表的脸上虽然还挂着难以置信的表情,左手却已经捏起了拳头,对着自己的左脸来了一拳。揍完之后他的脸抽搐了一下,却没法发出痛苦的声音,因为第二个命令接踵而至:

"现在,跟我一起进去上课吧。"常迟说。

这之后,常迟走进教室,发现自己不仅可以操控一个人,而且可以控制群体。在班主任来之前,他让全班都安静了下来,然后坐到自己那个空了许久的座位上,等待大黄的到来。

不得不说,当他看着姚海、胖子、数学课代表等人脸上的表情从惊讶变为空洞时,感到自己之前被清空的血槽在一点一点恢复。原来自己可以如此有力量。

太好了,我不用再害怕他们了!常迟按捺着心中的狂喜。我不用害怕任何一个人了!我可以回到学校了!

但在此之前,我要施展一点小惩罚。这之后,我会成为真正的班长。维持秩序,行侠仗义。

这点小惩罚就是强制让全班同学写一篇有关自己的作文。

回到现在。眼前的这个朱娜……莫非自己刚刚没有完全控制住她?但这不可能,一个神智正常的人不会在经历了刚刚那一切时无动于衷。

"我刚看到你收起来的,快还给我。我不需要你帮我写。"她语气急促。

哦,常迟明白了。看来她只是在最后一刻比其他人早清醒了过来,才看到常迟把作文本收进书包的动作。她以为常迟这次来班上,是像往常一样帮大家写作业的。

"为什么?"常迟早就意识到朱娜这个女生和其他人不一样,却从未探究过原因。

"不是每个人都想要满分。"

常迟以前从没认真看过朱娜跟他说话的样子,这一刻,他看清楚了,朱娜的眼神里明确带着不屑。他想起上学期的考试,每一场集体作弊,都只有她没参与。这导致每次班级集体高分的时候只有她排在最后,显得很难看。

常迟从书包里找出朱娜的本子递给她。

朱娜接过作业本,转身欲走。

常迟内心突然产生一股冲动,他叫住朱娜:"我能问你一个问题吗?"

"什么?"

你愿意做我女朋友吗?

常迟想问这个,但目光一与朱娜接触上,又胆怯了起来。

"你的作文本上……都写了啥?"

他本想问的是朱娜那篇作文是怎么写的,结果对方翻开作文本,每页上都画了各种各样的画,几乎没有几个字。常迟马上把作文的事儿忘了。

"每次交作文的时候你就交这些?"常迟惊讶道。

"反正老师也知道我是艺术生。"

恰好此时上课铃响起。

"没事的话我回去了。"

常迟看着朱娜走远:"你画得真好看。"

这句话朱娜已经听不见了。

常迟回到家,兴奋地准备和谢星星汇报这二十四小时的"历险"。刚掏出手机,他又改变了主意,先从书包里抽出了一本作文本。他打算看看自己在同学心目中到底是个什么样的人,他想知道,那些欺负他的人心里到底是怎么想的,为什么选中了他,而不是别人。

翻到作文那一页,他的表情却变了。

我的朋友常迟

我讨厌他。不对,不如说是我恨他,从没有把他当朋友过。他笑起来的样子真是让人恶心啊!还记得开学第一天,我没带地理图册,他非要把自己的借给我,宁愿被罚站。开什么玩笑?谁要接受这种假惺惺的善意?他不就是想当班长吗?这套笼络人心的本领真是太明显了。结果呢,班主任要选他做劳动委员,他还推辞,说什么"我爸说让我不要做任何班干部,说我应该学习做一个普通人"。天哪,他不知道我们大家都知道他爸是谁吗?竟然大庭广众之下说出这么虚伪的话!他不就是想当班长吗?行,如了你的愿,班长,我投你一票……

他把这篇作文一字不漏地看完,然后又翻开了另一本。然后又翻开了另一本。他本来以为大家只是受到了姚海胖子等人的蛊惑,才会默许这种集体欺凌事件在自己身上发生,现在,他才了解到原来自己这么不受欢迎。

"你得学习做一个普通人。"这确实是爸爸从小对他说的。他后来才渐渐明白过来爸爸的潜台词:大家都知道你爸是谁,所以你必须低调。

看来他的低调失败了。

看完所有的作文,天已经黑了。他坐在黑暗中,久久不能回过神来。他拿起手机,现在离他约定好向谢星星汇报效果的时间点已经过去了一个小时,无论如何该跟她说了。

他打开微信,点中谢星星的头像,然后发了一条微信过去:

"除了心跳有点加速外,就没什么特别的了。"

7

幸光制药。

王天依抱着一堆文件找了个理由走进了数据部。这儿就是吴穹所带领建立起的新部门,部门虽然人数不多,却个个是精英,不仅是头脑上的,也是体力上的。自从建立以来,就没见他们休息过,天天加班至深夜。在这一点上,他们似乎是心甘情愿的。王天依感到奇怪,吴穹这么一个性情的人,怎么会有如此的领导力。她不理解这种技术宅们和一个天才在一起共事时的快感,那感觉就像是和沃兹尼亚克或是谢尔盖·布林一起工作,这种和真正顶尖的聪明人一起共同解决问题的快乐,对他们来说才是罕见而宝贵的东西。况且,在这个部门，谁又不是吴穹这样的怪人呢？

王天依发现，自己今天一身的精心打扮在这里完全没有达到希望的效果，像一颗石子投进了大海一般，不禁在内心叹了口气。

继而她发现吴穹的座位是空的。又是空的。他该不会在躲着自己吧？

"吴穹去哪儿了？不好意思，我有点事找他。"

"不知道。"

吴穹旁边这位工程师眼睛都没向她瞥一眼，王天依打量了一番他的座位，立刻调整了自己的策略。

"哎，这是什么？好可爱啊。"王天依指着桌子上一个玩偶。

"这个啊，是一个游戏里的人物。"对方的语调立刻不一样了。王天依在心里默默微笑。实际她早就知道那是什么游戏，还曾把全套打通关过，当时是为了追求一个游戏公司的CEO。

"哦？什么游戏？"

……

五分钟后，王天依出现在了董事长办公室门口。

据刚刚的工程师说，吴穹基本上不是在实验室看数据，就是在汇报工作，很少会在部门待着。而那个实验室，就连他们部门的人也都进不去。王天依谢过他，并十分认真地要他下次把那盘游戏借给她，因为她"非常有兴趣"。她知道这一步完全可以免除，但这样强调，会让工程师更加深信自己不是借故跟他套词，而是真的关心这一话题。而且，这会让他感到受尊重。她相信，这是这些戴黑框眼镜、穿格子衬衫、从不健身、智力发达的男人很少感受到的东西。

Party 4　复仇者　　211

她对工程师的答复感到满意，这至少说明吴穹不是有意在躲着自己。

她打算先去爸爸那里碰碰运气，结果正好看到吴穹走进去。她耐心地等了半小时，也不见对方出来，便悄悄把耳朵贴到门边上。

"下个月就发布，必须要。"王怀松的声音传出来。

"我刚刚给您展示这些数据，就是想说明这很难实现。"吴穹的声音，"几乎是不可能。"

"小吴，你很年轻，我非常看好你，也很倚重你。"

"我知道。"

"不过，像你这样优秀的年轻人，虽然不多，也不是只有你一个。你知道我为什么单单选择了你吗？"

"我也很好奇。"

"高中时你参加机器人比赛，当时你刚去美国不久，语言是问题，社交也是问题，分配给你的团队是散兵游勇，只花了十天时间准备，你带着他们过关斩将拿到冠军。"

"那不是我一个人的功劳，其他人也都付出了很多。"

"大学时你和你的两个同学——其中一个因为挂科太多差点被劝退，另一个没拿到奖学金准备退学——你们三个花一周写了个软件，引起巨大成功。要不是早早卖掉，你本可以获得多得多的东西。"

"更厉害的是他们两个，拿到钱他们就可以不受制于学校和经济。"

"毕业后你拒绝了各个大公司的 offer，又去了一家没人知道的小公司，拿着完全匹配不上你能力的工资……"

"您到底想说什么？"能够不耐烦地打断王怀松的话，也就只有吴穹了。王天依一边听一边佩服，又替他捏把汗，她知道父亲是个非常讨厌被打断话的人。

"我为什么选择你？因为你是一个可以把不可能变成可能的人。"

一阵沉默。

"谢谢您的赏识。但是下个月就发布手环，这真的太……"

"做不到也得做到，这是死命令。"

"我不是军人，您也不是将军。"

气氛一时陷入了僵局。王天依想也没想就推门进去。

两人见突然有人进来，都是微微一惊。

"有事？"王怀松见是女儿，却丝毫没摆出对女儿说话的态度，王天依也早已习惯，有外人在，父亲一向如此。

"董事长，下月的新品发布媒体稿我们已经做好了，想再和您确认下。"

"非得这时候？"

"哦，新媒体那边还好，传统媒体是比较着急，一定要我们今天给确认稿。"

"我知道了，你放那儿吧。"

王天依走过去把文件放下。

"爸爸。"她突然回头朝王怀松说。

王怀松一愣，不知道她要搞什么鬼。女儿非常明白在公司的规矩，更何况此刻有吴穹在场，突然改换称呼，必有什么目的。

"前几天晚上，我看您在房间里折腾的那个数据，就是有关抑郁症自杀人群的，能给我一下，让我加入媒体稿里吗？"

王怀松经她这么一说，顿时理解了她的意图。她特地改换称呼，是因为接下来要提的虽是公事，却是私人场景，这才先用一句称呼的转变自然过渡。

"哦，就在桌面，你自己打开看一下。"

"好的。"

王天依似乎不熟悉王怀松的电脑，手忙脚乱操作了一阵。她点开父亲电脑桌面的文件时，投影不知为何也被打开了。这下三个人都能看到文件的内容。

吴穹依然平静地站在一旁。

那是一份有关全国抑郁症自杀人群的数据分析报告 PPT。

"诶？近十年里全国自杀率提高了20%，这么多？"王天依一边浏览，一边惊呼。

"不，你看到的是最终结果。你点进下一页。"王怀松说。

王天依依言照办。

"这条曲线是全国精神类疾病死亡人群曲线，这条是精神类药物发展曲线，根据相关性分析的结果，如果忽略这十年来精神类药物发展的曲线，不仅是自杀率，整个死亡率都不止提高这么点。"

王天依又点进下一页。

"哈，看来我们幸光在精神类药物方面作用不小哪。"王天依看着这一页对于国内精神类药物和企业的发展分析，不禁得意起来。

王怀松却严肃道:"没什么可沾沾自喜的。只要整个死亡率还在提高,我们就没什么可得意的。"

"哦。"王天依悻悻道,"不过,等公司的秘密武器发布,这个状况就会得到改善了吧?"

王天依说的秘密武器就是幸光正在研发的 Plus 手环。

"这个手环,可以收集服药者的服药情况和身体表征数据,有了这些数据,就可以不断改进药物开发,增强药物效果。不过,我们要对抗的,是一头巨兽。手环只是一个起点。"

"嗯。"

王天依关闭了 PPT,掏出 U 盘拷走了文档。

"那我就不打扰你们了。"王天依转身准备离开。

"等一下。"

王天依停住脚步,是吴穹的声音,她心中一喜,计策果然有用。

"下个月,我会让手环面市的。"吴穹对王怀松道。

王怀松那张僵硬的脸终于放松了下来,他什么也没说,只是拍了拍吴穹的肩膀。

等到吴穹走出去之后,王天依才笑嘻嘻地和王怀松邀功:"爸,我刚配合得如何?"

王怀松一言不发,王天依这才觉得不对:"爸爸?"

"前几天晚上,你偷看我电脑了?"

"我只是路过,正好看到……"

"你忘了家里的规矩了?"

"我错了,没你允许,我再也不擅自进去了。"

王怀松平时对女儿管教倒不算严格,因为他从来也没想过让王天依接管幸光,或者说,他还没想过接替人这件事。因此工作上的事他几乎从不让家人过问,他的书房也是非请莫入的场所。但刚刚王天依从容化解尴尬并达到了自己没做到的效果,这个插曲突然让他意识到,女儿已经长大了。

"嗯。还有,你刚做得不错。"王怀松说。

王天依吐吐舌头,灿烂一笑。

"对了,听说你在帮吴穹接受什么治疗?"王怀松突然问道。

王天依一愣,爸爸是怎么知道的?这件事除了她和谢星星之外,应该没人知道,而吴穹,也不像是会说这件事的人。更何况,谢星星上回已经拒绝帮助自己治疗吴穹,她正想着这两天怎么收买谢星星。

"是……吴穹对公司来说是挺重要的人,下个月手环发布他也要配合我们公关部做一些公开出席的活动,我怕他的病会造成负面影响……"王天依尽量把这事说得理所应当。

"哦,他有什么病?"

"PT……我也不记得了,就是一些心理问题吧,也不是很严重。所以我就安排他去星星那里做治疗了。"

"哦,小谢啊。"

"对。她最近工作也不是很顺利,我也想帮帮她。"

"嗯,应该的。"

王天依知道王怀松和谢星星的父亲谢时蕴是大学同学,念研究生时师从同一位导师,后来谢时蕴出国读博,王怀松则在念完研生后就出来工作。两人一位志在学术,一位则发现自己更有经商才能,走上完全不同的道路,交集也就此减少。后来谢时蕴回国,王怀松似乎向他伸过橄榄枝,却被拒绝了。两人来往不多,那时王天依和谢星星虽然认识,也很少打交道。她印象中,这个女孩和她爸一样奇怪,但他们父女俩的关系似乎也很淡漠。直到谢时蕴出了那场车祸意外,据说当时谢星星也在场。后来,王天依也跟着父亲去了葬礼,她印象很深,那是一场极为冷清的葬礼,就连谢星星也没有出现,大家都以为那孩子还没从车祸的阴影中走出。再后来,谢时蕴生前为数不多的朋友都想帮帮这家人,王天依就是从那时起才慢慢和谢星星熟了起来。

王怀松总会在逢年过节邀请很多人来家里吃饭,这是他们家的一个习俗。谢时蕴还在世时,王怀松也邀请过他们家。王天依印象中他们只来过一次,全家一起来的。那是在她很小的时候,谢时蕴大概刚刚回国。那也是她头一次见到谢星星。当她热情地拿出各种玩具邀请谢星星加入小孩子的游戏时,谢星星却只是冷漠地站在一旁。直到王天依不小心掉出了口袋里的糖果,才发现这个小女孩的眼睛突然有了光彩。"你想吃吗?"她问。对方点点头,她便从自己的房间抱出一大罐糖果塞到谢星星怀里,"都给你。"看着谢星星坐在一边安静地剥糖纸,王天依感到非常满足。所有的小孩子都聚在身边让她感觉很好。

第二次见面是谢时蕴过世后,苏造方拉着谢星星来了。当时在场的人或多或少知道这母女俩是谁,都竭力避免提及谢时蕴相关的话题,努力营造一种温馨美好的节日氛围,直到谢星星自己在饭桌上毫不避讳地提到自己改了大学专业。当时她刚被 W 大学的生物学系录取,"我想跟我爸学同一个专业。"她说。气氛一时尴尬,还是王怀松打破了沉默:"那很好啊,将来你可以来我的公司工作。"

"再说吧。"她回答,"也许王叔叔的公司那时已经倒闭了呢。"

她认真的一句话反而在饭桌上起到了笑话的效果。大家一阵私笑,将这份尴尬化解了过去。

王天依知道,后来爸爸试着想为这对母女提供些帮助,但都被拒绝了。谢星星偶尔会来他们家吃饭,也就仅此而已了。

所以,此刻王天依把安排吴穹看病解释为"照顾谢星星的工作",料想也不会引起王怀松过多的想法。

"没什么事儿我也先走了。媒体稿他们今天真要。"王天依解释道。

"嗯,你去吧。"

王天依往门口走去,突然又被王怀松叫住:"对了,你知道小谢她除了那个咨询中心的工作,还在做别的什么事吗?"

"没有。不……我不知道。怎么了?"

"没事。"

Party 5

解惑者

1

"都说了一百遍了,我是随口说的。"谢星星和赵芬奇从电影院走出来,谢星星正为浪费两小时看了这么一部爆米花电影感到不值,赵芬奇又开始提到那次在家门口,她嚷嚷自己喜欢的人就是他的事。

赵芬奇把电影票票根递给谢星星:"给。"

"干吗?"

"你不留个纪念?咱们一起看的电影耶。"

"我都跟你一起看了几万部电影了。"

"这个可是你跟我告白以来咱们看的第一部。"

"告白?跟你说了一万遍了,那是为了堵住那个病人的嘴。"谢星星把赵芬奇的票根抢过来,连同自己的窝成一团,扔进了路边垃圾桶。

"好吧好吧,反正女人都这样。"

"你这话又说错了,首先你得定义什么是女人……"

"哎,你是不是因为我当时没马上给反应才假装是开玩笑的?"

赵芬奇知道让她说下去就会陷入无休止的逻辑争辩，便打断她。

谢星星听到这句突然愣了一下，开始习惯性思考另一种可能。

"那我可以再配合你一次。来吧，原景重现，你再说一次。"

谢星星这才反应过来这还是赵芬奇在取笑她。眼看好说歹说都关不上赵芬奇的嘴，只好拦了辆出租车，独个儿上车回家。

"哎，你这人怎么这样？都说了配合你了……"

赵芬奇看着出租车远去，留下谢星星的侧影。他哑口失笑，走回那个垃圾桶，拾出那两张电影票根，揣进了兜里。

谢星星坐在出租车里就接到了王天依的电话。"星星啊，晚上有空吗？"

她直接告诉对方，自己答应治疗吴穹了。电话那头又惊又喜，立刻去掉了所有的掩饰："诶？你想通了？"

"我不是想通了，我是脑子被撞了。"

谢星星挂上电话，给常迟发去一条微信。

"今天的情况怎么样？"

那头很快回了消息："我觉得自己玩魔方比以前快了，这算吗？"

谢星星没有回复。她内心有些失望，这么说，在常迟身上的实验失败了？

手机又响了，常迟发了第二条信息过来："没有明显效果的话，是不是就不会进行第二次实验了？"

谢星星犹豫了一下，也许Skinner就是因人而异，不是每个人吃下去都有效果，不过，如果不是每个人都有效果，那么Skinner最初的意义——让每个普通人都可以变得不普通——就丧失了。

"你放心，我们可以尝试别的方法帮助你。"她回复。

她必须努力让Skinner更加完善，不再让类似常迟这样的实验者感到失望。

谢星星从出租车下来，摸钥匙打开家门。母亲不在家，一般这个时间苏造方都在上舞蹈课。自从看韩剧迷上了爵士舞，她就把主要时间花在了学舞蹈上。

谢星星走进自己房间，开灯坐下来，打开笔记本电脑准备查点有关PTSD的资料。突然，她发现有什么不对的地方。

电脑被人动过了。

电脑桌面的文件夹虽然看似杂乱无章，其实不了解的人完全看不出来，所有文件夹是按照天体星座的位置摆放的。现在，猎户星座的位置被打乱了。看得出来，操作电脑的人是不小心拖动了文件夹，想努力归位，却由于不了解其中玄机而没能成功。

这至少说明不是母亲干的。天体物理系毕业的苏造方绝对不会看不出这一点——谢星星有关天文学测量的那一点知识和兴趣，都是从她那儿来的。更何况母亲没有偷看自己电脑的必要。

那会是谁？

她记得自己走之前没有关电脑，只和赵芬奇去看了场电影，加上来回拢共三小时。她出去看了眼日历，母亲的课是一小时前开始的，也就是说她最早两小时前走的。在这两个小时里，有人偷偷进了她家，动了她的电脑。

不对。

谢星星站在自己的屋子里打量四周,只有电脑而已吗?

她花十分钟确认了一件事:她的房间被全方位翻过了。又花了十分钟,她确认了第二件事:只有她的房间被翻过了。

对方要在她的房间找什么?不,更可能的情况是,对方没来得及把她家全部翻一遍,她就回来了。

一想到这点,她马上去摸笔记本的外壳,是温的。这说明对方刚离开不久。

对方到底在找什么?

蹦出来的第一个念头,是Skinner。可是,这世上除了她、李立秦、赵芬奇和常迟,应该没有更多人知道这个东西了。就连苏造方都不知道。赵芬奇虽然知道零星半点儿,却从不好奇。而常迟,他应该更不知道这是什么,除非——

除非他对自己撒了谎,Skinner在他身上产生了作用。

客厅传来了响动声,"诶?怎么了?"苏造方开门进来,见谢星星一个人坐在客厅一动不动。

"没事。"她走回房间,突然又想起什么,"对了,妈,我想给家里装个防盗监控系统。"

"家里进贼了?"苏造方紧张起来。

"没,我看小区物业正好在促销。"

"哦,吓我一跳。"

谢星星没把这事告诉任何人。在事情有些眉目前,她不想引起任何人的担心，况且现在看起来也没什么危险。也许她想多了，也许就是一个变态骚扰狂，也许，是一个读多了侦探小说的小鬼在恶作剧。

还好Skinner的所有相关材料都在秘密实验室里。家里不仅没有和Skinner有关的东西，连谢时蕴的东西也几乎都没留下。他极少的生活用品在他去世后几乎都被母亲扔了或卖了，只有一个收音机留了下来，因为这年头已经没人用这玩意儿。这是谢时蕴回国时从美国一起带回的，李立秦说这是他当时送给谢时蕴的，让他多听听音乐，陶冶情操。现在它放在谢星星的书架上，积满了灰尘。

但这件事终究给谢星星带来了一些波动，晚上睡觉的时候，她头一次梦到了父亲，梦见了那天发生的事情。

"为什么要选生物？"

"我觉得有意思。"

"研究细胞让你觉得有意思？"

"有意思。"

对话就此陷入了沉默。这是谢星星刚刚拿到W大学录取通知书的第三天，谢时蕴开着那辆学校特别配给他的桑塔纳。这车还是他刚回国时学校给的，已经十年了，早就该换了，但自从五年前谢时蕴主动申请从系主任的位子上退下来，只教教课，也不发论文，不申请学术项目，学校就不再关心他了。每年申请他的研究生也越来越少，一是大家都慢慢知道这人不好相处，二是跟着他做研究那就只有做研究，没有项目干——这就意味着没有零花钱可赚。到最后，只剩下对学术最单纯的那些学生愿意留下来,每年也就一两个。这辆开了十年的桑塔纳,空调系统早已不灵,每到大夏天坐在里头就和坐在蒸笼里似的。为此,谢星星很少坐父亲的车。而这次,两人在苏造方的游说下,才答应一起去市里刚建成的天文馆看看,据说那里引入了各种顶级设备,非常值得一看。这本来是他们家为数不多的一次集体出游,临走前苏造方却由于偏头疼决定留在家里。"要不改天吧。"谢星星内心对此次出游很抗拒,巴不得改着改着就没下文了。

"都预约好了,再预约都不知道哪天了。"确实,每天预约人数都很多。

谢星星只好同意了,不过她要求把剩下的一个名额给赵芬奇。苏造方也觉得挺好,不至于浪费。恰好那天赵芬奇没事,他还在念高一,刚刚放暑假,虽然对天文馆并没有什么兴趣,但为了逃掉长跑队的训练,他欢欣鼓舞地答应了,和谢星星约好在天文馆门口见。

谢星星把车窗摇下来,实在太热。

"车里开着空调呢。"

"还不如不开。"

谢时蕴没应声,就让谢星星这么开着窗户,空调也一路开下去了。他们谁都没想到,就是这扇摇下的窗户救了谢星星一命。

"我觉得研究人更有意思。"

"我不喜欢人。"

"但是人更有意思。"谢时蕴想了想,补充道,"更复杂。"

谢星星没吭声。实际上,她对学什么专业并没有一个清晰的想法，或者说，没什么东西是她真正感兴趣的。学生物、学数学、学历史、学地质，对她来说没有区别。学什么都可以，就是不要学心理学。她不想在好不容易上了大学之后，还要在学校里天天面对自己的父亲。于是她特地选了生物，因为生物系的楼和心理系离得最远。当然了，她也完全可以换一个学校，可没办法，谁让W大是首屈一指的呢。

谢时蕴终究没把自己想说的话说出来。

这天天气阴沉，随时要下雨的样子。出门前苏造方特意提醒他们带伞。然而雨一直迟迟不落下来，乌云却越来越密。天文馆建在远离市区的位置，毗邻一个山谷。出了市区上高速之后，天色越来越暗，一场暴风雨势在必行。天气也变得越来越闷热，谢星星想着等雨真正落下，就会舒服多了。

事情发生得非常突然，在盘山高速转弯时，一只黑乎乎的动物突然蹿出来，谢星星大喊了一声"小心"，听到这话的谢时蕴猛踩刹车，朝一侧打方向，结果在转弯处迎头遇上对面来的另一辆车……

那只动物是什么？

谢星星一直想不起来，那时究竟是什么导致了这场车祸。这回她在梦中看清了：

那是一头鹿。

太奇怪了，高速公路上怎么会出现一头鹿？

谢星星试图看清鹿身上的花纹，却发现那只鹿在冲着自己微笑。

她突然就醒了。

2

常迟和父母一起坐在餐桌前吃早饭。父亲盯着手机不断打字回复消息，母亲则对着电视机。

"从今天开始我重新去学校上学。"

"很好啊！那你得谢谢谢医生。"他父亲抬头道。

"还得谢谢你同学，缺了这一个月课，都靠他们帮你补了。"他母亲说着，目光又瞄向了电视。

"嗯。"

父亲又低下头去看手机。

"爸，妈，你们觉得……我怎么样？"

"什么怎么样？"

"就是是个什么样的人。好人，还是坏人？"

"你怎么会是坏人呢。"他母亲连脸都没从电视机的方向转过来。

"你不会是做了什么事没告诉我们吧？"他父亲抬头严肃道。

"没。"

"那就行。做事前先想想你是谁。"

他知道父亲的意思其实是"做事前先想想你是谁的儿子"。所以他门门课都得优秀，从不违反纪律，和同学相处愉快。但他父亲从不让他竞选班干部。"太显眼了，会有人说闲话。"母亲私下里跟他说。这一次，他完全是被选上的。"既然选了你，那也是水到渠成的事，你就试试吧。"父亲这回没有反对。但他觉得是父亲老了，放松了警惕。

直到现在，他才意识到荒谬：父母明明从小就在按照非普通人的标准要求自己，却硬要他做个普通人。这怎么可能呢？如果你事事都出色，又怎么隐藏自己的羽毛？

大概这就是为什么所有人都觉得他虚伪。

高二（5）班。

校长像往常一样巡视，走到高二（5）门前，发现这个班今天特别安静。透过窗帘去看，才发现整个班都是空的。原来是体育课，他心想。然后慢慢走过去。

如果此刻他去体育场看一看，就会发现那里也没有高二（5）的同学。

教学楼的天台上。

不仔细看，会以为这是一支浩大的乐队在进行排练：器乐部、声乐部依次交错排开。然而仔细看，会发现器乐部不伦不类，有弹吉他的，有吹单簧管的，有拿三角铁的，还有拉二胡的。

"音乐可以陶冶人的情操，可以改变你们对人的扭曲认识。"常迟站在所有人面前，"再来一遍。"

其他人听到这话便乖乖开始，然而演奏出的曲子却让人啼笑皆非，仔细分辨才能依稀听出那似乎是《德意志安魂曲》。

"停。"

所有人又停下了。

"有人错了。"常迟的目光缓缓从每个人面前扫过,"谁?"

没一个人有反应,常迟皱了皱眉头:"麻烦刚刚错了音的人走出来。"

人群齐刷刷走出了十来个人,原来没一个人是对的。

"你们知道该怎么办。"

面前这十几个人,自动分成了两组,面对面站好,开始互扇耳光。

突然,他注意到有个人没动手。

"李翔,你干什么?"

胖子对面站着的是姚海,他虽然没有动手,对方的巴掌却有节奏地扇过来。他的眼神依然是空洞的,但是全身发抖,似乎在作某种剧烈的挣扎。

"停下。"常迟对姚海说道。

姚海非常听话地放下了手。胖子一边的脸颊已经高高肿起。常迟走到胖子面前。

"为什么不动手?"

"我……我……"

"你不敢?"

"难道你喜欢她?"

胖子低下了头,发出了一声声若蚊蚋的"嗯"。

啪!

这一记巴掌是姚海扇过来的。她涨红了脸，却不是因为被打，而是因为听到了胖子的话。她虽然有情绪和行动，却说不出一句话，只能用眼神表达自己的愤怒。你也配喜欢我？

"看来你的姚海大小姐并不喜欢你喜欢她啊。"

常迟反手给了姚海一个耳光。"没我的允许，谁让你擅自动手的？"

姚海的脸上清晰地留下五个手指印，眼眶立刻红了。

胖子低着头，开始嘤嘤地哭泣。

"行了，继续演奏吧。"

天台上诡异的曲调再次响起来，消失在风中。

校长视察到了校门口，才发现有什么不对。一群本来应该在上课的学生把张贴栏围住了。

"原来这个班的成绩全是靠作弊来的。"

"我就说，次次都那个分数，也太诡异了。"

"不过他们是怎么了，突然集体悔过？"

"估计是出了个叛徒吧。早晚要露馅儿，不如自己招了。"

"这种事肯定有个带头的，这上面也没说带头的是谁。"

"都集体悔过了，肯定就是为了藏好那个带头的，集体背黑锅呀。"

"我觉得还有一种可能。"

"什么？"

"这班里肯定有原本成绩就不错的人。你说他能忍受全班同学和他分数一样吗?"

"啧啧,你说得对。"

"怎么回事?"

没有人注意到校长就在后头,继续围在那里窃窃私语。

校长好不容易挤进去,才发现那里贴着一张大字报:

悔过书

我们忏悔。我们有罪。我们希望得到救赎。

上学期开始,我们班每一次考试都是在偷来的试卷帮助下,才取得了优异的成绩。我们为这种集体作弊的行为感到深深的抱歉。在良知的折磨下,我们决定向全校师生公布这件事,希望得到大家的原谅。

高二(5)班全体

校长一字一句看完,愣在那里。不过,他脑子里的第一个念头是,如果这是真的,接下来的奥数竞赛怎么办?

W市第六中学的师生完全没想到,这张轰动全校的大字报,只是所有事情的开始。

第二天,校长办公室和市纪检委办公室同时收到了一封快递,快递里有一封信和一沓文件。发件人是W市第六中学原高二(5)

班的班主任，信中坦承自己如何利用班里学生，要挟其透过市长父亲，暗中打通自己亲戚在某地产投标项目的关系，从而获得暴利。文件是关于此事的全部资料证据。

原班主任立刻遭到停职查看，项目停止，常迟的父亲虽由于不知情没有受到惩罚，也收到通知"在此事彻查解决前留职休息"，之后的仕途想必不会一帆风顺。

第三件大事则是高二（5）班上学年意外坠楼的那个学生——前任班长的死，不知怎么被重新翻了出来。谁也不知道具体情况，就在紧接着那位班主任事发的次日，几个学生和老师目睹警察走进了校长办公室。然后，所有与此事件相关的人开始一一被请去配合询问。每个人都是沉默着进去，沉默着出来。那天下午，高二（5）班的所有学生都走进了那间办公室。询问工作一直进行到深夜。

这几件事之后，高二（5）的学生开始变得非常古怪。其他班的学生有熟识高二（5）班学生的，都发现他们好像变了个人似的：脸上很少出现表情了，不太搭理人，偶尔实在要回应，也只是淡淡地"嗯"或者"哦"，仿佛失去了灵魂。

总有人第一个憋不住，把所有的事情串联起来。于是，流言开始了。不，也许这就是真相。

"高二（5）班的全体同学，是逼迫上一任班长跳楼的凶手。"

在这个爆炸性流言飞速扩散的同时，越来越多的同学开始回想起前一年，他们认识的这个班长同其他学生关系的细节。

"他一开始性格挺开朗的，还参加了校足球队，我们就是在那里认识的，想不到没两个月他就退出了。当时以为是怕影响学习，现在想想,他那时每次来训练时都十分惊慌,脸色苍白,说不定已经开始受迫害了。"

"有次我上课的时候去厕所,正好看到他和他们班其他几个学生在里面。他被那几个人围住,我也没多想……他那时候脸上绝对是害怕的表情!"

"嗨,我告诉你们,有回放学我亲眼见到他被他们班几个人狂揍,鼻青脸肿,那叫一个惨。"

传说越来越多,越来越夸张。很快,不仅同学,连老师都对这个"真相"深信不疑起来。他们表面上没有讨论,但每次去高二(5)上课的时候,都小心翼翼地观察着。这究竟是一群天使,还是一群恶魔?

是的,高二(5)的全体同学依然有条不紊地每天来学校上课,无视旁人的目光。最让人感到奇怪的是,在出了这么多事以后,校长竟也没有下令让他们停课。

学生们越来越少在校园里看见校长,唯有几个老师惊疑不定地觉察到,校长和高二(5)的学生一样,变得古怪起来。

所有这些人里,大家发现,只有高二(5)的现任班长常迟保持了正常。很快有人提出:"他是新转来的,和上学年的事没关系,自然没啥心理负担。"接着有人想到:"如果他也是班长……你说他会不会经历了同样的事?"

常迟路过这些窃窃私语的同学时,会报以微笑并轻轻点头。他不仅不像一个有心理负担的人,反而越来越像一个……班长。以往身上那种极力低调而显得有些优柔寡断甚至怯懦的体态没有了,他和市长的儿子这一身份越来越相称。不过,没人知道他心里是怎么想的。

"我是这个新世界的王。"

"我在重新定义世界的规范。"

"顺我者昌,逆我者亡。"

不过,王也需要面对一个问题。当他的"法力"消失了,该怎么办?

3

风筝科,上面的牌子罕见地翻成了"治疗中"。

吴穹坐在谢星星的诊疗室。这是谢星星答应收治他以来,第一次的正式治疗。

"把手套摘了。"

"嗯?"

"这是治疗的第一步。"

"治疗的第一步是让患者有安全感,当我有足够的安全感,把手套摘了才会有进一步的疗效。"

谢星星盯着他看了两秒,在心里嘀咕,看来这家伙说自己久病成良医果然没错,他把自己的病灶和疗法都琢磨了个透。不过在心理咨询领域,这并不是什么好事,最大的可能是患者不仅没有治愈自己的病,反而形成了非常强烈的阻抗,令专业的心理治疗更加艰难。

"你不是说你只相信我吗?"

"相信你和信任你是两码事。我相信你可以治愈我的病,在你取得我的信任之后。"

"脱下来。"

吴穹只好把手套摘了:"你不相信我说的可别怪……"

他话没说完,谢星星拿起他的手套戴到了自己手上。

"你……"

谢星星见自己这举动让吴穹微微吃惊,不禁感到稍微松了一口气。他果然无法次次都猜中我在想什么。

"这样你有安全感了吗?"

吴穹无奈地闭上了嘴。

"那我们开始吧。"

"嗯。"

"昨晚睡得好吗?"

"不错。"

"最近睡眠都不错?"

"嗯。"

"你睡前一般做什么?"

"看看书,或者听听音乐。"

"哦,你都喜欢看什么书?"

"科技,历史,军事。"

"音乐呢?"

"打住。"

"怎么了？"

"你要是继续再用这套传统疗法，试着先跟我成为朋友之类的，我会对你失望的。"

谢星星知道，答应接收这个浑蛋是件吃力不讨好的事。她对人很难产生深厚的情感，不会有喜欢，自然也不会有讨厌。此时，她却非常讨厌给吴穹看病的感觉。不，应该说只要和这个人打交道，她身上的汗毛就会不自觉地竖起来。

手机震动了，一条微信。

"没关系，你可以现在调静音。"吴穹看着她，好像已经看出她的窘迫：一个小小的职业规范失误。

"对不起，我有特殊原因。"虽说如此，谢星星还是把手机调静音了。她看了一眼那条微信，是赵芬奇发的。只有一个小时，常迟应该不会那么巧，正好在这时向她汇报 Skinner 突然生效了吧。

"嗯。你直接问我吧。"

"问你什么？"

"那个关键的问题。"

谢星星看着他。他们俩都知道这是什么意思——导致 PTSD 的那个关键事件究竟是什么。这是治好 PTSD 的最核心步骤。是解药。

"那你说吧。"

"我十六岁的暑假，我妈出车祸死了。"

"你也在车上？"

"嗯。"

"那场车祸之后什么时候……"

"我不记得了。"

"什么？"

"那之后我有大概三个月的记忆是空白的，包括那场车祸的细节，我也完全不记得了。三个月后，我已经在美国了。"

PTSD通常会伴随短期失忆。嗯，这很常见。谢星星在心里想，不过这又增大了治疗的难度。要治好他的病，得让他先恢复记忆。

"那你大概知道，这三个月你都干了些什么吗？"

"我学会了开车。"

"别出心裁。"

"怎么？"

"别人要是遇到母亲车祸死亡，他可能会立志学医或者做警察。你立志学开车。"

吴穹突然笑了。

"好笑？"

谢星星从口袋里掏出一个小本子，在上面用笔急刷刷写着什么。

"你在记什么？"

"哦，对不起，我有阿斯伯格综合征，最近在学习如何理解人类的情感。所以，以好笑程度来看的话，你觉得刚刚这句话有几分？"

"零。不过如果以不解人情来看，可以打十分。"

谢星星停下了笔，"那你笑什么？"

"我突然想起了一个笑话。"

谢星星无言，于是把小本子合起来放回口袋。

"所以，这三个月你就学会了开车？"

"还背了五千多个单词、做了几百道数学题吧。"

"这说明你的短时记忆和长时记忆功能都没有受损。"

"的确没有。车祸之后，医生的详细检查报告已经告诉我，我的大脑没有受到器质性损伤。"

"所以你选择遗忘了一些事。"谢星星一边在病历上记录，一边随口问道，"对了，你父亲呢？"

她没听到吴穹回答，抬起头来才发现他正看着自己诊疗室的书柜，似乎这些书比眼下的治疗更让他有兴趣。

她只好提高音量又问了一句："你父——"

话还没说完，吴穹就打断了她，同时把头扭回来。"你为什么不离我近一点？"

谢星星坐在她的写字桌后面，和吴穹隔着一张桌子加一只脚的距离。

"为什么？"

"这好像不是一个标准的心理咨询师和患者的治疗姿势。"

"你本来也不是标准的患者。"

"没有哪个患者是标准的。"

谢星星发现自己实在找不出理由，一个正大光明的理由，来说服自己：她必须远离吴穹，是因为治疗的正当性，而不是因为私人原因。于是她闭上了嘴。

"治疗时间已经过去一半了。"吴穹看了一眼钟，"你还是打算拿应付三岁小孩的那一套东西来应付我吗？"

"我没有应付你，我是在治疗你。如果你觉得不满意，可以另请高明。"谢星星终于对吴穹的傲慢感到些许恼火了。

"谢时蕴，W 大心理系高材生，二十二岁硕士毕业，二十五岁拿到美国顶尖院校的心理学博士学位，三十岁回国，任 W 大心理系教授，是 W 大有史以来最年轻的正教授。你本来可以和他一样，在二十五岁拿到博士学位。"

谢星星警觉起来："你还调查了我父亲？"

"谈不上调查吧。你父亲很有名，我是说在专业领域内。我在美国的时候就读过他的论文，脑神经方面的。他的论文是被引用次数最多的，想不记住这个名字，很难。"

听他这么一说，谢星星稍微安心了一些。但他接下来的话才是真正的匕首。

"为什么你父亲能做到的事你没能做到？"

谢星星一愣，她绝对没想到吴穹会这么问她。"你是说博士学位？你不是调查了我的背景了吗？你知道是怎么回事。"

"不，我说的是，能力。"

"那我觉得你可能有些误会……"

"据我了解，你父亲不仅在心理学多个分支上都成果斐然，他还是一位极其优秀的心理咨询师。可以说，胜率 100%。"

"你到底想说什么？"谢星星冷冷地说。

"你害怕我。"

谢星星心中一凛，但嘴上逞强："我为什么要害怕你？"

"我怎么知道？"吴穹似笑非笑地看着她，"你已经说了我的读心术是假的。再说嘛，女人总是很复杂的。"

谢星星听到这儿已经明白他在暗示什么，赵芬奇的模样不知怎么出现在她眼前：

"好吧好吧，反正女人都这样。"

难道所有男人关于女人的思维就都只有一种？谢星星再也无法忍受："如果你再这么自以为是的话，我宁愿扫马路都不会再给你看病！"

"那倒好了。说明你还有点自知之明。没准儿，你去做家政真的比你研究心理学要靠谱。"

谢星星"噌"地站起来，脱掉吴穹的手套甩向他，一言不发地向门外走去。

吴穹脸都没转过来："看来，你果然只遗传了你父亲的一点基因，你自己，没有用一点功。"

谢星星停在门前，也没有回头："请你不要再提我父亲。"

吴穹转过身看着她的背影，"我想这也正常，谁有这么个父亲不会生活在他的阴影下呢？你从小就听着别人对你父亲的赞誉长大，你想逃避这件事，又想暗暗超过他。事实证明，你失败了。你从一出生就是个失败者。"

"住口！你对我父亲一无所知。"

"我不需要知道你父亲，我知道你就行了。"

谢星星听到此已经恼怒到了极点。她转过来，快速走到吴穹面前，深吸一口气："你对我也一无所知。"

"我至少知道你对人一无所知。这就是为什么你的心理学学得这么差劲,你对人没有兴趣。"

"我不是没有兴趣,我是……"

"醒醒吧,你根本就没有阿斯伯格综合征。"吴穹冷冷地看着她。

谢星星愣在那里。

"你说什么?"

"你根本就没有任何心理问题,这不过是你为了逃避找的借口。躲在阿斯伯格综合征里头这么多年,你还不腻吗?"

谢星星看着他,然后无力地低下了头。"我觉得很安全。"她声音非常轻,像是说给自己听的。

"我并不想超过他,我只想引起他的注意。"

谢星星转过身,再次朝着门口走去,她把手搭在门把上,说:"谢谢你帮我做的心理咨询,你说得没错,我对人没有兴趣,我也没有能力治好你。"

谢星星打开门:"还有,不是胜率,是治愈率。"

"什么?"

"你刚说我父亲,他是治愈率100%。"

"心理咨询就是一场治疗师和患者之间的比赛。"

"这就是为什么我没有能力治好你。你的对抗意识太强了。"

谢星星正准备走出去,突然在门口看见了一个人。

常迟。

4

"你怎么来了？"

"我给你发了微信，你没回。"

谢星星这才想起她把手机设了静音。她掏出手机一看，的确有一条常迟发来的微信："一会儿我去咨询中心找你，方便吗？"

"出什么事了？"

"哦，没有，我就是来——"

谢星星发现常迟的表情有些奇怪，等她意识到不对时已经晚了。

"谢星星，把Skinner给我。"

常迟突然用一种冰冷而权威的口吻命令她。

谢星星正感到奇怪，但紧接着就发现这句话像一个漩涡般在大脑里反复回响："谢星星，把Skinner给我……把Skinner给我……把Skinner给我……"她感到胸口烦闷欲呕，大脑里除了这句话之外无法作别的思考。

吴穹看到谢星星突然转过身直直地走向自己，正奇怪发生了什么，谢星星却绕过了自己，走向她的办公桌，打开抽屉摸索着什么。她身后跟着一个高中年纪的男孩，男孩并没有看他，仿佛他不存在似的。

谢星星摸出一袋糖果，交到男孩手里。

吴穹觉察到不对，便拦住常迟。"你是谁？"

"别碍事。"常迟看着他的眼睛道。

吴穹抓住了常迟的胳膊，刹那间"啊"地叫了一声——他忘了戴上手套。他禁不住后退两步，但见这男孩也颇有些惊讶地看着自己。他还以为对方在惊讶自己的反应。

实际上，常迟心中想的是：他是谁？为什么他可以不受我的控制？

没等吴穹反应过来，常迟已经拿着那袋糖果快步走出治疗室，消失不见。

过了有一分钟，谢星星才如梦初醒般恢复正常。

"他呢？"

"谁？"

"刚刚那个男孩。"

"走了。"

"什么时候的事？"

吴穹看了眼钟："一分十二秒之前。"

"走。"谢星星拉着吴穹直奔门外。

"怎么了？"

"来不及说了，先抓住他！"

W市第六中学。

天阴着，快要下雨的样子，路上的人都脚步匆匆，要赶在雨落下之前回家。然而六中门口却站着不少人。有些是来接孩子的家长，有些是来找朋友的学生。此时已经是晚上六点，按理说学校已经放学了，再拖堂也不至于到现在还没人出来，更不可能是全校一起拖堂。然而站在校门口的人，没有一个等到他们要等的人。

这学校到底怎么了？从外面看校园内十分安静，天色渐晚，黑云乌压压地笼罩下，更显得校园透露出一股诡异。

谢星星和吴穹穿过人群，走到校门口，想要进去，却发现校门紧闭。

"还没放学呢，别费那力气了。"有人劝道。

"还没放学？"谢星星问。

"是啊，按理说一小时前就该放了。今天不知道怎么了。"

"不会是全校突击测验吧？"

"我给孩子发微信他也没回。"

"我也发了，也没回呢。"

人们七嘴八舌地开始交谈起来。

谢星星一听，更确定常迟在学校内无误。她之前联系了常迟的父母，才了解到常迟早已恢复上学，于是便知道情况不妙，自己又被欺骗了。

如果常迟的潜能就是刚刚操控自己的那个能力，那他得到了那么一袋Skinner的结果会是什么？

但是，她当时给常迟拍照时，明明没看见他的未来有任何异状。难道说，这个未来也是由于自己干预而导致的不可预测的结果？

没时间多想了。眼下他们得先进到校园里头去。谢星星拉着吴穹离开校门口的人群，找到一处围墙低矮处，问他："你会翻墙吗？"

谢星星拍掉腿上刚刚在围墙上蹭到的泥土，回头准备召唤吴穹，才发现他已经站在自己身后。"你怎么进来的?"

"哦,拐弯有个侧门,开着。"

谢星星气道:"那你不叫我?"

"你已经翻过去了啊。"

"你怎么知道那里有门?"

"路边有交通标志,提示车辆有学生慢行,这说明附近一定有个学校出口。"

谢星星哑口无言,只好快步朝教学楼方向走去。

俩人奔至教学楼。谢星星本想找高二(5)的教室,却突然被吴穹叫住。"你看。"

谢星星停下来,顺吴穹目光往就近的教室里看,才发现空无一人。

再往前走几步,下一个教室也是如此。

谢星星还要再上楼去看,吴穹拉住她:"不用了。你闻到什么味道没?"

谢星星吸了吸鼻子,两人相视,同时低声说道:"着火了。"

着火的地方在学校的后操场。

一绕过教学楼,两人就明白整个学校的人都去哪儿了。操场上乌泱乌泱地聚满了人,围成一个人形巨圈。烟是从人群中央冒出来的,谢星星和吴穹完全看不见圈子里头的情形。吴穹拍了拍最外围一个同学的肩膀:"出什么事了?"

那同学毫无反应,仍旧直视着前方,哪怕他的前方只有另一个人的后背。他像能把这道人墙看穿一般,嘴里还在念叨着什么。

"世人……都……犯了罪……亏缺了……神的……荣耀。"吴穹凑近那男生,一字一句把他念叨的话复述出来。

"世人都犯了罪,亏缺了神的荣耀。"谢星星重复了一遍。

"是《圣经》里头的,《罗马书》。"

谢星星点点头,注意力落到距离自己最近的一个女生身上。她的反应同那男生如出一辙,谢星星静静听了一会儿,"她说的也是一样的句子。"

两人放眼看去,所有这些学生都好像着魔一般,以同样的行为模式站在操场上。突然人群中央传来了一声尖叫,谢星星和吴穹不约而同向里面挤进去。

终于看到内部的情形,两人都吃了一惊。

中间有一堆篝火,篝火中间支起了一个十字架,另有约二十来人站在篝火旁,双手背后,头低垂,形如犯人一般。他们面前站着一个年纪较大的男人,双手拿着一沓纸,似乎在宣判着什么。整个情形如同宗教审判,在这里出现既格格不入,又显得无比奇诡。

"5号,你偷拿同学作业回家抄袭,被发现后死不承认,反赖同学一口。宣判你打扫全校厕所十年。"

"6号,你欺辱同学,口出狂言,歧视成绩不好、家境贫穷的同学。宣判你拔去口中所有的牙齿。"

"7号,你……"

那位7号还没听到宣判内容,已经两腿战战,禁不住发起抖来,然而他眼神依然空洞,好像也无法挣脱自己身上无形的镣铐。

"你脑中存有对同学的不当念头,下流污秽。宣判你,火刑。"

谢星星和吴穹对视了一眼,火刑?

那边6号已经跪在地上开始拿脑袋往地面撞击,"咔嚓"一声,他满口是血,但牙齿只是松动了一些。他试图继续去撞,吴穹跑过去抱住他。然而这下难免有肌肤之碰,吴穹触电般收回手,那6号又再往地面撞去,这回终于掉落了一颗牙齿。周围人和那位宣判人只是冷漠地看着这一切,无动于衷。

谢星星注意力被吴穹这边分散,等她发现的时候,7号已经一步步走向那堆篝火。"不好!"谢星星冲向7号,试图阻止他。然而那同学体格壮实,是谢星星的两倍,谢星星好不容易拉住他,却被他一步步牵扯着向前。

"小心!"眼看谢星星就要一起被拖入火中,吴穹大喊。

他已经重新小心翼翼地抓住6号,将他按在地上。

就在谢星星感到越来越热,靠近火焰边缘的胳膊已经发烫疼痛的时候,7号突然大喊一声,往后退了两步。这短短一秒与火焰的接触让7号似乎稍微清醒了一些,谢星星得以勉强拽住他。

"是你?"谢星星突然认出他来了。她在常迟家的相簿里看见过这个人,那是一张合影,里面是常迟和几个同学。这个胖子是其中之一。"常迟在哪儿?"谢星星问他。

"我……我不知道……我不知道……火刑……宣判我,火刑……"胖子时而清醒时而糊涂,又再度试图往前。

"8号,你勾引同学,思想肮脏,行为下贱。宣判你,火刑。"那中间的男人又继续念道。

那8号是个女生,谢星星认出她也是常迟的同班同学。

女生一步步向火焰走去。但吴穹和谢星星分身乏术,一时都不知道怎么办才好。那火已经蹿上了女生的衣服,很快烧出了一个洞。女生似乎也感到了烫,停了一下,但她没有像7号那样后退,而似乎要继续往前……

与此同时,谢星星感到7号急剧挣扎起来,就快挣脱自己。

女生衣服已经烧着了,谢星星不禁大喊起来:"你们快醒醒!快阻止她!"

然而这成百上千人全都无动于衷。

突然一个黑影蹿过去,同时7号也挣脱谢星星的胳膊,冲了过去。

两人几乎是同时拉住了火海里的8号。

那黑影原来是吴穹,他用皮带将6号和宣判人捆在了一起,这样6号便不能再自残,吴穹这才得以冲过来救人。

"还有绳子吗?"吴穹问。

谢星星左右一看,立刻冲到一个同学面前:"对不起了。"然后将对方的裤带解下,交给吴穹。吴穹一一把7号、8号和那些围观者捆在一起。

两人都已经发现,这些人虽然受到了某种精神控制,但只能机械执行一条命令,对其他外界刺激无法作出反应。

谢星星走到宣判人面前,把他手中的纸夺下,那上面记载了这二十几人的"罪名"和"审判结果"。她把纸揉成一团扔到篝火里。

这时一个女生的尖叫声从远处传来:"救命——"

"这里暂时先交给我。"吴穹说道。

谢星星点点头,往尖叫声处跑去。

5

常迟坐在小树林里。

第六中学不大。它坐落在这个城市靠近中心的位置,因此校区不可能太大。W市在几经教育改革和城市扩建之后,几乎所有好点的高中都从市内移到了郊区,扩大校区,学校改为寄宿制。这一来,高考升学率普遍提高了不少。而六中就几乎成了市区唯一的高中,也是唯一没有实行寄宿制的学校。"不用寄宿也能考上名校",这正是六中为之骄傲的地方。而学生的多才多艺、全面发展更是六中的主要卖点,"我们的学生不是书呆子"。六中努力营造出一种学生既会玩又能考高分的精英贵族式校园形象。它也确实达到了目的,但外人不知道,这里头其实消耗了多少师生的心血和残酷的努力。

这片小树林是六中一小片幽静的地带。和一般校园的小树林不同,没有一场牵手是在这里发生的。因为它也实在太小了,藏不住任何越界的关系。

因此谢星星跑过来的时候,一眼就看见了常迟,和站在他面前的女孩。

"求求你放过我吧。"那女孩哀求道。

"我没有强迫你做任何事啊。"常迟悠悠道,"只不过问你愿不愿意做我女朋友。"

"你是魔鬼。"女孩眼神里带着恐惧。

"魔鬼?"常迟咀嚼着这个词,笑了,"有惩恶扬善的魔鬼吗?"

"求你……我想回家……"

"你可以走啊。"常迟微笑道,"我又没有用对他们的那套对你。"

女孩沉默了,但仍然不敢动。

"真的,你可以走,我不会伤害你,也不会拦住你。"

女孩看着他,似乎有些相信了他,她后退了一步试探,见常迟仍然是笑意盈盈地看着她,便又后退了一步,再一步。她慢慢地转过身去,朝树林外走去。

她没看到常迟眼中的笑意也在慢慢冷却。

"朱娜,你很特别……我以为我们是同类人。"

朱娜听到常迟在身后说,但她没有放慢脚步,反而加紧离开。

"你……让我很失望。"常迟眼中的笑意终于完全没有了,他的语调变得冰冷、机械起来。

"朱娜,我命令你,成为我的女友。"

朱娜听到这句话,条件反射般停下来,转身,呆呆地看着常迟,"遵命。"

她一步步走回常迟身边。

"够了!"

常迟发现谢星星冲进了小树林。

"你来了。"

"住手吧,现在住手还来得及。"

"住手？为什么？"

"你差点杀了人！"

"我没有杀人，我不过是让他们按照规则做事而已。"

"什么规则？谁定的规则？"

"神定的规则。"

"别扯了。他们做了什么，要受到你的审判？"

"我说了，这不是我的审判，是……公道正义。"

"公道正义？就算那些曾经欺凌你的同学有错，他们也罪不至死！"

"错，大错特错。你以为我是在报复？怎么会。要报复他们我会等到现在？况且那里面犯错的人，也不止是曾经欺凌过我的人。他们只是在新世界的秩序重建之后，违反了规则，受到应有的惩罚而已。"

谢星星发现此时的常迟已经不是她之前认识的那个男孩。看来Skinner不止激发出了他精神控制他人的潜能，也让他的心理不知不觉产生了异化。这个站在她面前的人，具有精神分裂的典型特征。对于精神分裂的病人，正常人是很难以正常逻辑说服他的。谢星星放弃了争辩。

"那么她呢？"谢星星指着朱娜，"你不是说不会阻止她，也不会控制她吗？"

"我当时说的她，是我以为和我同类的她，后来我发现她并不是我想的那样，自然也不会再沿用同一个条约。"

精神分裂的另一个典型特征，不管说出的话在正常人眼中多么有逻辑漏洞，他都能够逻辑自洽地自圆其说。

"那你觉得你用精神控制她，成为你名不副实的女友，这有什么意义？你怎么不自己和自己谈恋爱算了？"

"她只是一时没能理解我，等她走近我、理解我之后，自然会爱上我。"

精神分裂的第三个特征，自我膨胀，盲目自信。

"哈哈哈哈哈哈。"谢星星突然笑起来。

常迟冷冷道："有什么好笑的？"

"我笑你太可怜。所有的一切都是你自导自演。你以为自己是神，人人都对你俯首称臣……你敢让他们清醒过来吗，看看他们还会不会认为自己有罪，会不会为你的喝令叫好？"

常迟脸上一瞬间显露出一丝怒火，但他很快平静下来。"有罪的人自然不会觉得自己有罪。"

谢星星本想激怒他，让他暂时收敛自己的潜能。等那么多人清醒过来，混乱之下，他要想再次控制他们也非瞬间的事情，这样她就有机会夺回被常迟拿走的Skinner。没想到常迟没有中计。

"对不起，我现在没时间让你相信我了。我得去看看那边的审判如何。"

"等一下……"

"等你看到我做的，自然会相信，我就是这个新世界的神。"

"住手——"

"谢星星，听从我的命令，成为我的仆人。"

谢星星大脑再次陷入此前体验到的空白，她的自我意识努力想要控制自己,却被狠狠压制住,无法驱散脑中无限循环的字句:"听从我的命令,成为我的仆人"。

"放开她们。"

谢星星听到有人说话,但怎么也分辨不出这是谁的声音,她努力想要对焦,看清那个人是谁,但只能分辨出这是个男人,他是谁来着?我应该认识他。等一下,他好像就是和我一起来这里的人,他叫什么名字来着?

吴穹把树林里的树叶踩得哗啦作响。

"又来一个?"常迟很快认出这就是他在谢星星办公室遇到的那个男人。

"放开她们。我不知道你用什么办法控制了那些人,不过,请你停止这一切。"

常迟没有理会他,而是控制着朱娜和谢星星往操场的方向走去。吴穹一把抓住他的胳膊。常迟命令道:"放开我。"

吴穹无动于衷,反而更加用力地把他的胳膊死死抓在手里。

我果然无法控制他?常迟心里一个念头划过。

"不要妨碍我,我做的事不是你能理解的。"

"内心极度懦弱,渴望被控制。原来是个重度 SM 患者。"

"你说什么?"

吴穹冷笑道:"难怪只能以这种方式控制别人。"

"你不知道他们对我做过什么。"

"我不关心他们对你做过什么,不过你也该从中二病里醒醒了吧?自称为神、篝火、审判,你当这是中世纪啊,还是你角色扮演玩上瘾了?"

"这是他们应该受到的惩罚。我只是替天行道。"

"你只是一个大脑还没发育完全,不知道真实世界是什么样的小鬼,你替不了天。"

常迟终于被吴穹的态度激怒了,奋力推开他。"你不懂,你根本什么都不知道!你有什么资格来对我下判断?"

吴穹非常平静地看着他。

"我知道他们对你做过什么,他们集体联合起来,用精神手段控制压制你,胁迫你做不愿意的事情,利用你,操控你,你不敢去学校,心理几乎崩溃……他们还用同样的手段对付别人。"

"你怎么知道?"常迟心中惊疑不定,难道是谢星星告诉他的?

"你觉得自己受到了极大的迫害。但是你并不想报复他们,或者说,你内心某些部分不允许你这么做。毕竟他们还没有真正损害你什么:健康,生命,最宝贵的东西。因此你才想制定一套新的标准,重新建立秩序,这样就可以说服自己,你是为了维护秩序,而不是为了报复。"

常迟越听越退缩,吴穹说出的正是他心中所想的,甚至是他不敢去承认的念头。这个人不过才刚刚见到他而已,为什么会知道他心里在想什么?

"但,说到底,你就是为了报复。"

"他们害死了他!"常迟脸上现出恐惧,眼泪涌出眼眶,"我去了他家,他妈给我做了一桌饭菜,告诉我这是他生前最爱吃的,他妈问我,'你是我儿子的同学吗',我不知道怎么回答她,我只能说,

'不，我是他的朋友'。虽然我根本就不认识他……"

"你一直弄错了一件事。"

常迟抬起头，"什么？"

"你一直以为他们控制了你，其实是你控制了他们。"

"我不懂。"

"你有没有想过，为什么是你？"

"因为我……"常迟顿了顿，没说下去。在吴穹面前，他身上原本的性格又回来了。

"你觉得是因为你善良，不忍拒绝人，好欺负。简单来说，因为你是个老实人。"

"嗯。"

"你彻底搞错了。我不知道你有没有遇见过这种人：他身上散发出一种气质，让你忍不住想要拜托他一些事，或纯粹只是在言语、动作上占占便宜。"

"我……没有。"

"你确实没有，因为你就是这样的人。你甚至更严重，和你相处的人会不自觉被你身上极度懦弱的一面吸引，下意识使唤你，当你不拒绝，他们会要求更多。"

"你胡说，难道这是我的错？"

"问问你自己，从小到大，当别人要求你做什么事的时候，你真正的感受是什么？你是不是不觉得麻烦，还觉得很高兴？大家有求于你，让你觉得自己是个被依赖的人。"

常迟闭上眼睛，捂住耳朵。"别再说了！"

此时，谢星星终于稍微清醒了一些。两人的这番对话由浅入深地钻进她的耳朵，她的大脑。谢星星感到诧异，吴穹虽然没有读心术，但他与身俱来的这种对人的捕捉和判断能力，实在是太强大了！她已经忘了就在一小时前，她还被吴穹的这种能力激怒，准备拂袖走人。

"你再仔细想想，你和你的同学们，到底是谁先主动的？"

常迟脑中突然闪现了那篇作文：

还记得开学第一天，我没带地理图册，他非要把自己的借给我，宁愿被罚站。开什么玩笑？谁要接受这种假惺惺的善意？

是我。是我。是我。

"我以为这是……我只是想和大家成为朋友。"

"这不是你的错。"

说话的是谢星星，她已经彻底从常迟的控制中摆脱出来。那边的朱娜也是，但她还恍恍惚惚，坐在树林里的石凳上，不知发生了什么。

操场那边开始传出嘈杂的声音，看来他们也都逐渐摆脱了精神控制。

"朋友是一种很珍稀的东西啊，没那么容易拥有的。"谢星星看着常迟道。

常迟已经从那种偏执的精神分裂状态，恢复成了原来的样子。

"这不是你的错，是我的问题。我不该贸然让你接受我的治疗。"谢星星把目光移开，"我没有清楚了解你的状况就……如果不是我，你不会变成这样，事情也不会发展到这一步。对不起。"

常迟抬起头看着她，过了一会儿，从口袋里掏出了那包 Skinner，递给了谢星星。

"对不起。"他也说。

"还有，"谢星星补充道，"我去调查了你说的前任班长坠楼事件，那真的只是意外，他没有被恶吓住，还准备继续竞选下一届的班长，他努力想用自己的能力和他们作斗争。他妈妈给我看了他的日记。另外，警方的调查结果最近也会公布出来。"

"是吗？"常迟闭上眼睛，"那真是太好了。"

6

"俗话说七月流火，八月随便。夏季高温，非常容易发生食物中毒的情况。今天我们节目的主要内容，就是要为大家介绍可以有效预防和缓解食物中毒的方法……不过在介绍之前呢，我们先听一首歌，然后例行本周的传统项目，看读者来信。"

今年 W 市的夏天比以往任何时候都要炎热。饶是广播间的中央空调已经开到最低，也挡不住赵芬奇不停地冒汗。老陈走进来撂下一堆信，脸色不是很好的样子。

"怎么啦？"

"刚开完部门会。"

"噢，结果不好？"

老陈用表情回答了他。

以往进入夏季之后，广播的收听率会有阶段性降低，但从大约五年前开始，广播收听率就不是阶段性降低了，而是山崩地裂，严重滑落。赵芬奇恰好是五年前进的广播电台，他来之后，每一年都听闻电台要倒闭，但他们的节目竟然还是苟延残喘到了今天。工资虽然不算高，但也说得过去，而且从未拖欠，赵芬奇便当收听率是个屁了。反正播给一个人是播，播给一万个人也是播。谁知道听广播的都是些什么样的人呢？赵芬奇从不好奇他的听众是谁。当然，这主要也是因为，《养生大讲堂》的听众，实在没什么可好奇的。

这次的年中部门例会，估计讲的也还是老一套——如何在全球互联网时代应对收听率降低的问题。尤其是在这两年网络电台的兴起下，传统广播电台的听众已经凋零得面目几乎可以猜想了。

神经大条的赵芬奇自然不担心。说起来，他长这么大几乎就没担心过什么事，只有一次，在他十五岁的时候，他站在新建的天文馆门口，等了足足两个小时也没等到早就该来的谢星星和她爸。倾盆大雨哗哗地下，他的手机突然响了，是他爸打来的，让他赶快回家。

"不行，我还得等谢星星呢。"

"别等了，她出事了。"

赵芬奇挂上手机，站在那里发愣。这是他这辈子心脏跳得最快的时候。

一首《恋人》快播完了,赵芬奇开始拆信。

自然,赵芬奇也不会对这些读者来信有半点儿好奇。这年头还有谁会写信?除了《养生大讲堂》,其余节目早就改为了念听众短信或微信,只有他们还在沿用这一古老的方式。短信也是有的,只是多半字句错误、断句模糊,一看便是用老年机发来的。而切换到信件,就变成了长篇大论,但极为流畅,字迹清晰工整漂亮,old school。

第一封,是一位老太太写信来抱怨节目时间太短,听完后老伴就要催她去锻炼。她非常热爱这个节目,希望可以增加节目时间,以便少锻炼一会儿。

第二封,赵芬奇光凭字迹就知道是谁写来的:一位老教授,照例是为上周的节目挑错捡漏,指出节目中不符合科学事实的地方,以及赵芬奇念错的字。

这两封赵芬奇都不想念。

他拆开了第三封。

赵芬奇主播你好:

我是一名老师,以教画画为业。我的学生孙畅是你节目的忠实粉丝,每天听你的节目是她的例行项目。三年前她因为意外而失明,不得不放下画笔,受到这个打击后,人也逐渐抑郁消瘦。这期间,听你的节目是为数不多能让她感到快乐的事。然而最近,她的抑郁症加深,连您的节目也不听了。我十分担心她,不知道有什么办法,这才写信给您。如有冒犯,实在抱歉。

落款是"卢后来"。

赵芬奇看完,又重新看了一遍。他决定还是念第一封老太太的来信,然后在节目结束之后,给谢星星打个电话。

幸光制药召开的盛大发布会,并未引起医疗界的太大震动,因为这事儿多多少少已经被泄露得差不多,几乎所有同行都知道幸光制药即将发布一款手环。相比于还在和互联网企业小心探索、只在软件层级进行合作和尝试的多数医疗公司,幸光制药这一步算是走得凶险。一个本来卖药的公司突然跑去做手环?这听上去和一个本来做英语教育的公司突然跑出来做手机一样不靠谱。

所有人都抱着看笑话的心态在看幸光制药的发布会。然而,当吴穹以产品总监的身份亮相在宣介舞台上,被身后雅致大气的PPT衬得高耸潇洒时,在场的人先是以为幸光制药效仿某著名互联网公司,找了一位英俊帅气的男士作为噱头,紧接着,就全都被吴穹流畅自信的谈吐吸引住了。

准确地说,他们是被这款手环的技术和外观吸引住了。而这些人并非医疗界人士,大多从属于IT界和媒体界,他们才是手环的真正传播者和消费者。

吴穹走下台,知道自己的任务已经完成了。一小时之后,不,用不了一小时,这款手环的相关新闻应该就会在各大社交网站、门户媒体和微信朋友圈刷屏。如果不是回国,他本有可能成为另一个乔布斯,或是拉里·佩奇。现在,他只能成为吴穹了。

他走到后台,突然感觉被什么人抱住了。他下意识推开对方,发现原来是王天依。因为他力气太大,她连退几步,就要摔倒在地。吴穹连忙上前揽住她的腰抱向自己,才没让她摔倒。这一来,两人形成了一个非常暧昧的姿势,在后台幽暗的光线下,更加惊心动魄。

王天依不好意思地一笑:"对不起,你的演说太精彩了,我一激动……就忘了你有那个问题。"

吴穹松开手:"没事。"

"爸爸对你的表现应该也非常满意。"

"我只是尽力而已。"

"别谦虚啦。你简直是个天才你知道吗!谁都不相信你能带着团队在半年内把手环做出来,但你做到了。爸爸说的果然不错。"

"他说什么了?"

"他看中你的地方,就是你可以把不可能变成可能。"

"过奖了。这主要是团队的共同努力,不是我一个人的功劳。"

王天依笑了笑,她知道吴穹不是那种真正淡泊名利、不会接受赞美的人。他只是无意接受自己——一位董事长千金——看上去并不够份量给予这份赞美的人的赞美。当然,她也不在乎。她不是那种卯着劲颠覆自己在对方眼里刻板印象的人。她有她的骄傲,而且并不害怕别人看不见。这份骄傲和淡定,让她举重若轻,从容不迫。

王怀松此刻正在台上,接替吴穹,以董事长的身份讲述幸光制药开发这款 Plus 手环真正的理念,声音传到后台:

"一直以来,我们在精神疾病方面的治疗远远不如其他疾病有效,这和精神疾病患者的特殊性是分不开的,我们很难掌握患者的病灶和服药后的情况。"

王天依看着吴穹:"我有个小小的请求,不知你能不能帮我这个忙。"

"你说。"

"我想请你们部门的同事吃顿饭,当然了,包括你。"

"这算什么请求?"

"我觉得我对你们部门实在不了解。手环发布后,估计我们公关部得配合发布很多活动和相关文章,我想借此机会,多和大家熟识熟识。"

"没问题啊,你太客气了。"

"好,那就这么说定了。"

王天依这番举动自然是为了吴穹。她知道,对付吴穹这样的人切忌心急,因此才找了这个借口。实际上,吴穹部门的人她早已一一搞定。到吃饭时,她必然是在场的焦点,那堆宅男虽不至于殷勤不断,但也会拿她当好哥们儿一般"照顾",届时,一来她可以与吴穹走得更近,二来,也可以通过在场和其他男性的互动,来观察吴穹的反应。

"这款手环会收集病人的身体数据,我们可以更加精准地知道病人在服药后的身体情况,从而改善我们的药物。但这只是第一步,手环只是一个工具,更重要的是尽快完善和改进药物,推出对精神疾病患者更加有效的药物。我们幸光制药只是迈出了一小步,更多的是需要大家使用手环,帮助我们。"

热烈的掌声。

就在这时,后台的灯突然灭了,一片黑暗。"啊!"王天依小小地发出一声惊呼。

"你没事吧?"

黑暗中一只手摸索过来抓住了她,自然,是戴着手套的。

"没事。怎么会突然停电?"

"应该不是停电,台上都还好好的,估计是灯泡或插头接触不良。"

王天依也反手抓住了吴穹的胳膊,两人在黑暗中靠在一起,能听到彼此的呼吸声。王天依的心不禁怦怦跳。

灯突然又亮了。

"我说吧,应该没什么大事。我去找人检查下好了。"

"好。我也去准备通稿了。"

两人各自朝着不同的方向离开。吴穹走后,王天依发了条微信给一个头像:"不是说了让灯灭掉两分钟的吗?这才一分钟不到啊!"

那边迅速回复:"王小姐,突发状况,我得检查电路,只能帮你到这儿啦,不好意思!"

王天依"哼"了一声,脸上却是笑意满满。

"星星在你那里吗?"

"不在,不过我可能知道她在哪儿,我去找一下。"

"好的，谢谢了。"

李立秦盯着最后这条短信发呆，这是一串陌生号码，但他不必问就知道是谁发来的。

谢时蕴的车祸无论从哪方面来说，都和李立秦没有一点关系。按理说，苏造方没理由怨恨李立秦，然而，谢时蕴去世后，苏造方几乎再也没和李立秦有过什么来往。这本来也不是什么大事，李立秦是谢时蕴的朋友，还是从美国一起回来的朋友，和苏造方本就不熟悉。回国之后，李立秦虽然常上他们家吃饭，但基本都有谢时蕴在，他和苏私下的来往可以说仅限于客气的层面。从人情交往层面来看，谢死后，苏造方同她丈夫生前的朋友来往渐疏无可指摘。但只有李立秦心里明白，苏造方是怨恨他的。

也可能不是怨恨，是一种并非有意的忽视。那表示之前的客套完全是不得已而为之的社交负担，一旦联结点消失，我与你之间可以不再有任何联系。

比起前一种，后一种更加让李立秦灰心。所以他也小心翼翼地维持着和谢时蕴一家的距离。准确地说，是尽量减少自己之于苏造方的存在感。所以他连苏造方的号码都没存，尽管那串数字对他来说再熟悉不过。

而如果不是谢星星真的失踪了很久，且所有人都联系不上，苏造方是不可能给他发来这样一条短信的。这意味着谢星星只可能在一个地方。

7

谢星星登上了深网。

整整五天，她一直待在这间实验室里，迟迟无法作决定。一旦作出这个决定，就意味着她这些年的所有付出都要付诸东流了。不，不仅是她，还有父亲的所有努力。

她又打量了一圈这个实验室，这里面的每一个烧杯、每一本书、每一把椅子，她都记得是什么时候加入进来的。书架上那些父亲留下来的手稿和档案，这几天她已经反复看过，最核心的那几本手稿，每一页每个字她差不多都记下来了。

要放弃Skinner计划，对她来说，和自杀差不多。

她不知道放弃了这个计划之后，她的人生还有什么意义。应该说，她的人生本没有意义，是Skinner赋予了它意义。

放弃Skinner之后，她要去做什么呢？难道真的在咨询中心给人排忧解难，纾解心结，开开药片，听那些她压根儿就不感兴趣的人痛苦诉说童年阴影？

想到这儿谢星星笑了。"你对人没有兴趣。"吴穹说得没错，一针见血。

我对人的确没有兴趣。我只是想把Skinner研究出来而已，我只是想做成父亲没有做成的事而已。至于它成功之后能干吗，我从来也没有认真想过。它会成为人类文明进步的阶梯，还是成为毁灭人类的魔鬼，我并没有仔细思考过，也并不关心。我一心想要的只是成功，证明自己，我可以。

"我想这也正常,谁有这么个父亲不会生活在他的阴影下呢?你从小就听着别人对你父亲的赞誉长大,你想逃避这件事,又想暗暗超过他。事实证明,你失败了。你从一出生就是个失败者。"

吴穹的话反复在她脑海里回旋。可她又为什么在父亲死后才改学心理学,在父亲从这个世界上消失几年后,才决定要继续Skinner计划呢?无论她做成什么样,成功还是失败,父亲都不会看到了。
"我只是想让他注意我。"
这有什么用,又有什么用?
Skinner真的是她从心底想要完成的事情吗?
常迟的事促使她对这个计划开始重新思考。他和李超然不同,假使说李超然使用Skinner的后果是他的小人本性决定的,那么常迟——谢星星相信他不是个坏孩子,而且比大多数人都要好。吴穹指出的他身上那种诱使人犯罪乃至伤害他自身的吸引力,谢星星认为更多是后天导致,她想到了他家里那种令人非常不舒服的氛围,他父母那种无形之中的要求、压力和依赖,这绝不是一朝一夕的结果,而是有着非常复杂的成因和不断循环反馈的结果。但真正导致常迟走向歧途的是Skinner,他被Skinner所激发出的潜力蛊惑控制了,这才一步步滑向深渊。

不管是李超然还是常迟,抑或是自己,事实证明,Skinner带来的只有麻烦和灾难。还好在酿成大祸之前,事情得到了终止。她没有再打扰常迟,只是听说六中在一周的内部调理之后,已经恢复正常运转，常迟在学校作出决定前就递交了退学申请，他父母决定送他去国外念书。对他来说，脱离原本的环境，应该是改善他心理状况的最佳选择。

所有人都不太明白发生了什么事，因此也没有谁受到追究。但那几个被宣判有罪的同学终究是受到了惊吓，虽然连他们自己也不记得到底发生了什么，只是突然变得胆小了起来，也许他们这一生都在潜意识里莫名其妙背负上了"原罪"。

她也中止了吴穹的治疗。

"你说得对，以我目前的能力，没法治疗你。"她顿了顿，"你信错人了。"

"我没有。"吴穹在电话那头说道，"我不是安慰你，但那天治疗时对你说的，并不是为了刺激你。"

"我知道。当时我确实挺生气的，但现在我明白了，你说得没错。"

"不过，我之前说的话也没错。"

"什么？"

"我的病，只能由你来治。我说的不是当时的你，可能也不是现在的你，是未来的你。"

"未来的我。"谢星星喃喃重复道。

"我相信的，是你的潜能。"

我的潜能。我的潜能啊。谢星星在心里苦笑。

"总之，我就当你是暂时休假，学习提高去了。我不会放弃治疗自己。所以你也别放弃。"

谢星星不知道怎么回答，只能挂了电话。

这之后她就把自己关在秘密实验室。吴穹恐怕不知道，她要放弃的，可不仅仅是治疗他那么简单。

谢星星调出自己的 ID，Dimstar。要注销它不是简单的事，为了防止被追踪，所有用户都会使用几道代理，但只要发生交易和互动，就会在对方数据库留下线索。想要真正干净地清理账户，通常需要拜托一个专业人士处理，这种人在深网上，叫作"介错人"。

介错人谢星星已经选定了。

一条新消息。是"地鼠"。

——真的不再考虑一下了？

——嗯

——那好吧，我再次重申一遍，我推荐给你的这个介错人是我知道的最优秀的。

——嗯

——最优秀的意思就是，你懂

——永别。我懂

——我能问你一个问题吗

谢星星犹豫了一下。

——说吧

——之前那位 Dimstar，还在这个世界上吗？

——不在了

——我知道了

谢星星猜"地鼠"其实早就知道之前那位ID的拥有者已经出事了。在深网，ID的重要程度等同于一个人的生命。不仅是物质上——它关联着比特币账户，乃至秘密银行账户。更重要的是，一个人在深网做的事情，几乎就是他所要隐藏的最重大的秘密。一个人的ID若是被另一个人所接管，不管是以什么方式接管，都意味着，这个人很可能已经失去掌管账号的能力了。

而"地鼠"这么问的用意也很明显，他要谢星星再深思熟虑一下，Dimstar不仅仅是她的账号，也是"他"的。

——我相信他也会赞同我的

——好的

谢星星准备关闭对话框，然后把自己的账号发送给那位介错人。她知道这也是她和"地鼠"的永别了。她一向不擅长同人告别，也不觉得需要这么做。然而此时她却呆呆地盯着屏幕等了几秒。

又有一条新消息。果然。

——还有一个问题。最后一个XD

——你说

——你找到朋友了吗？

谢星星很快明白过来"地鼠"说的"朋友"是指什么。他当时问这药是用来做什么的时候,她的回答是"寻找朋友"。于是她敲键盘:

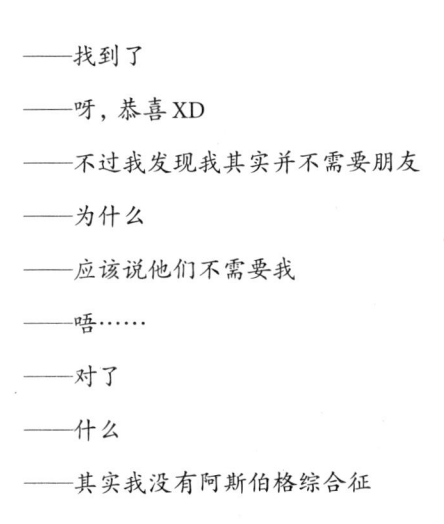

——找到了

——呀,恭喜XD

——不过我发现我其实并不需要朋友

——为什么

——应该说他们不需要我

——唔……

——对了

——什么

——其实我没有阿斯伯格综合征

谢星星发完最后一条,关闭了对话框。然后切换到介错人的页面,准备点击"自杀"。

就在此时,门被敲响了。

她的手机已经关机了好几天,她知道自己不该这么做。

一定是妈妈找到了李叔叔,李叔叔来找自己了。

她暂时把电脑阖上,走过去开门。

刺眼的阳光让她一时间睁不开眼。她感到一阵晕眩,被对方一把扶住。她这才发现,站在门口的是赵芬奇。

"你可把我找坏了!"

"你认得路吗？"

"就是这附近，错不了。"

"我饿死了，能不能先吃点东西？"

"人命关天，是你吃东西重要还是人家的性命重要？！"

赵芬奇好说歹说硬把谢星星从实验室拖了出来，也不管她在实验室待了五天是干什么，直接把她推上了一辆出租车。车开了足足两个小时才把他们放在这个看上去像是郊县的地方。

"为啥艺术家们都得住在这种地方？"

"因为穷呗。"

"我以为他们是为了远离人群寻找灵感。"

"不，是为了提升身价。你说人家要来买画还得花两百块打车费，来回就是四百，不买个上万的东西回去能值回这车费？"

谢星星差点就相信了赵芬奇的话，看他狡猾地一笑这才明白这又是在胡说八道。她看见前面有个正准备收摊的早点铺子，三步并作两步上前，准备买两个包子填充肚子。

等走到跟前才傻眼，原来这是一幅画在墙上的画，栩栩如生，远看就仿佛真人似的。

"啧啧，不愧是艺术村啊！"赵芬奇在一旁感慨。

的确，走进这片建筑之后，就会发现到处是涂鸦、雕塑和各种装置艺术，还有各种艺术展览的海报和招贴画，无需路牌也知道，这就是他们要找的地方。而他们要找的人应该也就在这里。

"星星，快过来！"赵芬奇喊道。

她看见赵芬奇正站在某堵墙前面发呆，她走上去，不禁也愣住了。

这不是墙,而是一道大门,极高极宽,背后的建筑看上去是个大货仓。真正令人震惊的是门上的画:那是一幅看上去错综复杂,没有任何规则,却仿佛有其内部自洽逻辑的抽象画,密度极高,像某种分形图案,或是拓扑图形,但远远比那要混沌。这解释起来很抽象,但总之,任何一个不懂绘画艺术的人,都能被其壮观直接打动。

任何一个看了这画的人,都会明白画出这幅画的人,一定是个天才。

"看呆了是吧?"两人都吓了一跳,这才发现说话的是一个老头,"这是他最有名的画。可惜……"

"可惜什么?"

"他再也没画出过比这更好的作品了。"

"您是?"

"哦,我是这附近看大门的。你们来是找?"

"卢后来老师。"

"哦,他就在这里头。你们按门铃就是。"

老头走后,两人上前仔细查看,才发现这道仓库大门边上果然有个门铃和对讲系统。按下门铃之后,那边很快便有人声传来:"是谁?"

"是我,《养生大讲堂》的赵芬奇,和我的好朋友,她是一位心理咨询师。"

《养生大讲堂》?谢星星看着赵芬奇。

赵芬奇回了她一个眼神,我他妈也不想啊!

等大门缓缓收起，两人走进这个形如仓库般的巨型建筑，这才发现原来里面全都是……画。约摸七八米高的空间里，墙壁上凡是有空隙的地方都挂上了大大小小的画，还有许多堆在地上、桌上和各个地方。中间有一长余十来米的木头桌子，上面乱七八糟放满了颜料、画笔、调色盘和各种绘画工具。地上还堆着各种练习用的雕塑和画架。角落里有个小小吧台兼厨房兼颜料池，看得出来是画家解决很多事情的多功能区域空间。

"不愧是艺术家……"赵芬奇完全被这个空间宗教般的艺术氛围所感染了，情不自禁感慨道。

"哪里哪里，什么艺术家，不过是个爱好而已。"

一个三十多岁的男人从画作后头绕出来，穿着一身合体的棉麻质地衣服，胡子和头发修剪得干干净净，眼睛大而有神，透露出一股睿智。

赵芬奇不禁有些发呆："您就是……卢后来老师？"

"我是。"

"没想到您这么年轻。"

确实，接到了卢后来的来信之后，赵芬奇一直以为这位自称教美术的老师，不过就是那种在艺术培训班或是绘画兴趣班教简单绘画课的那种老教师，完全没想到这是一个中年——不，应当说是相貌不凡，甚至可以说年轻的画家。而且，还是画出了门口那幅神作的天才。

"我也没想到《养生大讲堂》的主播会是这么一位年轻才俊。"

这位卢后来老师不仅丝毫没有大画家的架子，反而非常谦逊温和。赵芬奇不禁又增几分好感。

"你们喝什么？咖啡？茶？"

"都可以。要不，咖啡吧。"

"你呢？"卢后来把目光转向谢星星。

"那个，您这儿有吃的吗？"

他一愣，谢星星的肚子恰如其时地发出一声"咕叽"，他立刻明白了，笑着说："有倒是有的，不过得等一下，我去翻翻我的床头。"说着从仓库后门走出去。看起来，他的住处和这个大画室是在一起的。

"喂，你不说性命攸关吗？结果你是带我看艺术来了？"

"是性命攸关啊。这不，谁让你肚子抢先攸关了。"

"你说的那位严重抑郁症的病人在哪儿？我看刚刚那位不像啊。"

"不是他，是他的学生，叫孙畅。"

"那我们来找他干吗？"

"他给我写信之后我就设法联系上他了，本想找你帮我，结果你好几天不见踪影，今早卢老师给我电话，说她想自杀，被他拦住了，请我务必赶紧来一趟，我这才紧急跟李叔叔打听找到了你。"

"那么，人呢？"

"你们是在找我？"

一个声音从两人身后传来。

Party 6 盲画师

1

虽然是病人,但赵芬奇对于那名会画画的女生的想象,要远多于那位男老师。毕竟是个男人,总是会天然对异性有好奇和虚构,尤其又是一名搞艺术的女生。然而,坐在他和谢星星面前的孙畅,却是一副其貌不扬的样子。既没有什么惊艳的外表,谈吐也普普通通,不时透露一股幼稚。唯一能够让人记住的,还是她失明的眼睛。不过让赵芬奇和谢星星感到有些奇怪的是,这名二十岁的女生,一点没表现出抑郁症的样子,反而因为过于兴奋而显得有点冒失。

"今天我们来主要是……"

"真的是你!"孙畅从喉咙里发出尖细的小小喊声。

赵芬奇已经有些习惯了,从刚刚开始,他每每开口,孙畅就都要重复这一句,仿佛他每次开口,都又一次佐证坐在面前的就是那位赵芬奇。

"你要不要摸摸他?"谢星星终于忍不住建议道。

"不不,我光听声音就够了。"

"我还以为人家是《养生大讲堂》的粉丝,原来孙姑娘是你声音的粉丝啊。"

"我……声音有这么好听吗?"赵芬奇脸上有些发烫。

"不,不是好听。是你声音和彭彭一模一样!"

"彭彭?"赵芬奇有些糊涂。

"《彭彭丁满历险记》。"孙畅说。

"那是啥?"

"简而言之,就是一头猪。"谢星星说。

"真的是你!"孙畅又叫道。

"咳。我们还是言归正传吧,孙小姐,我们听说了你的事情……这位呢,是我的好朋友,她是一名非常资深的心理咨询……"

"我没事。"孙畅打断他,脸上露出一个灿烂无邪的笑容。

"呃……"

"真的,我完全不想死。"

赵芬奇和谢星星对视了一眼,然后看向卢后来,卢后来抬了抬眉毛,表示姑且听她怎么说。

"我们听说今天早上……"

"嗨,意外!"孙畅站起来,走到卢后来身后,把两个胳膊搭在他肩膀上,撑着自己的脑袋。如果不是知道她失明,会以为这就是一个活泼的女孩和她亲密无间的叔叔,"卢老师以为我开煤气自杀呢。开什么玩笑,画室这么大,这得开到什么时候去?"她一边说,一边两手比画,整个人顺势转了一圈,手脚灵活,一点也不像个失明的人。

说完她自己先笑了起来。

她这一笑，反倒显得剩余这三人有些尴尬起来。

"我能问问那是什么意外吗？"趁孙畅去上厕所的时候，谢星星问。

"那是三年前了，她不小心被上面的雕塑砸中了后脑……"卢后来对谢赵二人说道。

谢星星和赵芬奇顺着卢后来指着的方向望去，那是一个放置雕塑的石柱，上面是一个美杜莎的头部雕塑。

"哦，现在那个是塑料泡沫做的，之前那个已经移走了。"

"那之后，她就没再画过画了？"

卢后来面露难色："这三年来，我、她父母、她朋友都劝过她，她也尝试重新拿起画笔，不过……对一个失明者来说，实在太艰难了。"

"就没有复明的可能性了？"

"各种医院都跑遍了，她的失明是器质性损伤，没办法。"卢后来说着叹了口气，"现在，她白天就到我画室来帮帮忙，做点杂事，说实话我不知道让她待在这里对她是好事还是坏事……"

"帮忙是您给的建议吗？"

"不，是她主动提出的。毕竟这里是她除了家以外最熟悉的地方。"

"她不上学？"

"她高中刚开始就在画室了，想考艺术院校，所以很少去学校，主要时间都在画画。要是没出这个事，再过几个月就该考专业课了。"

谢星星盯着卢后来:"您应该不是那种艺考老师吧。"

卢后来愣了一下,然后笑了:"我是不带艺考生,实际上,我就收过她这一个学生。"

"为什么?"

"我自己都没学到家,哪能教别人呢?"

"卢老师谦虚了,"赵芬奇说,"刚刚门口那幅画……"

"哦,那都是年轻时的作品了,不值一提。"

"那您是怎么答应接收孙畅的?"

卢后来迟疑了一下:"不是我答应收她。是她父母答应让我来教她画画。"

"哦,原来您是伯乐。"

"不管是谁碰到这个孩子,都会成为伯乐的……"卢后来仿佛有些出神,"她是个天才。"

"这里有她的画吗?"

"没有。她出事后,心情一不好就会毁掉自己之前的画,所以我让她爸爸妈妈都拿回去收好,只有一幅没画完的还在这。"

"没画完的?"

卢后来指指墙角,那里支着一个画架,画架上有一个蒙着布的画板,已经落满了灰尘。

"这是她学画一年后开始创作的,画了两年还没画完。失明后,就没再继续了。这幅画是她的宝贝,所以就留在这儿了。"

"学画一年?"谢星星掐指算了算,"这么说她是跟您从头学起的?"

"我遇到她的时候,她根本不会画画。我是说,她从来没系统地学过,只是自己画着玩……"

"那就是天赋异禀咯?"

"可以这么说。"

谢星星不禁心中一动。

"那失明这件事对她打击应该很大。"

"天妒英才。唉。你们别看她在你们面前表现得很开心……其实……我要不是担心她出事,也不愿让她在画室待着。太残忍了。"

谢星星瞄到桌上有块空间,工具摆放得颇为讲究,心中知道这应该是孙畅工作的地方。她注意到那上面还有调色盘:"她失明了还能帮您调色?"

"我也不知道她怎么做到的。她完全是凭借直觉……调出来的颜色和以前几乎没有差别。"

如果不是已经决定放弃Skinner,谢星星几乎可以确定孙畅应该是一个非常合适的实验对象。Skinner在这种功能偏差者身上得到的效用和数据,远胜于一个各方面都很平衡的普通人。

"哎,你们不觉得,她厕所去得有些太久了吗?"赵芬奇终于忍不住打断道。

卢后来闻之变色,立刻站了起来。"我跟你一起去。"谢星星说。两人往画室后头厕所的方向走去。

厕所是在卢后来家里,说是家,其实不过就是画室后面的一栋小平房,一间是厕所,一间起居室,旁边还有个小房间,是孙畅休息的地方。小院子还有个门，可以出去。

穿过小院子，他们敲了厕所的门，没人应。

"孙畅！"卢后来有些慌，开始砰砰拍起门。

赵芬奇跟了过来，压低声音："怎么了？"

"还不能确定。"

"要不把门撞开吧。"

谢星星拉住他："别急。"

然而卢后来已经后退两步，作势要撞门的样子。

就在这时，孙畅在他们身后出现，奇怪道："我在这儿啊，怎么了？"

"你去哪儿了？！"

"我去找隔壁李老师借了个相机。"她手里确实拿着一个相机，拍立得。

"那你把门锁起来干吗？"

"门没锁啊。"

卢后来一愣，转了转把手，门开了。

"偶像来了，总得合个影吧。"她微笑道。

"合影？"

"虽然我看不见，但是大家都看得见，我和著名广播电台主持人合影了呀！"

虚惊一场。

事情至此，赵芬奇不禁在心里犯起嘀咕，这卢后来看着颇有脑子，结果这一惊一乍的，比人家小姑娘还不淡定。他已经开始喜欢孙畅这个女孩，于是高高兴兴地揽着孙畅的肩膀，"走，咱们拍合影去。"突然又捂着肚子，"哎，你们先去，我用下厕所。"

回到画室，三人左等右等不见赵芬奇来。谢星星有些无聊，便提议不如先帮卢孙师徒俩拍一张。

"好啊，卢老师，我们还没有拍过合影呢。"

"不，还是先为你单独拍一张吧。"卢后来推辞道。

"嗯……也好。"

孙畅走到那块蒙着布的画架前，摆出画画的姿势，谢星星"咔嚓"拍下了这一幕。

"不好意思久等了！"赵芬奇匆匆忙忙进来。"肚子疼。那个……厕所你们晾一会儿再进。"他不好意思地说。

谢星星翻了他一个白眼，示意卢后来和孙畅两人准备拍照。他们俩便站在一旁讨论着应该选什么景什么动作。

赵芬奇手里摇晃着一小瓶药："对了，孙畅，这是你落在厕所的吧？"

孙畅一听，脸色稍微有些变化，快步走过来拿走了药瓶。赵芬奇被她行动的迅速吓了一跳："你真的看不见？"

孙畅做了个鬼脸。

不过这一切都没逃过谢星星的眼睛，她清楚地看见了那个药瓶。

她盯着眼前正和赵芬奇打打闹闹有说有笑的孙畅，锁住了眉头。卢后来担心得一点没错，这个活蹦乱跳的少女，早已被命运的噩梦紧紧扼住，只怕没人能够帮她。

怎么办？我到底应该怎么办？怎么才能阻止她？

咔嚓。

谢星星抬头，原来是赵芬奇拿着那台拍立得在自拍。她下意识地看了一眼手里刚刚拍的照片。这一低头，照片上显示出的画面让她吃惊地睁大了眼睛。

一道灵光在她脑海里闪过。

我知道应该怎么做了！

她摸了摸口袋，幸好还随身带了一颗。

她走过去，对孙畅平静地微笑道："你想吃糖吗？"

孙畅一愣，然后立刻点点头。谢星星从口袋里掏出一颗糖果给她，她三下两下剥掉了糖纸。"这糖味道好特别啊。"

"嗯，我改进了配方，桃子味儿的。"

"哇，这糖是你自己做的？"

谢星星没有回答她这个问题，而是说："加油。"

"咦，加什么油？"

"你会成为一名出色的画家的。非常出色的那种。"

孙畅听到这却突然不笑了，仿佛终于露出了她本来的表情："你在开玩笑吗？"

"我不会开玩笑。"

"她说的是真的，她根本就不知道笑话是什么东西！"赵芬奇在一旁嚷嚷。

"好了好了，我们拍照吧。"卢后来想赶紧把这个话题带过去。

谁知师徒俩摆好了姿势，赵芬奇按下快门，才发现相纸没了。

"真不好意思,早知道最后一张我就不照了。"

"下次吧。"谢星星说,"下次我们再来看你。我会带上相机。"

"什么时候?"孙畅问。

"看你什么时候想见我。"谢星星顿了顿,"我们。"

谢星星和赵芬奇从画室走出来,大门缓缓放下,他们又看见了那幅画作。"真是太牛逼了。"赵芬奇又一次感慨,"我要一辈子有这个作品,也值了。哎对了,你看我刚拍的这张怎样?我是不是也可以考虑转型做个艺术家什么的,比如摄影师?"赵芬奇拿着刚刚那张自拍在谢星星眼前晃。

谢星星本不想看,一瞥之下却愣住了。

照片里的赵芬奇倒在血泊中,腹部插着一把刀子,眼睛阖上,生死不知。

"你还好吧?!"她猛地拉住赵芬奇。

"怎么了?"

赵芬奇一头雾水地看着她,又看了一眼照片。

"是我拍得太好了,还是我长得太帅了?"

2

"真的没时间?"

"真的,太不好意思了。"

幸光制药,公关部的茶水间。

"是嘛。"

"我也没想到手环发布后,会比发布前更忙。"吴穹一脸歉意,语气却十分平淡,似乎这个理由确乎理所应当。

"爸爸简直是拿你当牲口用啊。"王天依虽然是娇嗔,心中却真的有些责怪王怀松。他怎么能把身边所有人都变成工作狂?

"如果是只邀请我一个,或许还凑得出时间,要全部门一起,这段时间恐怕不太可能了。"

王天依暗自揣测吴穹这话的用意,他是故意松了一个口子,给自己一个单独邀请他吃饭的借口,还是早已看穿了王天依邀请全部门也只是一个借口,谅她在这场角逐中不敢先露了痕迹?

关系的早期阶段,男女之间的所有互动都是一本厚黑学。

王天依觉得自己或许表现得确实太主动,这时不便再下一子,便退了一步。"真可惜。还以为集齐了你们部门的人就能召唤出神龙呢。"

吴穹微微一笑:"以后会有机会的。"

"好嘛。对了,你的病看得怎样啦?"

"挺顺利的。谢谢你推荐的医生。"

"不谢,我就知道她医术高明。"

他走后,公关部的其他小姑娘都围了上来。

"天依姐,男神跟你说什么啦?"

"还能说啥,都特意找上门来了。"

"啧啧,你们是什么时候开始的?我都没发现呢。"

"那能让你发现吗?"

"天依姐姐,能不能帮我要张男神的照片?"

"你想什么呢,让人家把自己男朋友照片给你?"

大家七嘴八舌的,虽然夸张一向是她们的本性,但她们心里显然已经认定了吴穹和王天依的关系多少不一般。王天依也不否认,笑了笑,让她们赶紧回去工作。

这饭虽然没吃上,但以后反正有机会。现在舆论已经不知不觉制造起来了,绯闻成真还不是水到渠成?

唯一让她有些不解的是,前一天晚上在餐桌上,爸爸明明跟她说,听说星星已经一周没去新望咨询中心上班,还问她是不是出了什么事,为什么吴穹刚刚却回答她"治疗一切顺利"?

也许是吴穹碍于人情,不便说她介绍的心理医生不好,这才帮忙掩饰,照顾所有人的体面。

虽然王天依觉得吴穹不太像是这种人,但她随后想到,也许在她面前,连吴穹也会稍微改变下自己呢,便不再往心里去。

现在她心里想的是 Plan B。

王天依刚刚对吴穹的一番揣测其实都不太准确。他说那句话既不是欲擒故纵也不是欲拒还迎,而是事实。他虽然知道王天依对自己有意思,但心里对她澄明一片,便不会使用什么技巧,有什么就说什么。这么多年来,对他有意思的又何止王天依一个?他习惯了有一说一。

比之前更忙也是真的。他下来找王天依之前,刚刚从王怀松办公室出来。王怀松要他在手环发布后,抓紧迭代优化手环的算法。

"现在手环只是一个最简陋的数据收集工具,还没能有效地在数据和药物之间建立等式。"

"您说得对。不过，要找出这个等式，恐怕需要一段时间。一年，两年，十年，都有可能。"

王怀松看了他一眼，吴穹意识到他对这个回答并不满意。

"吴穹啊，你知道公司一直在致力于一款抗抑郁症新药的研发。如果手环的最终算法出来，这个药物就等于成功了90%。"

"我知道。"其实吴穹并不知道。进公司半年，他一直投身于手环的研发，对于公司医药这方面的业务，其实一无所知。

"这个药物的前几代已经研制出来了，只是效果都不理想。最主要的，就是它极不稳定，临床反应时好时坏。"

"我会尽快优化设计，找出最终算法的。"

"没有'尽快'，我只给你三个月时间。"

吴穹没有作声，他已经习惯了王怀松的风格：要把不可能变成可能。

回到自己的工位后，他写了几行代码，觉得心里有些烦躁，这是前所未有的事。他站了起来，走到一个没人的地方，摘掉了手套，活动活动手指。他活动手指的方法是玩魔方。飞快地把魔方复原、打乱、再复原、再打乱之后，他从口袋掏出手机，打开了通话记录，上一通电话还是和谢星星的。"这家伙，该不会真的被我打击到了吧。"他心想。

Plan B。

晚上十一点半。幸光制药大楼十五层C区的灯依然亮着。实际上，只亮了其中一盏，那盏灯正对着吴穹的座位。同事们都已经撤了，只有吴穹还留在座位上，噼里啪啦地敲着键盘。

三个月，如果王怀松要他造一个火箭，可能也只会给他三个月。比起这个，吴穹更关心的是他的第二次正式治疗是不是永远都不会开始了。

发生在六中的事件已经过去一段时间了，吴穹没有对常迟为什么可以操控那些人表现出过多的好奇。谁都有秘密。再说了，他看得出这件事的关键不在那个小孩，而在于谢星星，在于——他又想起常迟从谢星星那里拿走的花花绿绿的糖果。

事情发生的接下来几天，吴穹就被手环的发布占去了全部时间和精力，紧接着又是这个。

他扭了几下脖子，阖上笔记本。站起来活动了一下身体，然后收拾了一下桌面，关灯，走出办公室。

电梯已经关闭了。他只得选择走消防通道，没想到走到十层的时候，发现通道里还有别人。

王天依。

她正坐在楼梯上，右手捏着脚脖子，表情痛苦，似乎崴到了脚。

"你怎么了？"

"啊，是你。"

"脚扭伤了？"

"没事，下楼时崴了一下，揉揉应该就好了。"

"我看看。"

吴穹蹲下来，仔细检查王天依的脚。

王天依镇定道:"不碍事。"

"光线太暗了,看不出什么,我扶你下去吧。"

吴穹扶着她慢慢站起。"哎哟。"王天依惊叫一声。

吴穹的手放开她,下了一层楼梯,背对着她:"我背你。"

"这……我怕会碰到你。"

吴穹便从包里掏出一件开衫穿上:"这下不会了。"

王天依不再推辞,乖乖伏在吴穹背上。吴穹背着她慢慢下楼。

"想不到。"

"什么?"

"我以为你会假装没看见。"

"我也想,但假装没看见而不被你发现,和背你下楼,好像前者更难一点。"

王天依笑了,她看不见,但猜测吴穹也笑了。

Plan B 成功了一半。

惊叫是货真价实的,疼痛也是。要让脚自然扭伤又不过于严重,需要一定的技巧。王天依在赢得异性发自内心的喜爱这方面能够如此成功,也因为她的付出都是实打实的。

不出意外的话,吴穹会把她送到家。那里没有什么陷阱,只有一顿精心炮制并不难吃的"剩饭剩菜":半个蛋糕,热一下很快就能喝的排骨汤,一锅可以迅速解决两人饱腹问题的咖喱,以及两张话剧票。没有酒精,没有烛光,没有任何助兴的东西。所有安排只有一个目的,让吴穹感到安全,不尴尬,然后可以因为同情她被闺密抛弃而无法践行周日的话剧观赏,而提议:"不如我陪你去?"

不出意外，这就是 Plan B 的全部内容。

不出意外。

吴穹的电话是在他背着她走到幸光制药大楼门外时响起的，因为他没有手，需要借助王天依帮他接通并递到耳边，王天依也就看到了那是谁打来的。

"Hi。"

"Hi。"

"从明天起，开始恢复你的治疗，可以么？"

"可以。"

"但治疗的方式和地点可能要换一下。"

"没问题。"

"好，再见。"

"再见。"

通话时间，二十九秒。

所以王天依没觉得有任何奇怪的地方，便也没有多嘴问一句。

即便 Plan B 的中止让她有些意外，她也没把这事和谢星星的这通电话联系上。

吴穹帮她拦了辆出租车："记得让你爸下来接你，别自己上楼，可能会加重脚伤。"

王天依坐在出租车里，没回头去看吴穹。司机问了她的地址，从后视镜里不时偷偷地打量这个姑娘，因为化着无比精致的妆容、穿着一袭漂亮裙子、正像花一样绽放的这位姑娘，怎么看都不可能会被任何一个男人独自扔在车上回家。而她的脸色自上车以来就迅速因神伤而衰败着。

王天依感到心里好像被什么堵上了时,才后知后觉地发现,自己可能要生平第一次——输了。

3

如果什么线索都得不到的话,至少要确定一件事:这是什么时候发生的。

谢星星在自己房间仔仔细细查看那张拍立得相片。

赵芬奇躺在血泊中,背景却模模糊糊,和那张照片本来的卢后来的画室背景重叠在一起,让人无法分辨到底在哪。越靠近边缘的位置,就越不清晰。唯一可以确认的是,赵芬奇有生命危险。因为那把刀的位置,是捅在腹部最关键的部位——大肠。

起初几次拿起这张照片的时候,谢星星的手都会微微颤抖。这不合理,她告诉自己。你在遭遇那次车祸,见到真实的灾难场景时,都没有像这样紧张过。你在紧张什么?难道你担心赵芬奇会死?不会的,他这么一个大大咧咧、有无限生命力的人,肯定不会死。再说,他死了和你有什么关系?你们不过从小一起长大,比起其他人更熟稔一些罢了,他在这世界上和其他人一样,对你来说没那么重要。再再说了,未来又不是不可改变的。

只有最后这点说服了她。

但要改变未来,就必须得到更多有关未来的信息,看清这张照片更多的部分;要得到更多的信息,就必须让自己看见未来的潜能更加稳定和强大，就必须抓紧时间改善Skinner。

可是现在，她只有Skinner的实验组对象，没有对照组。简而言之，要想完善Skinner，目前对她来说最需要的是一个已经天然拥有某种潜能的人。这样，她就可以通过对他的大脑进行研究和数据收集，去比对实验组的数据，改进药物的结构。

李立秦是一个很好的对照组，可他的数据早就被父亲研究透了。她需要第二个、第三个，越多越好。可现在她连第二个都没有。

等等。

她想到了一个人。

赵芬奇啃着鸡腿推门进去的时候，谢星星刚挂上那通给吴穹的电话。她被赵芬奇吓了一跳，尖叫道："你干吗？！"

赵芬奇假装没看到她手里捏着自己的照片。而在这之前，她正一边盯着那张照片一边打电话。

"我就想问问你吃不吃夜宵。伯母刚刚睡前做的。"

"不吃。"

"哦，那我不打扰你了。"

"等下，你今天又要在我家过夜？"

"你觉得不方便的话，我一会儿回去。"

"不，"谢星星非常严肃地盯着他，"从今天开始，你就住这儿。"

"啥？"赵芬奇以为自己听错了。

"就这样。"

"呃……"赵芬奇小心翼翼地选择用语,"我是觉得,虽然,那个,但是,也,就……"

"你到底想说什么?"

"我们这样是不是发展得太快了?"

谢星星一愣:"什么啊?我是为了你的安全!"她站起身,把赵芬奇推出自己房间,"总之,在我搞清楚情况之前,你最好不要离开我的视线。"

赵芬奇看她不像是开玩笑的样子,只好撇了撇嘴。

"对了。"

"什么?"

"你小时候说过一模一样的话你还记得吗?"

"小时候?"

"不过不是对我,"赵芬奇顿了顿,"是对你爸。"然后叼着鸡腿走出了房间。

谢星星站在自己房间里,赵芬奇的话让她产生了一种奇怪的感觉。她好像把什么事忘了。一件很重要的事。

第二天早上,谢星星坐在桌上和母亲一起吃早饭。赵芬奇的声音从广播里传出来:

"今天,我想和大家分享一位我的狂热粉丝的故事。她是一名非常有天分的画家,三年前,不幸遭遇了一个事故而失明……"

两人谁都没在仔细听赵芬奇说了什么。他的广播在他们家早就是一种白噪音的存在。

"妈,"谢星星迟疑了一下,还是开了口,"我小时候,对我爸说过类似'不要离开我的视线'这样的话吗?"

苏造方正在专注于平板电脑上的电视剧。"你怎么会说那种话?没有,肯定没有。"

"哦,我也觉得。"

谢星星放心了,夹了一个荷包蛋到自己碗里。

"不过,"苏造方的眼睛从平板电脑前移开,"你小时候有段时间……"

"什么?"

"你好像很担心你爸会死。那段时间总是拦着你爸不让他出门。"

"是吗?那是什么时候?"

"就是你爸刚从美国回来不久,你五六岁的时候吧。"

"我怎么一点也想不起来了。"

"那么久之前的事了。而且又是小孩子的胡说八道。"

"是胡说八道?"

"大概你那时刚知道什么是死,很害怕家人离开你吧。"苏造方显然对这事并不特别关心,又沉浸在了电视剧里。

谢星星"哦"了一声,然后闷头把那个荷包蛋吃完。

"还有一件事。"

"什么?"

Party 6 　盲画师　　297

"你觉得这家伙的声音有那么好听吗？"

谢星星指着收音机问道。

实验室。

谢星星再次输入那串熟悉的用户名和密码。刚上线她就收到了"地鼠"的狂轰滥炸。

——你去哪儿了

——你还要不要销毁账号？

——我快被介错人追杀了！

——喂？你不会以为再也不出现就是"自杀"了吧

谢星星本来写了一长串文字，试图解释清楚所有的事，最后又把它们删了，只写了一句话：

——我不自杀了，以及，我要买更多的材料

那边很快就回复过来，更简洁：

——哦

做完这些，谢星星开始重新收拾实验室。她必须将这里收拾出一个可供实验对象待着的空间，而且不会让对方感到奇怪。

她不知道吴穹对于上次目睹的那个事件是怎么想的。不过那之后他没有问,她也就没有试图解释。对一个普通人来说,这一切都太难以解释了。当然想要骗他的话,她完全可以从宗教的角度或者随便扯个什么理由蒙混过去。历史上本来就不是没有过集体无意识的极端事件。但吴穹不是普通人,他只会相信自己看到的东西。

"我并不想超过他,我只想引起他的注意。"

上次治疗时,她最后袒露的这句话突然从脑海里蹦了出来。

"你小时候说过一模一样的话你还记得吗?"
"你好像很担心你爸会死。那段时间总是拦着你爸不让他出门。"

她突然想起来了,小时候的那件事。

这时有人敲门,谢星星一边起身去开门,一边说:"这回又是你的哪个听众写信来了?"

是李立秦。

"李叔叔?"

谢星星让他进来:"您来得正好,我正想把这儿收拾出一个给人看病的地方。"

"看病?"

"嗯,这两天我会带一个病人过来。"

"病人?"

好几天没见到谢星星,李立秦完全不知道谢星星心中发生了如此多跌宕起伏的变化。就在几天前,她还决定要彻底关闭这个实验室,放弃 Skinner 计划,现在却又重振旗鼓。一,自然是为了赵芬奇,二,孙畅的事情让她不得不作出决定,再次思考自己仅仅因为两个案例就放弃 Skinner 的念头是不是足够慎重。

当时她在画室看到孙畅服用的药瓶,只一眼就明白了那是什么东西。

这个女孩在吸毒。

不知道她的人生深陷泥沼到哪一步了,但她的状况的确是刻不容缓,性命攸关。在这样的情况下,谢星星给了她一粒 Skinner。

她没告诉孙畅自己给了她什么。

既然决定继续让人安全使用 Skinner,她必须更加全力以赴研发出更可控的 Skinner。

"他是我咨询中心的一个病人,但抛开这点,我认为他和李叔叔您是一类人。"

"你是说他也有……"

谢星星点点头:"他在某些方面有远超常人的能力,我认为他和叔叔你一样,是已经天然获得了某种潜能的人。简单来说,一个天才。"

"我明白了。你下定决心了就好。"

"对了,您找我是有什么事吗?"

"没什么事,前几天我来这里找你,"李立秦迟疑了一下,"你母亲找不到你。我来的时候你已经不在了。"

"嗯,当时我被赵芬奇拉去看一个病人。"

"噢,那没事了,我回去了。"

李立秦转身想走,谢星星又叫住他。

"李叔叔,我想问您一件事。"

"什么?"

那段被遗忘的记忆突然一下子重新浮现出来。

那是谢星星五岁半的时候,谢时蕴回来已经半年了,但他早出晚归,即便周末有些时间,也泡在学校的实验室里。唯一能够把他从实验室拽出来的,就是李立秦。谢时蕴在美国培养了一个爱好——打台球。在美国的时候,是李立秦陪他打。现在回了国,也只有李立秦陪谢时蕴打,一打就是一晚上。那是1996年,台球厅不多,通宵营业的就更是凤毛麟角。要打台球必须开车去一个很远的地方。习惯了之后,即便不需要通宵的时候,谢时蕴也会去那里打。

谢星星本来对这个高大冷漠的父亲没什么亲密感,也很少同他说话,肢体接触就更少。基本上无论他去哪儿,她都只会专注地玩玩具,或是看小人书。

突然有一天,谢时蕴要出门时,这个小女孩站在了门口,拦住他。"爸爸,别出去。"

"怎么?"

"你会死的。"

谢时蕴没理会她，只当是一个小孩的戏言。"听话，让爸爸出门。"

"你真的会死的。我看到了。"

"你看到什么了？"

"车子翻过去了，有很多红色的东西，还有……"谢星星表情惊恐，捂着眼睛，浑身发抖。

谢时蕴看她不像是开玩笑，便蹲下来："你是不是做噩梦了？"

"没有，我没有做梦。"

"那你是不是在那里看到的这些？"谢时蕴手指着家里那台电视机。

谢星星摇头。

"那你是在哪儿看到的？"

谢星星拿出一张照片，那是谢时蕴一张最近刚拍的证件照，看上去再正常不过。

"好吧。"谢时蕴站起来，看了看手表，"我真的没时间了。等我回来，你再跟我说说你看到的东西好不好？"

谢时蕴绕开谢星星要走出去，结果被谢星星死死拽住衣角。他只好生气道："你这样爸爸不喜欢了！"

谢星星"哇"一声哭了。

之后那几天，每次谢时蕴要出门的时候，这番角逐都要上演一遍。谢时蕴对苏造方说，这是儿童在发展时期对父母产生强烈依恋的一个阶段，而当儿童第一次获知了"死亡"的概念之后，便会把死亡和依恋的复杂心理结合在一起，产生强烈的不安全感。

有一次是李立秦来找谢时蕴打台球,谢星星干脆拦住了李立秦,把她看见父亲出车祸死亡的画面告诉了李立秦,饶是李叔叔很有耐心地听完谢星星的论述,也只能哄哄她,表示自己来开车,绝对会负责她爸爸的安全。

但这个情况也就持续了一周,突然有一天,谢星星不再闹了。她又恢复了原先的模样,安静地在一旁玩耍,对大部分事情都不感兴趣。

有一次谢时蕴奇怪地问:"你不拦着爸爸了?"

她的目光紧紧盯着电视机上的动画片:"我看不见了。"

"这件事,您还记得吗?"

"我记得,怎么会不记得。"李立秦说,"那时你说得跟真的似的。我都差点相信了!"

谢星星点点头:"我知道了。"

"不过,没想到……后来你父亲真的死于车祸。"李立秦叹了口气。

谢星星还想说点什么,却突然收到赵芬奇的微信。

"李叔叔,我得走了,下次再说。"

"你去哪儿?"

"看一个病人!"

4

绝对错不了。

原来我小时候就有看见未来的能力。谢星星心想。她和赵芬奇坐在出租车上，两人一起赶往卢后来的画室。但谢星星心里翻来覆去想的都是小时候在父亲的照片上看见未来的事。

这给了她以前不确定的猜想一个佐证：Skinner 激发的是既有的潜能。她不了解李超然，因此并不知道李超然的过去，但他毕竟是学催眠的，这一方面的能力多少有所开发。常迟呢，吴穹分析得对，他并不是受人控制，而是本身就具有控制别人的特性，哪怕是以被动方式表现。谢星星打量了坐在旁边的赵芬奇一眼，他？没有任何效果。确实，从小到大，没看出赵芬奇在哪方面显出一些过人之处。等一下——

"你最近这段时间，有没有觉得自己声音变好听了？"

赵芬奇被谢星星这句没头没尾的话弄得莫名其妙："什么意思？我声音一直不这样吗？"

"我是说，我让你吃了那个药之后，你有没有觉得……"谢星星想了想怎么表达，"在声音方面有了一些特殊能力？"

"特殊能力？"赵芬奇狐疑地看着她。

"比如，以前唱歌唱不上去的音现在唱上去了，吼一嗓子就能让杯子炸裂，可以用声音操控别人的大脑之类的。"

赵芬奇盯着她看了一会儿："违法乱纪的事我不做。"

"好吧。那蛊惑女听众让她给自己写情书呢？"

听到这里,赵芬奇嘻皮笑脸起来了:"哦,你吃醋啦?"

谢星星确定了,这么说来,目前的Skinner对于普通人还没有明显效用。

但谢星星本就并不秉持父亲的观点:"任何人都可以获得潜能"。她一度觉得父亲是虚伪的,一方面他自己并不欣赏普通人,既不和普通人结交,也不鼓励女儿有朋友;另一方面,他又认为应该人人平等。这简直是一种双重标准,以一种自己并不亲自践行的价值观指导自己从事的工作。

与之相比,谢星星更加纯粹、实用主义,她在这件事上一直没什么价值观,"有效"是她迫切需要解决的第一个问题。

但是现在她意识到,她必须面对"有效"之后的问题了。她得像所有超能力题材的文学或影视作品里的人一样,作出选择,"力量越大,责任越大"。

不管怎样,现在就看第五位实验者,孙畅了。

"卢老师就没说为什么让我们过去?"

"没。他很着急的样子,电话里就说让我们赶紧去。"

"噢。"

"不会是孙畅又出什么事了吧?上回看她一点儿不像有抑郁症的样子啊。"

"她有。"谢星星说,"而且很严重。"

"啊?"

"你记得你当时在厕所发现的药瓶吗?"

"记得。那是治疗抑郁症的?"

Party 6　盲画师

"不是。"

"那是?"

"二乙酰吗啡。"谢星星顿了顿,"也就是我们俗称的,海洛因。"

"什么?!"赵芬奇惊道,"你是说,她……"

谢星星点点头:"看来她的抑郁症远比想象的严重,她在靠滥用药物克服抑郁症。"

"我靠!"

谢星星看着窗外,慢慢说道:"不过,这同时也表示她有求生欲。她不想死。"

两人的车还未停稳,就看到卢后来已经站在画室门口,一见到他们就急急上前。

"你们来了。"

"出什么事了?"

卢后来脸上看不出是喜是忧,只是带他们进去。"你们自己看吧。"

画室还是原先那样,一点没变。

只是原本孙畅帮忙调色的工作空间,多了一个画架。孙畅正专心地在那里画着什么。

"孙畅同学,你又开始画画啦?"赵芬奇走过去和她打招呼。

她很专心地"看着"画架,仿佛没有听见赵芬奇的话。

"孙畅?"赵芬奇又喊了一声。

卢后来摇摇头,对谢星星说:"没用的。"

"什么意思?她聋了?"

"不,自从你们那天走后,她就好像变了个人似的。她重新开始画画了。只要她开始画画,就会进入这种不吃不喝,不关心任何事情的状态。"

"哦,这不是好事吗?"

"我也以为是。"卢后来看着孙畅,脸上忧心忡忡,"她这三年也不是没有重新画过,但每次都失败了。你说一个盲人,就算之前画得再好,看不见怎么画啊?"

谢星星没说话,实际上,她知道不少盲人画家的案例。但诚如卢后来所说,那些画家的噱头是盲人,画得如何倒是其次,他们的真实水平是无法在画坛上以相同的标准得到认可的。

她朝着孙畅的画看过去,现在还看不出那是什么。

"但是这次……完全不一样。"

卢后来从旁边拿起几张画递给谢星星。

"这是她画的?"

卢后来点头。

谢星星心中开始打鼓。难道这就是她的潜能?

杰作。那些画看上去完全不像是个盲人画出来的。如果是抽象主义的画作倒也罢了,但这些画要么是风景要么是人物,都必须要有眼睛看得见,才能让每一笔都准确地落在它应该在的位置上。以任何一种标准来评判,都是杰作。

"太不可思议了。"

"还有一点。"

"什么?"

"这些画,不是她自己的画。"

"什么意思?"

卢后来拿起其中一幅,那是一个花瓶的静物画。他又掏出手机,在上面飞快地检索着什么,最后停下,递给谢星星。

"这幅画的原作是凡·高。"

那网页上显示了一幅和孙畅画得一模一样的画,底下小字表明,这是现存于凡·高博物馆的真迹。

"你是说,她可以凭借记忆把画还原出来?"

谢星星和赵芬奇反复比对,这两幅画无论在线条还是颜色还是笔触上,都一模一样,就算是看得见的人要模仿得如此相像,也十分了得,更何况是一个盲人?

卢后来没回答。他拿起了第二张画,那是一幅人物素描,"这又是哪位大师的画?"谢星星问。

"我的。"

卢后来拿出了另一张和这幅素描一模一样的画递给二人。就是同一个人来画,也不可能画得如此毫无差别,它们简直像复印的一样。

"她连您的画都记得这么清楚?"

"不。她不记得。"

"你怎么知道?"

"这幅画,是我上个月随手画的。"

这下谢星星和赵芬奇更加惊奇了。

"这么说……"

"她不是凭借记忆在画。"卢后来朝着孙畅看了一眼,她正痴迷地画着,丝毫不关心他们的讨论。

"那是凭借什么?"

"我不知道。"

赵芬奇突然想起来:"难道你上次给她的糖是……"

"那这几幅呢?"谢星星打断了赵芬奇,对他使了个眼色。她还不想让人知道Skinner。

卢后来一一说明:"这几幅都是国外不太有名的作品,包括刚刚凡·高的那幅。他画过上百成千张花瓶,有名的也就那几幅,一般人不可能全都认得。这些画,我敢说她绝对都没看过。"

"她为什么想到要画这些,你知道吗?"

"不是她想要画这些,这批画是我前一阵打算集中临摹的……但都只开了个头,画了几笔,就搁在那儿了。她应该是在我画的那几笔基础上补完了整个画作。"

"那张素描呢?"

"她画的那张是我的其中一张废稿。"

"这么说,她必须建立在某个基础上,才能复原整张画?"赵芬奇问。

"我不确定。"

复原。谢星星咀嚼着这个词。她觉得赵芬奇无意中说出了事情的关键。

"我画完了！"孙畅的声音从那边传来。

三人暂停讨论，孙畅看起来从刚刚那种封闭的状态中出来了。

谢赵二人走过去，"孙畅？"

"嗯？"她看上去好像恢复了上一次的模样。

"你没事吧？"

"我终于又可以画画了！"她非常兴奋地对谢星星和赵芬奇说，看来，这件事这几天占据了她的全部注意力和生命。

"这……这不可能。"

两人发现，比起孙畅，此时站在画架前的卢后来才更加激动，他脸上露出难以置信的表情。

"怎么了？"

"这是我这一年来一直想要画出来的作品。"卢后来喃喃道，"它一直在我脑子里，可我就是没法把它画出来。"

"你确定这就是你想画的那幅画？"

"这就是它，就是它！"

谢星星和赵芬奇对视了一眼。已经有一个走火入魔的了，不会又有第二个吧？

卢后来看着孙畅："你是怎么做到的？"

"我不知道。"孙畅不好意思地低下了头，好像这是自己刚出生的孩子，又好像它是个私生子。她抬头问："画得好吗？"

"太棒了！"

"我想知道，这些画，所有这些，你一开始画出来了多少？"谢星星打断二人。

"很少，如果以最终的整幅画来衡量，这个、这个和这个，都不到5%。这个，大概不到1%。而这一幅，"卢后来看着孙畅刚刚画出的作品，"我只画了一笔在上面。"

"恭喜你，孙畅！"赵芬奇拍拍孙畅的肩膀。

"谢谢。"

"你是怎么做到的？"

"我也不知道。那天我摸着老师画室里的一幅没画完的画，突然，这幅画就出现在了我的脑子里，非常清晰，好像我能看见它一样。不知怎么，我强烈感到要把它画出来，而且我可以！于是就去找颜料和笔……"

"最后你真的画了出来。"

"太神奇了……我又试了剩下的几幅……我看不见它们画出来的样子，但我确定那应该就是我脑子里呈现的样子。"

"一模一样。"

孙畅和赵芬奇兴致勃勃地说着她是如何一笔一笔把它们画了出来，仿佛被附身了一般，不是她自己在画，而是有什么东西附在她身上，借助她的手来画。赵芬奇自然也很为她高兴。

卢后来悄悄把谢星星拽到一旁，低声道："这是怎么回事？"

"医学上有许多案例，证明失去某些神经功能的人，在另一方面的能力会显著加强。我想，孙畅的失明可能也导致了她的大脑在某方面的功能加强了。她可以通过触觉来画画。"谢星星煞有介事地说道。

"哦，原来如此。"

"总之，您不用担心了。我想，既然她可以重新画画，那么也会慢慢从抑郁症中走出来的。"谢星星想了想，觉得还是不要把孙畅滥用药物的事说出来比较好，她相信孙畅自己会管理好自己，慢慢摆脱这些恶习。

"太好了，我们得庆祝一下！我去开香槟。"卢后来说着回房去拿酒。

谢星星快速在自己的笔记本上画了一张简笔画，然后撕下其中一小块，递给孙畅："你能试着画下这个吗？"

孙畅一愣，她接过来，摸了一下，然后在旁边的纸上画了出来。

赵芬奇伸头去看，左看右看看不出来。"这是什么？"

"鸭子。"谢星星脸红道。

"这画得也太丑了吧！"他嚷嚷。

谢星星没理他。她确认了，孙畅被激发出的是一种类似全息式感知的潜能，她能够凭借信息图的一块碎片，感知到它完整的样子。

卢后来拿着香槟和酒杯回来，为大家倒了酒。

"谢医生，谢谢你。"孙畅突然说。

"什么？"

"你上次跟我说，我会成为一个非常出色的画家，当时我以为你是安慰我的。现在，我开始相信你了。"

"当然了，因为，是我看到的。"

谢星星说着和孙畅碰了杯。

5

从早上开始,幸光制药研发部的人就一直在窃窃私语:"这不是那个谁吗?他怎么上这儿来了?"

幸光制药之所以能在行业中占据重大地位,主要因为它是少有的集研发、生产和流通于一体的综合性医药企业。幸光制药的总部位于W市的CBD,周围林立的是知名银行、IT公司、地产公司,但总部大楼的核心部门,不是销售部,而是研发部。王怀松虽然是学心理学,但他的强项不在研发而在管理。他是成功的企业家,其成功处就在于知道哪里不行补哪里。因此,对于一个医药企业来说,研发部罕见地和销售部同处地皮高昂的面子地区,生产部则在各地的远郊。他要让研发部的员工知道,他们很重要。

在如此一个大公司里,吴穹本来也不算多有名。要知道,大部分员工都不清楚公司的核心管理层有谁。只是Plus手环发布时,他以手环研发者的身份在发布会上亮相,想不知道也难了。

谁也不清楚吴穹究竟是来干吗的。中午的时候,吴穹在公司食堂遇到了王怀松。

"一个人?"

"嗯。王总也来食堂吃饭?"

"有件事你肯定不知道,这里的糖醋排骨是全市最好的。"

王怀松和吴穹坐在食堂一角。饭吃到一半,王怀松才不经意问起:"上午你去研发部了?"

"对。"吴穹没问王怀松是怎么知道的。

"怎么突然对这个感兴趣了?"

"公司里也有不少人内部购买了手环,我想问问研发部同事的使用感受,他们的反馈很可能和普通人不一样。"

"噢。"

王怀松也没继续追问,而是注意到了吴穹的手套。"听说天依的朋友在帮你解决这个问题。"

"对。"

"怎么样了,有效果吗?"

"还没有。"吴穹想了想又补充道,"会有的。"

"那就好。"

两人很快结束了这顿饭。

吴穹没说假话,他去研发部起初的目的是为了收集反馈意见,但他没提一个意外发现。

谁都不知道,公司内部在研发一款新型抗抑郁药。

回到十五层之后,吴穹在电梯口被王天依堵住了。

确实是堵。王天依拦住他,单刀直入:"今晚有时间吗?我想请你吃饭。"

既不是 Plan A,也不是 Plan B,什么 Plan 都没有。在经历了各种试探之后,王天依作出了一个决定:她不再使用什么技巧了。既然已经输了,不如索性大大方方地告诉吴穹,自己就是对他有意思。这么决定之后,她感到一阵轻松,好像失败了也无所谓。

出乎她的意料,吴穹的回答是"好啊"。

地点是王天依自己的房子。她平时很少会住这里，尽管王怀松帮她付了首付，她自己负担贷款，但她还是更喜欢回父母家住，热闹。这点让王怀松说过很多次，"你应该有自己的生活"。每次都以王天依撒娇作罢。每当她来自己的房子住，多半都是因为还有另一个人一起。

这是在W市新兴住宅区柏景湾的一栋公寓房，住在这里的基本是年轻人。小区最吸引人的是它的景观建设，王天依的房子在最高层，可以透过落地窗看见外面的一片郁郁葱葱。

夜色则更加美。两人吃的是家常中式晚餐，王天依本可以做出更加完美的料理，但她刻意做得有些瑕疵，好让吴穹不必问也知道这是她的手艺，而不是提前请厨师来家里做的。

确实，王天依觉得自己放下了技巧，但她没意识到，这种下意识赢得好感的倾向，是属于一个恋爱中的人如影随形的一部分。

这顿饭吃完，王天依觉得不必开口，吴穹也知道自己喜欢他了。

她不知道的是吴穹早就知道了。

两人在客厅的落地窗前喝酒，背景音乐是肖邦。

"你知道我喜欢肖邦。"吴穹这话不是疑问，也不是惊奇，像是一句陈述，让王天依不知如何回答。

"你还知道我喜欢喝——"

"我知道你喜欢肖邦，爱喝单一麦芽威士忌，不喜欢别人喷香水，但我不知道你究竟遭遇过什么事情，为什么不谈恋爱，有什么理想，以及，喜不喜欢我。"

王天依盯着吴穹，吴穹也没移开目光。

"你是个挺好的女孩。"

"那就是不喜欢咯。"王天依心里一沉,"你应该知道为什么我今晚请你吃饭吧。"

"抱歉,我不想骗你,但我没想过这件事。"

"哦?"

"我的确经历过一些事,不过它们已经过去了。我不谈恋爱是因为还有些事没做完。你也可以说那就是我的理想。"

吴穹镇定地看着她,说得非常诚恳。王天依不由自主地就相信了他。

"那最后一个问题呢?"

"因为有些事还没做完,所以我没想过。"

"我挺喜欢你的。"

不知道是不是因为这瓶十八年的格兰利威特,王天依觉得今晚的她完全不是平时的自己,她头一次觉得爱情不是一个游戏了。喜欢一个人就要让他知道,这种小孩子才有的单纯,第一回占据了她的内心。

"是非常喜欢。"她说。

吴穹笑了笑:"谢谢,没人这么跟我说过。"

"真的?"

"真的,大部分女孩对我说的最多的一句是:'你热不热?'"

吴穹戴着手套拿着酒杯,确实是一副格格不入的画面。

两人一起笑了。虽然吴穹没有对这份表白作出正面回应,但王天依已经感到非常开心,这也是她之前从未体会到的感觉。她觉得只要能和这个人在同一个空间,说些简单的话,一起吃顿饭,就已经是莫大的幸运。

"也就是说,你得等实现了你的理想后,才能结婚咯?"

"嗯。"

"好。"

"好是什么意思?"

"好的意思就是,好。不过,你的理想不会是维护世界和平那种吧?"

"不是,是毁灭世界。"

"噢,那倒是比维护世界和平要快一些。"

两人说笑了一会儿,王天依没有再追问吴穹要实现的是什么事。但她隐隐觉得,这件事和吴穹的PTSD是有关的,等到这件事完成,他的病也会痊愈。那时,他们就可以比现在这样对坐在窗边还能挨得更近,非常近……

"对了,你知道幸光制药在开发一款新型抗抑郁药吗?"吴穹突然问。

王天依愣了一下:"不知道。"

"噢。"

"怎么了?"

"没事。"

按照谢星星给的地址过去,是一栋看似教育培训的学校。地址后头还附加着一句:"进大门后左转走到底,右转拐弯处一栋灰色建筑,敲门即可"。

"你找到了。"谢星星给他开门。

吴穹走进去,发现这个简陋的实验室里竟然有如此先进的设备,不禁有些惊奇。但他什么也没问。谢星星也没有介绍这是什么地方。两人很有默契地没说什么话,就开始了治疗。

谢星星帮他清洗头发,然后用生理盐水涂抹电极,安装,再将EEG脑电仪戴到吴穹头上。

"这次没有童年阴影那一套了?"

"我从来就没信过精神分析那一套。"

全部准备完毕后,谢星星坐在他旁边,然后把隔着两人的帘子拉上,现在,他们谁也看不见谁。

"现在开始,我会用最传统、也是最有效的办法治疗你。"

"噢,Skinner?"

"什么?"谢星星心头一震。

"Burrhus Frederic Skinner,斯金纳,新行为主义学派创始人。你现在不是正打算用行为疗法治疗我吗?"

"你说得没错。"

"别紧张,我没有读心……"

"久病成良医。"两人同时说道。

吴穹微微一笑,不再说话。

"现在,把你的手套摘掉。"

吴穹照办。

谢星星密切观察着电脑上的脑波情况。吴穹脱下手套后,脑波还没有明显起伏。

"接下来,我会慢慢接触你的手,如果你有什么不适,先忍住,实在忍不住了,你就说'停'。好吗?"

"好的。"

谢星星摘掉右手的塑胶手套,揭开帘子一角,慢慢去摸吴穹的手。

脑图有了些微的起伏。

不过,谢星星自己的心跳得更快,她也不知道是为什么。可能是吴穹的手太热了,由于常年戴手套的缘故,他的手部皮肤尤为光滑,可以清晰地感受到手上的纹路。她透过帘子去摸这么一双男性的手,自然有些紧张。

那双手突然握紧了自己的手!

谢星星吓了一跳,赶紧抽回自己的手。

"你怎么了?"

"可以继续。"

"那你干吗……"

"哦,我是受得了,但我怕痒。"

谢星星一阵无语。"好吧,我用点力。"

手部的测试结束。接下来是——

"下面我会碰你头部的一些部位。"

"嗯。"

谢星星把帘子再拉开一点,吴穹正看着她,她心里又是微微一惊。

"你能不能……"

她话没说完，吴穹就把眼睛闭上了，让她简直不知道这人的"读心术"是好事还是坏事。

谢星星用指尖一一去接触吴穹的耳朵、额头、眼睛、鼻子、嘴唇，最后是脸颊。脑图比刚刚的起伏要更明显，同时她感到吴穹的脸部肌肉有些发抖，他在控制自己。

"接下来我会用更多的皮肤面积接触你。"

吴穹闭着眼睛，轻轻点了点头。

两人见面的次数虽然也不少，但是，只有这次谢星星真正看清了他的样子。或者说，真正仔细看了他。

虽然比不上小栗旬，不过，确实很符合现代人的审美。单眼皮，高鼻梁，薄嘴唇，五官立体，闭上眼睛的时候，能够清楚地看见长睫毛覆盖在下眼皮上。谢星星盯着他的嘴唇，又陷入了未来，难道我真的会和他……

"怎么了？"吴穹突然睁开了眼睛，见谢星星正盯着自己，问道。

"没、没什么。"

"那继续吧。"

"嗯。"

吴穹再次阖上眼睛，谢星星伸手过去，整个手掌和他的左脸颊贴合在一起。脑图起了强烈的波动！

吴穹眉头锁紧，似乎在努力承受某种痛苦，如此持续了数十秒，脑图的波动在增加。

"停。"他说。

谢星星把手缩回去,开始记录数据。

"你可以把手套戴上了。"她说。

吴穹戴上手套,然后谢星星帮他拆下脑电仪,一一清洁完毕。

"你可以回去了,今天的治疗结束。"

"下次是什么时候?"

"明天。"

吴穹没有对治疗疗程突然加快有什么疑问,简单地告辞之后便离开了。

他走之后,谢星星才打开连接着脑电仪的电脑上的第二个脑图,开始记录另一组数据,然后保存在名为"Skinner"的文档管理器下。

6

"上次我们节目播出了有关孙畅妹妹的故事之后,收到了读者的热情来信。有鼓励她好好生活的老教师,有想收她为徒学按摩的盲人技师,还有愿意自然死亡之后捐赠自己的眼角膜给她的八十岁老人家。虽然这些宝贵的意见不一定会被采纳,但在此还是感谢《养生大讲堂》热心、善良的听众朋友们……在此,我想告诉大家一个好消息,我们的孙畅妹妹已经走出抑郁,重新开始画画了!同时,还有一个好消息,在此我先替她隐瞒一下,等到下期节目再和大家分享。"

"你说的是什么好消息？"赵芬奇搬到谢星星家之后，和之前的生活状态几乎没什么变化，本来他就经常来谢家蹭饭，有时打游戏看电影晚了，就在沙发上凑合一宿。他搬过来，连牙刷毛巾拖鞋都不用带，这里早就留有他的日常用品。说是搬，实际不过就是不间断地多待一段时日罢了。

"哦，那个啊。还记得第一次我们去看她时，卢后来不是指给我们看墙角那幅画吗？"

"嗯。怎么了？"

"她之前画了三年，后来停了。现在她又继续画上了。"

"噢。"他不说，谢星星也猜到孙畅一旦拥有了复原能力，在小试牛刀之后，重新开始那幅画几乎是必然的。

"而且下个月有个非常重要的画展，会有不少海外著名的策展人过来。孙畅说，想在那之前完成这幅画，去参加那个画展。"

"她可以的。"

"是啊，她本来就是个绘画天才，现在以盲人的身份参加，一定会引起轰动。"

谢星星陷入思考。目前看来，Skinner给孙畅带来的能力是积极而有用的，不仅改变了她的命运，还非常契合她的理想，且没产生什么副作用。给她Skinner以来的心理负担到此时终于缓解得差不多了。

但赵芬奇呢？

谢星星每天都会看好几眼那张照片。它不仅没有变化，连原本看得见的浮影也在一天天模糊。她不得不开始增加服用Skinner的频率，由以前一个月一次，改为一周一次。截止现在，她还不知道 Skinner 有什么副作用。但毫无疑问的是，她的抗药性在增强。其他被试都只吃过不到三次 Skinner，只有她在承担极大的风险拿自己做实验。她必须要快，抢在抗药性终结 Skinner 1.1 之前。为此她正在全力通过新收集到的数据比对修正 Skinner 结构式，但数据还不够多到更加精确结构。

她在和时间比赛。

秘密实验室。

第二次行为疗法。

这一次两人的话更少。洗头发，涂电极，佩戴脑电仪，整个过程沉默而有条不紊，像某种仪式。

"接下来，我会从接触你的脸颊开始。还是像上次那样，受不了了就说'停'。"

吴穹点点头。

谢星星伸手过去，这一次，吴穹已经不再闭上眼睛，谢星星也自然地避开他的目光。两人就像患者和医生那样，房间里不再那么尴尬。

脑图比上次的波动要少了一些。看来可以进行下一步了。

"把上衣脱了。"

吴穹照做。他脱掉外面的长袖衬衫，里面穿着一件白色背心。

"这个也脱了。"

吴穹照做。他外表瘦削，其实挺精健，肌肉紧实。但腹部却有一道很长的疤痕，让人无法回避。

"这是？"

"车祸留下的。"

谢星星点点头。"你转过去。"

吴穹转过身去，背对着她。

"接下来我会用手触碰你，但不会告诉你碰哪里。"

吴穹"嗯"了一声。

谢星星便用手去碰他的背部，吴穹条件反射缩了一下，果然，脑图一下子变陡了，PTSD和不安全感密切相关，当对象对即将发生的事情无法预测时，他的反应会剧烈很多。

"可以继续吗？"

吴穹点点头。

谢星星改用手掌触碰吴穹的肩膀、背、腰。脑图先是剧烈起伏，但随着次数增加而逐渐稳定。果然最可靠的还是斯金纳的行为疗法。谢星星心想。

咣当，什么东西掉到了地上，吴穹准备俯身去捡，谢星星说："你别动，我来。"说着绕过帘子，走到吴穹正面，弯腰去找掉落的东西。谁知地上有一摊刚刚涂抹电极不小心弄出的水，谢星星脚下一滑，眼看就要滑倒，吴穹左手抓住她的胳膊，结果也被带倒下去，两人一起摔倒在地上，谢星星被吴穹整个压在身下。

这是第二次出现这种情形，只不过这次是没穿衣服的。

她第一个反应是，完了，脑电仪不会爆炸吧。

慢慢睁开眼睛，吴穹果然一脸苍白，闭着眼睛仿佛已经晕了过去。

"喂,你没事吧?"

"我……没事。"吴穹慢慢说道,"不过,你心跳好快。"

谢星星脸一红:"胡说。"

"这回不是我猜的,我听到的。"吴穹一笑。

谢星星赶紧把吴穹从身上推开,站起来去看脑图,刚刚果然有一个高峰过去。"今天的实验结束。"说着把吴穹的衣服扔了过去。

"你撒谎的样子挺可爱的。"他说。

随着治疗的陆续推进,吴穹已经可以在实验室环境适应谢星星的手部触摸。这之后,谢星星告知他下一次的治疗将在室外进行。

"室外?哪里?"

"先从你熟悉的地方开始吧。"

"我知道了。"

电影院。

"这是你常来的地方?"

"一个人无聊的时候会来。坐在这里我觉得很安全。"吴穹把腿往里面收拢,好让一个又一个观众过去,"不过,都是选那种没什么人看的电影。"他无奈地补充道。

他们买的票是正在热映的一部好莱坞大片,观众很多,两边的座位都有人。谢星星挑的"两张你们这儿上座率最高的电影"。

电影开始后,谢星星也开始了实验流程。"脱外套。"

夏天,每个人都尽可能穿得少,只有吴穹是长袖长裤,尽量避免挨到别人。脱掉外套后里面是件短袖衫,吴穹不由自主向谢星星这边靠了靠。

电影开始了,有差不多二十分钟,谢星星什么指示也没下,还被剧情逗乐了几次,好像真的是来看电影的。

谢星星突然握住了吴穹的手,吴穹差点跳起来。"你干吗?"

"实验啊。"

"你还没说开始呢!"

"我说了啊。"

"在哪儿?"

"心里。你不是会读心术吗?"

吴穹无语。

谢星星松开了吴穹的手,在心里哈哈大笑。虽然没有数据可以收集,但把他带到外面来捉弄一下报仇似乎也蛮不错的。

"现在,我要你去握旁边一个人的手。"

"啊?"吴穹看着她,你是认真的?

谢星星不看他,仿佛沉浸在面前的大片里。

吴穹只好先扭头看了一眼左边的观众。

一个穿着紧身背心的壮汉。

谢星星依然在专心看电影,还顺手拿了两颗爆米花塞进嘴里。现在,猜猜我心里在想什么,读心术先生?

吴穹只好慢慢地把左手伸过去,一点一点探寻那个壮汉的右手。他的手很快触碰到了一个浑圆硬邦邦的部位,大腿。他不敢看那人的反应,手继续往上……他感到那哥们儿先是愣了一下,然后不动了,仿佛整个人僵在那里。

往上探寻了许久,依然没摸到手。就在他快放弃的时候,他感到自己的左手被那只目标的右手一把抓住了。

完了。这下要被怎么骂?

谁知那只手却紧紧抓着他的手,继续往上牵引……

他这是要干吗?!

吴穹不得不向左边这名壮汉看了一眼,对方正充满柔情蜜意地看着自己。

我操!

吴穹赶紧把手抽回来。

"别呀,继续嘛。"壮汉娇滴滴地在他耳边说。

"不……不好意思,你误会了!"吴穹把身体往谢星星这边躲。

"误会什么啊?别不好意思了。"

"您真误会了。"

谢星星在一边憋着笑到快肚子疼。

吴穹不停解释,那壮汉依然不罢休,还主动伸手过来摸吴穹。吴穹全身起了鸡皮疙瘩,没办法了!

他右胳膊从谢星星颈后穿过,把她搂在怀里。谢星星猝不及防,"喂,你要干……"话还没说完,吴穹已经整个脸扭过来,吻上了她的嘴唇。

谢星星感觉自己完全处于只能做条件反射的状态,而条件反射,就是配合对方。"接吻……原来就像跳舞啊。"她仅存的一丝念头在心里得出一个结论。

这是一场无比漫长的探戈。节奏渐入佳境。

旁边的壮男目瞪口呆地看了一会儿之后，终于把头转过去："骚货！"

两人不知是谁先分开的，可以说是同时。

谢星星把脸转回去，吴穹把胳膊撤回来，两人按照电影开场前的姿势和距离坐好，仿佛刚刚什么也没有发生。

但是刚刚这漫长的一吻中，透过舌头、牙齿、嘴唇、鼻尖和面颊所传递交换的信号是如此明显，什么也没有发生是不可能的。

吴穹先开的口。

"失礼了。"

他没有看她，她也没有看他。对话就在这样一种共同掩饰下展开。

"没关系。"

"实验还继续吗？"

"你有没有发现。"

"什么？"

"你的 PTSD 刚刚没有发作。"

吴穹终于转过头来看她："你成功了。"

"不，是你成功了。"

电影散场之后，还有一个人坐在影院里迟迟不愿离开。直到清洁工来收拾座位，看到这个人仍然盯着大银幕——最近留下来把电影职员表看完的观众是越来越多了,但像这样职员表都播完十分钟有余还沉浸在电影里的人,可是不多见。

王天依坐在那里,想不通一个问题。刚刚坐在那里和吴穹一起看电影接吻的人,是谁都可以,为什么偏偏是谢星星?老天为什么要跟她开这样的玩笑?

7

"对不起,已经下班了。请挂明天的号……"

"是我。"

谢星星抬起头,才发现走进咨询室的是王天依。

"哎?我先说明,只能陪你一个小时。"

"我不是来找你逛街的。"

"那是吃饭?别去太远,我晚上还有事。"

"你的事……是给吴穹看病?"

"他跟你说啦?"

谢星星一边收拾整理档案,一边回答,完全没意识到王天依的脸色和平时不一样,也丝毫没觉察出她语气中的不对。

"没。"

"哦,那反正别去太远的。对了,附近新开了一家日料,要不要去……"

"我也不是找你吃饭的。"

"那是?"

"吴穹的病怎么样了?"

谢星星停下手中正在收拾的东西。

"效果还不错。我换了种治疗方法,虽然比较过时,但是……"

王天依打断她:"这种治疗方法是谈恋爱?"

谢星星愣了一下:"你开什么玩笑呢。"

"我没开玩笑,我昨天看到你们了。"王天依说,"在电影院。"

"那是……"谢星星恍然大悟,"你误会了。"

"是么?"

王天依终于等到了这句话,她今天来找谢星星,就是想要一个解释。当面质问本不是她的风格,她心里对这事始终不能相信,可是看到的那个画面,那个吻,却又是如此蕴含情意,尽管连当事人都没有觉察到。如果说全天下还有什么同性是她不想也从不习惯用技巧对待的,那就只有谢星星了。所以她索性直接来问,她想要一个解释,而且心里也隐隐盼望一个合理的解释:为什么她介绍过来的、自己看中的男人,会变成好朋友的情人?

谢星星脸有些发烫:"应该说,那是一个意外。"

于是,谢星星把她是如何用行为疗法治疗吴穹,行为疗法是一种什么样的疗法,其创始人和发展如何,目前应用于临床的效果如何,那天去电影院是疗法中的哪一环,治疗过程原本应该是怎样,不想意外碰到一个色情同性恋的来龙去脉,完整说了一遍给王天依。

"好吧。我相信你。"

"我也没想到会这样。"

这个解释王天依并没有全盘接受，但她觉得谢星星没有撒谎，她知道她不会撒谎。两人有些沉默。

"对了，你和吴穹发展得如何了？"

"挺好的。"

"是吗？难怪你最近都没找我。"

"时间差不多了，我走了。"

"我送你。"

"不用了。"

王天依转过身："对了，今晚的治疗结束后，我想这件事就告一段落吧，可以吗？"

谢星星一时语塞。"他的治疗刚有成色，这时候放弃就半途而废了啊。"

"你刚刚不是跟我说了行为疗法那一套东西吗？我觉得我可以帮他继续治疗。"

谢星星急道："那怎么能一样呢？"

"是不一样。可能我来帮他效果会更好。我和他……我们已经在一起了。"王天依撒了个谎。

谢星星终于反应过来，王天依到底还是在怀疑自己和吴穹，她突然感觉非常力不从心，就像当初博士毕业答辩时受到指责一样，她知道有些东西无论她怎么解释，都不会被人相信。

那，就放弃吧。

一个声音在对她说。

"我知道了。"

秘密实验室。

"对不起,来晚了。"

谢星星赶到实验室的时候,吴穹已经在门口等了一会儿。

"没关系。"

两人像之前那样进屋,开始整个实验流程。

为什么就不相信我呢?谢星星一边帮吴穹洗头,一边在心里生气,为什么就不相信我和吴穹之间根本就没什么?

可是,真的没什么吗?

她看着低着头的吴穹,他的脖子修长,黑短的头发上沾着白色的泡沫,正等着她冲洗。

"怎么了?"吴穹见她迟迟不动手,问道。

"没事。"谢星星赶紧帮他冲洗干净头发。

我才不会喜欢他呢。

洗好头发,戴好脑电仪,吴穹正准备脱衣服。"不用了。"

"今天不用脱?"

"摘掉手套就行了。"

于是,实验好像回到了第一天,谢星星只是用手去接触吴穹。如此进行到一半。

"对了,上次那不会是你的初吻吧?"他突然问道。

"啊?不是。当然不是。"

"噢?真的?"

"当然是真的!"谢星星说的是真话,她脑海里浮现出幼儿园时,那位同样令人讨厌的男孩的脸。

"哦,是他啊。"

"什么?"

"上次在你家门口碰见的那个男生,叫什么来着?赵芬奇?"

谢星星无法反驳,只好点点头。

"那时你撒谎了。"

"嗯?"

"你喜欢的人不是他。"

"我喜欢谁和你没关系。"

谢星星心想,赶紧结束和这个讨厌鬼的治疗也不错。至于心里刚刚一直盘桓的一点点负面情绪,她认为只是职业道德和意欲收集 Skinner 的数据不得而作祟。

"今天就到这儿吧。"谢星星开始收东西,尽量让自己自然地说出这句话,"对了,你的治疗效果不错,所以,之后的治疗可以不用再来我这儿做了。"

"那去哪儿做?"

"上次你应该也发现了,自然环境下的治疗对你的病效果更好。所以……我觉得你应该找个朋友,或者女朋友什么的,帮你逐步适应和人接触。"谢星星说话时不去看吴穹。

"你的意思是……"

"总之,我们的治疗就到这里全部结束吧。"

吴穹还没来得及说话,突然响起了一阵敲门声。谢星星过去开门,是李立秦。

"怎么了?"

"你快回家，出事了。"

"我妈怎么了？"

"不是你妈，是赵芬奇。"

谢星星脑中顿时出现了赵芬奇倒在血泊中那幅画面，她顾不上和吴穹告辞，便拿上包冲出门去。

吴穹在实验室看着她不顾一切跑远的背影，过了好一会儿，"有烟吗？"他问那个来告知谢星星消息的男人。

谢星星跳下出租车冲回家，推开门大喊："叫救护车了没？"

赵芬奇和苏造方俩人正坐在沙发上看电视，看见谢星星满头大汗地冲进来："救护车？"

谢星星看着赵芬奇好端端地坐在沙发上，也愣住了："你没事？"

"我？出事？"赵芬奇想了一会儿，"哦！我刚帮伯母做饭时不小心切到手了。"赵芬奇扬了扬左手食指，上面贴了个创可贴，"已经止血了，应该没到……叫救护车那么严重。"

"那李叔叔怎么……"

"哦哦哦，那是另一件事。"

"什么？"

赵芬奇站起来，拿出手机短信给谢星星看："这是刚刚孙畅发给我的，她让我们看今晚的电视直播。"

"直播啥？"

"画展开幕啊！会播出她的画哦。"

原来是这样，怪不得赵芬奇急急忙忙让她回家。谢星星长吁一口气。"下次能不能把话说清楚点?"

赵芬奇一脸蒙:"就……我也没想到你这么担心我啊。"

"开始了开始了。"苏造方提示两人,谢星星于是也坐下来一起看电视。

无聊的主持人介绍嘉宾和嘉宾说话环节一直持续着,谢星星不由得神游物外,她想起了刚刚还没好好和吴穹告别。虽然也不是什么生离死别,但应该不会再有见面的机会了。

你不是会读心吗?你看出来刚刚我在撒谎了吗?她在心里轻轻地说。

"接下来将揭晓的,是本届画展收到的最重要的一幅作品,我们的策展人和艺术投资人在看到这幅画作时,就被深深震撼,预计它将会成为本届画展最受关注的一件作品。下面就请我们的海外策展人 Kelly Baum 掀开这幅画的帘幕……"

电视终于播放到这个环节,赵芬奇已经激动难耐:"一定是孙畅的。"

然而,画作揭晓后,从那个金发碧眼的女人口中念出的却是另一个名字:

"Harold Lu!"

卢后来？

赵芬奇一下子跳起来。"这不可能！"他激动地大喊，"那幅画不是他画的！"

"你怎么知道？"

赵芬奇掏出手机，找出他和孙畅的聊天记录。

"她给我发过这幅画。"

谢星星伸头看去，确实，就是展览的这幅画无疑，只是孙畅发来的那幅尚未全部完成。

这么说来，是卢后来拿走了孙畅的画，冒名顶替当作是自己的作品参展？

电视上，卢后来果然出现了，还是那身棉布长衫，仙风道骨的艺术家风范，满脸谦逊之色，颇不好意思地和大家讲解他创作这幅画的心路历程。事实既定。

"卑鄙小人！"赵芬奇情绪激动。

而此时，谢星星更担心的是知道了这个结果的孙畅会怎么样。

但是，不对。

谢星星突然想起了那张拍立得照片，她当时在上面看到的，明明是孙畅的画成功展出，大受欢迎。

哦。她明白过来了。她看到的只是孙畅的画受到欢迎，现在的事实也确实如此，只是对不明真相的人来说，那张画是卢后来的作品而已。

"明天我们去画室一趟。"

"不，现在就去。"赵芬奇捏紧了拳头。

Party 7 读心人

1

"卢后来,你给我出来!"

赵芬奇对着那扇高大却关得严严实实的大门大吼,那幅抽象派画作静静地挂在门上,看着赵芬奇和谢星星两个小人站在门前。夜色中,几乎整个艺术村的人都可以听到赵芬奇的咆哮声。

正在谢星星准备劝他放弃的时候,门打开了。

赵芬奇冲进去,画室里黑暗一片,一个声音传来:"这么晚来有什么事吗?"

灯被打开了,卢后来披着一件薄衫,显然是已经睡下了。

"有事?"

赵芬奇上前揪住卢后来的衣领:"孙畅的画是怎么回事?!"

"孙畅的画?"卢后来皱了皱眉头,"我不明白。"

"今天在画展上揭晓的那幅你的'作品',那是孙畅画的吧!你为人师表,竟然做出这么龌龊的事!"

卢后来一脸惊讶。"孙畅画的?"他哑然失笑,"我想你恐怕误会了。"

Party 7 读心人

"误会？！那不就是她一直以来画的那幅画吗？！"

"你是说那幅？"卢后来往墙角看去。

墙角里那个蒙着布的画架还在那里，布也没有掀开，一切都和他们第一次看见时那样，依然被封尘于一个失明画家的脑海中。

这下，赵芬奇的手不由得松了一松。这是怎么回事？

谢星星走到画架前："我能掀开吗？"

"当然了。"

谢星星把布揭开。这的确是一幅未完成的画，但并非参展的那幅杰作。这幅画虽然也不错，但缺乏灵气，远不能和参展的画作相比。

"可是，孙畅给我发的明明不是……"

"我知道了。"卢后来说。

他走到画室一角，从地上捡起一幅画："她发给你的应该是这幅吧。"

赵芬奇一看，顿时傻了。这幅画和参展的那幅一模一样。

"送去参展的画是我一直以来潜心创作的作品，是孙畅失明后我开始画的。不过因为她失明了，我也就一直没有给她看过。后来她重新有了画画的能力，我很为她高兴，就把那幅已经快完成的画拿出来给她'看'，她也很喜欢，就下意识开始用她的那个能力画了幅同样的吧。"

卢后来说到这儿，赵芬奇已经有些动摇。

"当然了，虽然她的模仿能力很出色，但最终送去的那幅，还是我自己画的。"卢后来试图缓和下气氛。

"我们知道了。"谢星星说,"这么晚,打扰您了。实在不好意思。"

"没关系。"

"那孙畅呢?"赵芬奇问。

"她?她画完这幅画之后就没来过画室,我不知道她怎么了,这幅画……好像给了她一些精神打击。我不想伤害她,但只靠模仿怎么能成为真正的画家呢?你们最好也劝劝她。"

赵芬奇还想再说点什么,被谢星星使眼色制止了。虽然还无法判断事情真相是怎么样的,不过,现在卢后来的态度她已经知道了,现在,该去听听孙畅是怎么说的了。

孙畅家住在一栋有些年头的小区里。她爸爸接待谢星星和赵芬奇两人坐下后,他们才知道,原来孙畅是单亲家庭。她父母很早就离异,一直和父亲一块儿生活。

"你们坐,我去叫她。"

这是个不足六十平米的老房子,看得出来房间里的东西都用了很久。孙畅的父亲在煤炭厂工作,是典型的老工人,手艺好,老实,完全不懂艺术。但这个小房子里挂的最多的就是画,从孙畅小时候到她失明之前的,大大小小的画。和卢后来的画室不同,摆满的画给整个简朴的家增添的不是艺术气息,而是温暖。家里的很多家具都重新摆放了位置,看得出是因为孙畅的失明而调整的。

过了一会儿,孙畅爸爸回来了,表情无奈:"她不愿意见人,我不知道怎么了,昨天还好好的。"

"能让我们亲自和她聊聊吗?"

孙畅父亲有些犹豫,谢星星掏出一张名片:"我是心理医生,之前就帮孙畅看过病。"

"好,那你们试试吧。"孙畅父亲相信了他们。

孙畅房间的门是开着的。谢星星和赵芬奇走进去,孙畅正坐在地板上,摆弄一架玩具钢琴,那应该是她小时候的玩具,钢琴有些键已经弹不出声音了。

"孙畅,是不是他偷了你的画?"赵芬奇劈头就问。

孙畅双目空洞,比起以前,现在她看上去更像一个盲人。她充耳不闻,也不回答。

"你快告诉我们呀,如果真是这样,我们可以去告他!把属于你的东西赢回来。"

谢星星见孙畅还是没有反应,便拉住赵芬奇,示意他别再说话。她蹲下来:"孙畅,我们知道这件事对你打击很大,被自己最信任的人背叛的滋味不好受。但你也是个成年人了,要相信世界上有黑暗和背叛,自然也会有光明和正义。现在,我们最需要知道的是这件事的真相是什么,好帮你讨回公道。"

孙畅终于摇了摇头:"我不想要什么公道。"

"为什么?难道被人欺负了都不还手?"

"别管我。"

"好,那我们帮你去找画展的人说。"

"他们不会相信你的。也不会相信我。"

"怎么会呢?那幅画就是你画的,我们都可以作证。"

"不,她说的是对的。"谢星星冷静道。

"为什么?"赵芬奇不解。

"首先,除了我们,没有任何证据表明那幅画就是她一直在画的那幅。其次,你认为画坛会相信一个已经成名的大画家,还是会相信一个毫无作品的学生?最后……"谢星星迟疑了一下,"你觉得,人们怎么看待一个失明的人突然拥有了作画能力这件事?"

当然,谢星星可以把Skinner的事情说出来,但这会造成什么后果是无法预测的,而且只会加重这件事天方夜谭的色彩。

"更何况,从昨晚卢后来的情况来看,他显然早已做过准备,连复制品都做出来了。这件事,他应该不是临时起意,而是早有预谋。"

赵芬奇听了谢星星的这番话,也陷入了沉思。显然,她说的都是对的。"那……难道就没有办法了?"

谢星星想了想:"只有一个办法。"

"什么?"

谢星星在孙畅面前蹲下:"再画一幅画。"

孙畅抬起头来"看着"她,似乎并不理解。

"再画一幅和这幅一样杰出,甚至比这还要伟大的作品。他能冒名顶替你的一幅画,但他偷不走你的才华。"

赵芬奇也被谢星星的话感染:"对!只要证明你画得出这幅画,就比什么都有说服力。"

"我做不到……"

"为什么?"

"我失去了那个能力。"

"怎么可能?"

"我试过了。"孙畅无力地说,"从昨天晚上听到电视以来,我一直试着想要再画一幅画,可是……我什么都画不出来了。"

怎么会呢,难道是上次那颗 Skinner 的效力消失了?

"不,你可以的。不要放弃!"

"不,我不行……"

赵芬奇还想再劝她几句,孙畅却突然情绪激动起来:"要是我没有这种能力,也不会变成这样,卢老师也不会变成这样!你们走!"

"你怎么会这样想呢……卢后来不管怎样都是个浑蛋!这不是你造成的。"

"出去!让我一个人待着!"孙畅站起来,伸出胳膊把赵芬奇和谢星星往外推。"我不想要什么公平,我只想要平静!"

谢星星见无法说服她,只好暂时把赵芬奇拉走。

"你们先让她冷静几天再来吧。"孙畅父亲劝道。

"那这段时间麻烦您多和我们沟通她的情况。"

谢星星正准备告辞,忽然瞥见客厅茶几上立着一张照片,是那次他们在画室给孙畅拍的。

那张照片突然变成了黑色一片。

谢星星揉了揉眼睛,照片上孙畅的样子又浮现出来。

上回看到的未来浮影已经不见了。难道是自己的抗药性又增强了?

两人和孙畅的父亲道别，谢星星临别前给了孙畅父亲一颗Skinner，嘱咐他转交给孙畅，让她吃了这颗糖再试试画画。

"操！"

赵芬奇一拳打在墙上，然后蹲在路边。谢星星没见过赵芬奇这么难过，她不知道怎么安慰他，只好在一旁站着。她想起来，上一次见他这样还是初中的时候，那次是他的一个同班同学煤气中毒死了。那个同学和他关系并不好，是班里的差生，经常和外校的混混一起联合起来敲诈本班同学的钱，赵芬奇也被他敲诈过。谢星星没想到他死了赵芬奇会那么难过，蹲在路边哭。当时她也不知道怎么办，只能像现在这样在一旁站着。一开始她不太理解那种情绪，后来变成她不理解为什么会产生这种情绪。"他并不是你的朋友，不是吗。"然后她从口袋里掏出了一盒大大泡泡糖递给他。"是啊。"赵芬奇号啕大哭。

她后来渐渐发现，人类会为很多个别人难过，而他们不一定非得是朋友。谢星星摸摸口袋，此刻她没有糖，也没有巧克力。

自从他们离开后，孙畅的情况一天天变得糟糕起来。赵芬奇每天都会给她打电话，总是她爸接的。据说她先是不愿意出门，继而变成只敢待在自己房间，任何一点动静都会让她变成惊弓之鸟。"她不信任任何人，你们最好也别来看她。"自然，她也没再画画。她父亲说已经把家里所有的画都收起来了，因为她只要摸到就要把画毁掉。

"就没有其他办法了吗？"赵芬奇问。

谢星星心里想的却是从孙畅父亲那里得到的另一个反馈信息：孙畅吃下了第二颗 Skinner，依然没有恢复她之前复原的潜能。

这是怎么回事？难道这和她把自己封闭起来有关？

"如果我能知道她心里究竟在想什么就好了。"赵芬奇叹道。

谢星星听到这话，灵光一现。

读心术？

2

谢星星对王天依的最初印象，不是去她家吃饭，而是小学五年级的时候，有一次意外在校门口碰到了她。

那时距离她们第一次见面已经过去了好几年，谢星星早已不记得王天依是谁，对方却十分热情地上前拉住了她的手："谢星星！"

谢星星疑惑地看着她，对方说："我是王天依，我爸和你爸是好朋友！你去我家吃过饭，你忘啦？"

"我爸只有一个好朋友，"她说，"是李叔叔。"

"是吗？"王天依看上去并不在意，只是往她手里塞了一整板德芙巧克力。那是谢星星从没见过的大板，商店里最大的也只有她胳膊粗细的德芙。她接受了巧克力。王天依非常开心地拉住她："你能帮我把这个给你们班一个男生吗？"

那是一张折成心形的信纸。"你就说，是你的好朋友帮班上同学转交的。"

那个男生谢星星大概知道，很受女生欢迎，总是隔三岔五收到类似的信纸。谢星星帮了这个忙,因为王天依许诺下回还会来看她:"我家的巧克力吃不完。"

后来,那男生很快被这个大老远从别的学校赶来"帮助同学"送情书的"好朋友"打动,继而和她写起信来。而谢星星等了几个星期也没等到王天依的第二次出现,就忘了这件事。

直到有天放学,她被几个女生拦住。"你有什么资格追求小王子?!"

她一脸呆滞,也不回答,只是想赶紧绕开她们回家。然而她们中已经有人拉住了她的书包,拉链被扯开,东西掉了一地。

她只好蹲下来慢吞吞地开始一样一样捡起来,另一个女生正想拍掉她捡起的铅笔,一个声音大嚷:"喂!你们做什么?"

王天依和那个男生手牵手出现,王天依对男生耳语了几句,男生立即上前对那几个女生大声说道:"这是我女朋友的好朋友,你们以后再欺负她试试!"

那群女生又是嫉妒又是脸红,只得作鸟兽散。

王天依拉着男生一起帮谢星星整理好书包。

"你没事吧?"

"你答应给我的巧克力呢?"谢星星盯着她。

她表情一时有些僵硬:"下次,下次你来我家。"然后急忙拉着男生离开了。

这之后谢星星再也没见过她。

这件事王天依应该早就忘了,但谢星星一直记着。

所以当她决定请求吴穹帮她一个忙的时候，还是先去找了王天依。

"帮你一个忙？什么忙？"

两人约在以前常去的咖啡馆见面。自上次以来，她们就一直没有再联系。

"我不能说得太具体，总之，我需要他的特殊能力，帮我救治一个病人。"

"他自己就是病人，还能帮别人治病？"

"情势所迫，没办法。"

"我不明白，他有什么特殊能力，可以帮你一个专业心理咨询师？"

"他的能力我做不到。"

王天依嘴巴咬着塑料吸管，平时这么做是因为她知道总是有目标男性在附近，而自己这样很可爱。现在，她完全是下意识的动作，脑子里全在判断谢星星到底是什么意思。

女人一旦开启怀疑的按钮，无论多少年的交情、多准确的判断能力都会瞬间变成一档晚间十点的《走近科学》，之前的剧情可以随时推翻。

王天依先想，谢星星需要吴穹帮忙却先来找自己商量，嗯，不错，说明她已经意识到吴穹是自己的——虽然此刻还不是——但终将变成自己的男人。但紧接着她又想，如果她只要公事公办，来这里画押签字就能领走自己的男人，这还算自己的男人吗？很快她又想到，也许这就是谢星星的技巧，正大光明地从自己这里把吴穹抢过去。虽然她潜意识里也觉得这绝对不可能,但之前看到的那个画面表明——要知道她可是心理咨询师呀!说不定会什么妖法,半年前,新闻里不还说一个催眠师把自己催眠了吗?

在她电光石火想到这么多的短短几秒钟,谢星星已经把面前一杯奶昔吸溜干净。

"我考虑一下。"最终她迂回地用了这么一招万能台词。

"不行,没时间了。"

在外人看来,还以为这是两个闺密之间在商榷先做指甲还是先做头发。

"那我就直接拒绝吧。"

"不行。这事关一个无辜女孩的命运。"

"你又怎么知道她不叫吴穹来治,就一定会遭遇不幸了?"

"我知道。"谢星星犹豫了一下,她心里还当王天依是过去的王天依,并不觉得两人的关系因为吴穹发生了多么重大的变化,因此她说,"因为我看到了,那姑娘的未来。"

"什么意思?"

"我能看到未来。"

王天依最终还是没同意,这是谢星星已经料到的结果。但她也早已决定,不管对方态度如何,她都会找吴穹来帮这个忙。她在发送约王天依来咖啡馆的微信之后,就给吴穹发了同样的微信,约他下午见。找王天依,不过是报备,走个形式而已。

王天依离开咖啡馆之后,谢星星走出咖啡馆,穿过马路,来到了对面的另一家咖啡馆，吴穹已经等在那里。

"Hi。"

"Hi。"

两人打了个招呼，好像什么事都没有发生过。谢星星以最迅速的方式介绍了孙畅的情况，只隐去了 Skinner 的事情没说，对孙畅的绘画潜能也轻描淡写地一笔带过，只说"突然恢复了画画的能力"。现在，由于被最信任的老师夺去了辛苦创作的作品著作权，孙畅整个人陷入了自闭状态，而且因为这种自闭，也丧失了画画能力。

"我需要你去跟她聊一聊。"

"怎么聊？"

"我不知道。就像……就像你上次和常迟说的那样。你不是会读心术吗？我想知道在她心里，到底是什么阻止着她争取自己的公平，继续画画。"

吴穹盯着桌子上的咖啡，用戴着手套的手拨弄着咖啡杯的把手，半响才抬起头，"你为什么决定对我放弃治疗？"

谢星星猝不及防，没想到他还在纠结这件事，便脱口而出："不是我，是你女朋友要求的。"

"谁？"

"你女朋友啊。"

"我没有女朋友。"

吴穹郑重其事地说道，谢星星一时有些困惑，"那她怎么……总之你愿不愿意帮我这个忙？"

"可以，但是我有一个要求。"

"什么？"

"我必须单独和她在一个房间里谈话，不得有任何人在场。"

谢星星没有细想便答："没问题。"

吴穹站起来结账。"那你定好时间地点通知我，我先回公司了。"

他正准备走，又突然扔下一句："上次你说让我找个朋友或者女朋友继续治疗，我还以为你在暗示你自己呢。"

谢星星本想反驳，可又不知道他这句话的重点到底是朋友还是女朋友，不好吐槽他盲目自大。于是只能看着他的背影消失。

"那是你男朋友吗？好帅啊。"女服务员走过来收拾杯子。

"不，他只是我的病人。"

王天依虽然拒绝了谢星星，可回到家之后，却发现自己坐立不安。只有离开谢星星，她才想起来，自己和吴穹还不是情侣关系，她并没有限制他人身自由的权利。再说，以吴穹的性格，就算他们是情侣关系，她多半也不能限制他的自由。她只能寄希望于自己的虚晃一枪能够抵御谢星星这个情商不高的家伙的进攻。

晚饭时，王怀松难得回来和全家一起吃了。王怀松并非那种喜爱交际应酬的人，而且非常重视家庭。王天依印象中，爸爸很少会因为工作或杂事而不回家吃晚饭。可最近这半年，爸爸却几乎没怎么回家吃过饭。前一阵是在忙手环，这一阵不知在忙什么。她有几次看见爸爸在公司吃外卖，就觉得这画面十分搞笑，还开玩笑说要把他拍下来，以后好在危机公关时候用。

然而，王天依心里一直想着吴穹的事，连爸爸难得一起的晚餐也吃得心不在焉。

"怎么了，有心事？"

"什么呀，爸爸。"

只要在家，王怀松就还是会用那种对待十四岁小女孩的口气和王天依说话，不管她白天在公司犯了多大的错，他当着公司其他高层怎么严厉地批评她。

"看你吃饭一口能嚼十分钟，肯定心里在想什么人吧。"

"没有！"

王怀松心情很好地逗着女儿，仿佛时间从来都没有过去，她还是那个整天为恋爱花上所有心思的小女孩。

"爸爸，"王天依突然开口道，"你觉得谢星星……是个什么样的人？"

"星星？很优秀的孩子啊。"

"嗯……她最近变得很奇怪，我都快不认识了。"

"哦？"

"她今天跟我说，她能看见未来。"

"是么？"王怀松手中的碗蓦地抖了一下，"怎么个看见法？"

"她没细说，她呀，就是胡说，怎么可能有人能看见未来呢？她真当这世界上有人被蜘蛛咬了一口就能有超能力啊？你说是吧，爸爸。"王天依抬头朝王怀松看，才发现他似乎走神了，"爸爸？"

"嗯，"王怀松仿佛才回过神来，"你说得是。"

3

孙畅父亲在女儿情况日益糟糕之后，对谢星星和赵芬奇也开始产生抗拒之意："不是因为你们，我女儿也不会发展成这样。现在，还不如不让她恢复画画的能力呢！"他忘了一开始是卢后来先找的赵芬奇，也忘了孙畅能够画画和他二人并无关系。至少在不知情的人眼里是如此。

只有谢星星听到孙父这句埋怨，连带想起了孙畅的那句话："要是我没有这种能力，也不会变成这样，卢老师也不会变成这样！"

她当然知道事情的关键不在于自己给了Skinner，而在于卢后来。但孙畅的确是因为她而扭转了命运。无论她怎么说服自己，都还是觉得心里有个坎过不去。

在上门同孙父反复交谈之后，孙父终于答应给她一个小时时间，"看看你还能搞出什么名堂！"但是，孙父只答应让吴穹和孙畅单独在房间，他必须在外面客厅守着。谢星星知道这已经是能争取到的最佳状况，便没再坚持。

她没告诉赵芬奇这个决定，直接带了吴穹上门，简单地和孙父介绍后，便走进房间看孙畅。

孙畅的情况确实已经没法更糟糕了，整个人水食不进，骨瘦嶙峋，并且对外界的任何刺激几乎都没有反应，陷入了一种类似植物人的深度自闭状态。谢星星还是向她介绍了吴穹："他不是医生，但他或许能帮助你。"

这之后，她看向吴穹，吴穹朝她点点头。她退出了房间，走出孙畅家,在这个老式小区里转悠,打发时间。她路过一个幼儿园,便在幼儿园门前站着,看里面奔跑玩耍的孩子们。

一小时很快过去。她再次回到孙畅家,房间门依然关着,又过了几分钟,房门才打开。吴穹走出来,从他脸上看不出任何结果。

"怎么样?"

吴穹点点头:"我不知道这算不算成功,但她答应我会重新开始试着画画。"

"真的?"

谢星星喜出望外,她本来也是死马当活马医,没想到竟然成功了。

孙畅父亲将信将疑,急忙进屋去看孙畅,过了一分钟便出来了。"怎么了?"谢星星问他。"她说饿,我去给她弄点儿吃的。"孙父满脸喜悦。

谢星星走进屋里,孙畅虽然还是处于思维迟缓、行动僵硬的状态,但对响动有回应了。"谢医生?"

"是我。"

"我会重新画画的。"她抬头,谢星星发现她眼眶里有泪水,"我不会再放弃了。"

"嗯,"谢星星拉起她的手,"你还记得我给你的那颗糖吗?"

"嗯,怎么了?"

"你什么时候觉得自己需要那颗糖了,随时联系我。"

"是那颗糖让我可以画画的?"

"不,是你自己。"

孙畅点点头:"他也是这么跟我说的。"

"吴穹?"

"嗯,他也是这样拉着我告诉我,我走不出去是因为我在心里一直把卢老师当作天花板,我不敢超过他,虽然我……已经远远超过了他。我一直不敢承认这件事……因为我太,我太……"孙畅没有说下去。

谢星星拍拍她的手,表示不用说了。她转身准备走,忽然有什么东西从她脑海里跳出来。"你再说一遍?"

"什么?"

"刚刚你说,'他也是这样拉着我告诉我'。"

"怎么了?"

"你是说,他拉着你的手?"

"对啊。"

"没有戴手套?"

"手套?"孙畅一脸迷惑,"没有。"

谢星星走出门,孙畅父亲已经做好了一桌简单但干净的饭菜,正准备招呼孙畅出来吃,"你们也留下一起吃吧。"

谢星星正准备谢绝,吴穹却说:"好啊。"便大大方方坐了下来。谢星星站在一边,吴穹看着她,面带微笑,仿佛邀请似的。孙父也是满脸既客气又感激的笑意,屋内的孙畅慢腾腾走出来。谢星星不知被这画面中的什么击中了,不再推辞:"我要少点饭。"

"小伙子,吃饭也不把手套摘掉?"孙父说。

"嗯,习惯了。"

Party 7 读心人　355

从孙畅家出来后,谢星星才终于说:"谢谢你。"

"客气。"

"所以,你的病怎么样了?"

吴穹用一种"你认为呢"的表情看着她,没说话。

"可你明明已经可以接触人了。"

"谁?"

"孙畅。"

吴穹沉默了一会儿,然后开口道:"一开始我以为情况比我想的简单。我感到她受了某种压迫,但由于她的状态给不了我任何信息,我无法判断是哪种压迫。所以我只能选择,找出一种从她身上获取信息的办法。"

"所以你克服了 PTSD?"

"没有克服。"吴穹看着她。

"什么?"谢星星抬头去看他,他遮住了整片阳光,这时她才发现,从孙畅家那光线不是很好的小屋子里走出来,吴穹的脸上满是汗珠,脸色实际已经苍白到透明。

他虚弱地笑了笑:"你以为我为什么要留下来吃饭?我刚刚那样走不了。"

在谢星星终于明白过来之前,吴穹支撑不住,倒了下去。他倒下前的最后一句话是:"她一直爱着他。"

现在,谢星星全都明白了。

她站在路边拦了辆出租车,费力地把吴穹弄进去。司机以为这是个突发疾病的客人:"去医院?"

"不，去慧龄智力开发学校。"

吴穹醒来时，谢星星已经有条不紊地处理了一堆事情。

她先是给赵芬奇打了个电话，告诉他孙畅的情况。赵芬奇在听到这段隐蔽的恋情之后先是不愿意相信，继而是不可理解，最后是极度愤怒。

"那个人渣！"

"别激动。我觉得卢后来恐怕并不知道这件事。"

"你是说，这是单恋？"

"是暗恋。"

"为什么？"

谢星星把她对这件事的观察告诉赵芬奇。首先，卢后来绝对不是一开始就预谋要夺走孙畅的画，他甚至可能真的一直关爱着这个带了这么多年的学生，不然也不会写信给赵芬奇求助。可以说，直到他发现孙畅有了复原能力，并且能够创造出超越自己的天才作品前，他都是一个普通的拥有基本道德感的人。他显然有自己的困境，巅峰时期早已过去，并且不再回来，比较尚未成名的创作者，已经成名的人江郎才尽的包袱带来的焦虑更加严重。是数年画不出画的压力，和突然出现的机会，导致他一时鬼迷心窍，做出这种事情。其次——

"你说什么？不会吧，他是Gay？"

"我可没那么说。我的意思是，他不爱女人，也不爱男人，他不爱任何人。他只爱自己，和画。"

"那也不可饶恕!"

"所以孙畅在遭到她既尊重又爱恋的人背叛后,陷入了矛盾,一方面她很伤心,另一方面,她又无法狠心报复。"

"还好她现在走了出来。对了,你是怎么做到的?"

"我……"谢星星含糊其词地带过,只是让赵芬奇看看是否能动用他在广播电台中老年听众中的一些影响力,帮助孙畅全力画出证明自己的画作,推翻卢后来的所作所为。

挂上电话后,她又给王天依发了一条非常简短的微信,大致告诉她如下两件事:一,没有得到她的同意,但自己还是请吴穹帮了忙;二,她决定恢复对吴穹的治疗。

当吴穹悠悠醒转后,谢星星给他倒了杯热水。

"感觉好点了吗?"

"嗯,应该没什么大事。谢谢你。"

"客气。那么,现在可以开始治疗了吗?"

"什么?"

"你听到我说的了。"

吴穹看着谢星星像之前那样打开脑电仪,拿着电极。"就不能试试别的方法?"

"什么?"

"用朋友或者女朋友的方法。"

"想得美。"

两人的嫌隙和误解好像在这一刻得到了消除。谢星星竟然开始觉得,这人也没那么讨厌,在有些情况下还挺有用的。某一刻,甚至让人觉得他是朋友。

"那，还是先从洗头开始吧。"

之前熟悉的一切又回来了。

让吴穹恢复到之前的治疗状态，巩固并维持是第一步，但接下来让谢星星奇怪的是，吴穹似乎怎么都没法再往前一步了。除非是像电影院里那种特殊环境，否则他就只能在实验室环境下才能和谢星星进行一定的接触，在自然情境下，他和别人的接触状况跟治疗前差别不大。谢星星意识到，她必须要搞清楚导致他PTSD的那件事的原貌，通过还原当时事件的情境，让吴穹进行核心的暴露疗法，才能真正治好他的PTSD。

那么，就得恢复他的记忆。

"接下来，麻烦你躺在这里。"谢星星指着一个躺椅。

"哦？是附加的按摩服务？"

"不，是催眠。"

"催眠？"

"我会试着帮助你找回那段记忆。"

谢星星其实并不确定自己已经扔掉大半的催眠能力还剩几成功力，虽然大学里她的这门功课也是优秀，但她心里并不赞许这种方法。因为这太依赖被试的个人情况，必须是强受暗示体质，才能得到好的催眠效果。而吴穹呢？他本就有读心术，加上PTSD，内心的阻抗太多，是难以进入的体质。一开始，谢星星连简单的咨询都无法对他做，催眠这种纯被动型的治疗就更不可能。但现在，谢星星莫名觉得有了一些把握。

她按照标准流程让吴穹躺下,慢慢帮助他放松,一刻钟过去,闭着眼睛的吴穹看上去进入了状态。

"现在,你回到了过去,在去美国前的三个月,那时你在干吗?"

"我在……我在念高中。"

"那是什么季节?"

"我记得,热,很热……"

"那是不是暑假呢?"

"暑假……对,暑假。"

"那天也是同样的热吗?"

"那天?"

"车祸的那天。"

"车祸……"

"放松,都过去了。记住,你现在很安全,我会一直在你身边。"

"你是谁?"

"我是你的朋友,谢星星。"

"你是我的朋友。"

"对。现在,你在车上,你的母亲在开车。"

"开车……不……我看不清……"

"放松,你能认出那是什么地方吗?"

"公路上,高速公路。"

"你还看见了什么?"

"我看见……对面有一辆车突然出现……啊……啊啊……啊啊——"吴穹在躺椅上冷汗直流,脸色苍白,不安地动起来,伴随低沉的叫喊声,谢星星想再坚持一下。

"你还看见了什么?"

吴穹好像彻底从催眠中清醒了过来,他睁开眼,看着谢星星,"你父亲……还是短发的样子和你更像。"

谢星星扭过头去,原来吴穹对面正对着书架,那上面有一张她和谢时蕴的合影。拍那张照片时,谢时蕴还是一头及肩的头发,不是为了潇洒,只是没时间理发。

谢星星觉得这句话哪里怪怪的,但还没来得及细想,电话就响了。

"星星?"是她妈打来的,"马上来省立医院。"

"妈?你出事了?"

"不是我,是赵芬奇。"

4

省立医院。

"下回别让他帮你做饭了,尽帮倒忙。"谢星星见到她妈第一句话就是这个。

"不是,这次不是帮我的忙。"

"警察同志,我们这属于正当防卫。"三个人从走廊过来,其中一个是警察,正在做记录,另两个人,谢星星睁大了眼睛,其中一个正是卢后来。

"这是怎么回事?"

"芬奇啊,不知道怎么搞的跑去跟人打架,结果自己被弄伤了。他还不让我告诉他爸妈,我只能先叫你过来。"苏造方说。

"打架?"

三人越走越近,卢后来看到谢星星,停住了脚步。

"出什么事了?"谢星星上前问道,然后对警察说,"我是赵芬奇的朋友。"

"你?就是你啊!"另一个谢星星不认识的人指着谢星星大声道,"你就是那个神经病的朋友?谢什么来着?我警告你们,对卢先生的作品进行污蔑,最多只侵犯名誉权,动手动刀子,这就算危害人身安全了!你们就等着收律师函吧。"

原来这人是卢后来请的律师。

"动刀子?"谢星星的心脏立刻提到嗓子眼儿,"赵芬奇他人在哪儿?"

"我在这儿……"

赵芬奇胳膊上缠着白纱布,一瘸一拐地从走廊一个病房里探出身来。

谢星星不再理会卢后来他们,赶紧过去查看赵芬奇伤势。花了差不多十分钟,她才弄明白,原来赵芬奇和谢星星打完电话后,心里一口气还是咽不下,于是去找卢后来理论,然后就发展成了动手。还好伤势并不严重,胳膊被美术刀划了一个深口,右脚踝骨损伤,其余都是小伤。不过这么一来,也得在医院休养半个月。谢星星不知该怎么说他,想了半天只憋出一句:"以后不论跟谁动手,都先想想你以前打架有没有赢过一次好吗?"

赵芬奇宁死不愿意让父母知道此事，尽管他声称可以照顾自己，苏造方和谢星星还是轮流来医院照看他。

但这事还是让谢星星更加焦虑起来。赵芬奇那张照片的未来浮影，仍然一点儿都没变。到底应该朝着哪个方向努力，才能改变未来？

"我觉得研究人更有意思。"

"我不喜欢人。"

"但是人更有意思。"

……

这一定是在做梦，肯定是在做梦。

但这感觉太奇妙了。谢星星感觉听到的声音、看到的东西以及车里那股汗热味儿，都真切地透过她的大脑皮层传递过来。如果这是梦，也太真实了。

谢时蕴依然坐在左手边，他的头发是前一天刚理的，为的是参加几天后谢星星的高中毕业典礼。苏造方逼他去理了短发，这是这十年来头一次。谢星星发现理了短发的谢时蕴，好像距离自己更近了一些。他看上去就像一个普普通通的父亲，朝九晚五，养家糊口。

谢时蕴见谢星星盯着他不说话，便扭过头来看她。"怎么了？"

"没事，爸。"谢星星把头转过去，轻轻地说，"也许我会考虑的。学心理学。"

谢星星没看爸爸，不过她觉得谢时蕴听到这句话，可能笑了。

一定笑了。

"开慢点,前面会有一头鹿。"

"鹿?这种地方怎么会有鹿?"

"总之,开慢点。"

谢时蕴听从了她的意见,把车速放慢。

那头鹿果然出现了,他们避开了它。对面来的车从他们左侧平稳地行驶过去。什么都没有发生。

谢星星向那辆车看去,她想知道如果这一切没有发生,对面那辆车里的人,应该有着什么样的人生呢?

开车的是一个中年女人,谢星星看不清她的样子,副驾驶坐着一个男孩,看上去和自己差不多大。

那孩子看上去有些面熟。

谢星星努力想看清他的样子。

他突然也看向了自己,两人目光相汇,谢星星突然感到晴天霹雳。

那个人,是吴穹。

谢星星从梦中惊醒,一身冷汗。

"谢医生?谢医生?"

谢星星抬起头,原来她在咨询室睡着了。面前坐着一个年约四十岁的男人,相貌普通,国字脸,一脸严肃。他坐在椅子上,仿佛已经等了一会儿,但又不知道该不该打扰睡着的医生,只好等她自己醒来。

"不好意思,你是?"

"噢，我叫葛翔宇，来看病的。"

葛翔宇把病历递过去，谢星星一边翻看既往病史，一边问些常规问题。

"你怎么没挂我们中心普通科室？"

"他们看过了，都说治不好。我都打算放弃了，一个女医生拉住我，让我来这里试试。"

谢星星估计是佳佳干的，除了她，咨询中心没谁会帮她介绍病人。

"说说吧，怎么回事。"

"嗯……"葛翔宇忸怩起来，"是这样的，我是一个演员。"

听到这话，谢星星不由得看了他一眼，"演员？"

"不像吧？"

"也不能这么说，我不了解你们这行，也许现在演员的条件放宽了呢。"

"那个，我是一个喜剧演员。"

"哦，这就说得通了。"

"我得了抑郁症。"

"噢？那恭喜你啊。"

"啊？"

"伟大的喜剧演员没有不得抑郁症的。卓别林自杀五次未遂，金·凯瑞滥交吸毒，周星驰整日以泪洗面。再坚持一下，你马上就要红了。"

"不，医生，你有所误会。"

"哦？"

"我抑郁是因为，我没法让人笑。"

谢星星疑惑道："那你是不是应该去表演培训班？"

"医生，"葛翔宇看着她，诚恳地问，"说真心话，你看我这张脸，你想笑吗？"

谢星星看着他那张脸，也努力真诚地回答："其实，人只有一次生命，不用勉强自己活得那么艰难。你有没有试过别的戏路？比如，皇阿玛？"

葛翔宇眼泪在眼眶里转了几转，然后唰地掉了下来。

"哎，别。"谢星星拿纸巾给他，又仔细地看了看他的脸，"有没有人跟你说过，其实你哭的样子，有一点搞笑？"

"真的吗？"

"假的。"

好不容易把葛翔宇劝住，给他开了点常规抗抑郁药打发他走之后，谢星星准备趁机再睡一会儿。也许是最近发生的事太多了，她感到极度疲倦。可是王天依却在这时气势汹汹上门，从她那双恨天高发出的声音来看，谢星星知道这次她是来真的了。

"谢星星。"

"好久不见。"

"你什么意思？"

"就是……有一段时间没有见面的意思？"

"我问你给我发的微信什么意思！"

"我发的是中文啊。"

"好。"王天依把外套脱了，内里一身精心挑选的"闺密撕逼大战"露肩裙，"那我就明白了。"

"不，我觉得你没明白。"

"你说说？"

"我对吴穹没有别的意思，只是想把他的病治好。这也是你的愿望。"

"我现在改主意了，我不想让你来治他。"

"王天依，"谢星星语气里没任何情绪，"别任性了。"

王天依心中一凛，她一直当眼前这个人是自己的闺密，却从未把她当作能够严肃给予自己意见、对自己的生活施加影响的人。这是谢星星头一次用这种语气和自己说话。或者说，她其实一直是这么说话的，只是自己从未注意到，她是认真的。

"你不小了。世界上的事情，不会永远都跟你买衣服似的，穿了不满意就可以退回去。还有，每个人都有自己的自由意志，他们想做什么，不是光凭你发脾气就会改变的。"

王天依突然清醒了，她怎么变成了这样的人？她什么时候起变成了那种刻板印象中的大小姐？她可是从来没有被人说过"任性"啊。她会撒娇，偶尔使小性儿，或者发脾气，但是……她突然意识到了，她从来没有在谢星星以外的人面前这么做过。连对父母，她都在勤勤恳恳地守规矩。世界上只有一个人能让她暴露自己的缺陷，那就是谢星星。想到这一点，她觉得太恐怖了。她是什么时候慢慢变成这样的？

是她需要谢星星,而不是谢星星需要她。

现在,面前的这个人不再毫无怨言地听她的话,不再对她所有这些藏拙于外人的缺点照单全收了。

她败了。她意识到自己没有任何立场出现在这里,对谢星星提出这个要求。她哪次恋爱会对情敌使用这么低级的手段?走到对方面前让她不要靠近自己的猎物?这一次,她是彻底头脑发昏了。

王天依拾起外套,又穿了回去。她从包里拿出一大盒巧克力,德芙的,放在谢星星面前。

"欠你的,还给你,两清了。"

然后转身出门。

从现在起,她要学习不再需要谢星星。而她想要的,必须自己来争取。

5

吴穹的家在距离W市最繁华的商业中心附近的一栋公寓楼里。租住在一百二十平米、租金每月一万二的豪华公寓里的单身男性,还长得这么帅,还从不和人打招呼,且总是戴着帽子,全身裹得严实,想不惹人注意都难。有好几次吴穹都被当作明星拦住要签名。

因此王天依很快就打听到了吴穹的房间号。物业的人原以为又是张震的粉丝:"他们只是长得像,你看正脸就知道不是了。"

"我知道。"

物业听到这声音娇滴滴的非常动听,这才抬起头,发现门前站着的这位姑娘也丝毫不输"张震",才明白这不是什么粉丝,给她开了门。

"还有,他长得其实更像小栗旬一点。"

吴穹开门见到是她,颇有些意外。"这么晚了,有事?"

王天依扑倒在吴穹身上,他这才闻到她满身酒气。"你喝醉了?"

"我故意的。"

吴穹只得先扶她进屋,让她躺在沙发上,拿来条毛毯。

"我去给你倒水。"

"我不要这些。"王天依把毛毯从身上掀开,解开系在领口的领结,拉住了吴穹的手,"我来你这儿就是为了醉,不是为了清醒。"

"为什么?"

"你知道为什么。"

吴穹把她的手小心翼翼地拨开。"今晚你就睡这儿吧,我还有点工作。"

"别走。"

吴穹转过身,才看到王天依眼里噙着眼泪。"能不能陪陪我?"

"好吧。"吴穹无奈道,"不过,你答应我先喝点热水。"

王天依点点头。

给她拿来热水后,吴穹在她对面的沙发坐下。

"能不能坐在我身边?"

吴穹犹豫了一下,还是坐在了王天依身旁。

"能不能抱抱我?"

"对不起。"

"为什么?"

"你知道为什么。"

"因为你的病?"

"因为……我还有事没有完成。"

王天依其实不知道自己为什么要来这里。从她放弃 Plan 的那一天起,她就已经失去了所有的理智和判断力,任凭内心的感觉帮她作出决定。从谢星星那里出来后,她强烈地感到她必须来见吴穹。为此她先把自己灌醉了,好让这份不理智更加符合条理:是因为她醉了。

但她没想到自己会这么醉。

"你家天花板为什么会转?"王天依突然问,"好美啊。"

吴穹笑了:"是你喝多了,你现在眼里的一切都是美的。"

这话让王天依突然感到一阵安心,她什么也不想了,就想在这里睡下。吴穹悄悄帮她关了灯,重新盖上毛毯。

王天依再醒过来的时候,吴穹已经去上班了。她揉着自己的脑袋爬起来,想起来昨晚自己的举动,感到一阵羞愧,她赶紧收拾整理好自己,准备离开。

走之前,她被客厅里钉在木板上的几张照片吸引住了,那是吴穹的一些生活照,有和美国同学、导师的,也有在中国生活的。她看了一眼,赞叹吴穹果然是纯天然没整过容,然后匆匆穿上鞋走出门。

鹿。

为什么公路上会有一只鹿呢？

谢星星极力想分辨那只鹿究竟是从哪儿冒出来的。她让父亲把车停下，然后开门下车，向那头鹿走过去。它正看着自己，黑漆漆的眼珠似乎能把人吸进去。她朝它越走越近，它静静地，眼看一伸手就能摸到它了。谢星星伸出胳膊——

"别。"

一个男孩开口道。她看着他，他就在鹿的后面。

吴穹。

谢星星再度从梦中惊醒，她突然想起上一次给吴穹催眠的最后，当他从车祸现场醒来时，说的一句话。

"你父亲……还是短发的样子和你更像。"

他怎么知道父亲短发的样子？

谢星星脱掉咨询室的外套，换上便装，简单收拾了一下就准备出门去找吴穹。门自己开了，葛翔宇正准备走进来。

"谢医生？"

"不好意思今天不看了。我有点急事。"

"哎，我今天想到了一个新段子，你看看好不好笑啊。"

"真的有急事。"

"就一分钟，一分钟！"

谢星星被他使劲拉住，只好停下来听他说话。

一分钟后。

谢星星看着他，"哈哈哈哈"狂笑起来，然后一边捂着肚子一边走开。"今天这个真的很好笑!"

葛翔宇看着谢星星走远,失望道:"我还没甩包袱呢。"

幸光制药附近的咖啡馆。

"什么事这么急?"吴穹戴着工牌在谢星星对面坐下。

谢星星平静地搅了一会儿咖啡:"你能不能跟我说说那次车祸?"

"那次车祸?"

"在什么地方,怎么发生的,车祸中……还有哪些人受伤?"

"我不记得过程了。但是后来家人告诉我,出事的地方是在高速公路上,对面的车突然朝我们的车撞过来……"

"不是突然。"

"什么?"

"因为当时我看到了一只鹿。"

"什么意思?"

"对不起。"谢星星深吸了一口气,她知道自己必须告诉吴穹这个事情了,虽然她自己也不相信。"当时开车的是我父亲,为了避开一头鹿,撞上了你母亲开的车。还记得上次催眠的最后吗?你应该是在催眠中看见了我父亲吧,所以才会下意识说出那句话。"

吴穹一直没有说话。

"我父亲……也在那场车祸中去世了。"她说。

"我听说那次车祸对方车辆也有死伤,但是,对不起,我没有关心,因为最后判定为意外……我刚刚才发现,原来你就是那次车祸中另一个幸存者,除了我之外的。"她说。

"我也不相信竟然会这样……"她说。

"也许这会帮助你想起那段记忆。我不知道。"她说。

"关于你母亲,实在抱歉。"她说。

"你,能不能跟我说句话?"她最后说。

因为吴穹一直没有说话,谢星星越来越语无伦次。

咖啡完全凉了,谢星星拿起来喝了一口,由于颤抖,咖啡泼了一些到外面。

"开车的不是我妈,是我。"

"那你怎么会在之后三个月重新'学会了'开车?"谢星星第一反应想到的是这个。

"我不是重新'学会',应该说是克服对开车的恐惧吧。抱歉让你误会了。"

吴穹冷冷地说了这句,站起来走出了咖啡馆。

谢星星坐在那里,慢慢把那杯咖啡喝完。她突然感觉非常难过。

逃。

我必须赶紧逃走。

为什么?这里是哪里?我是谁?

眼前是一片雾气,雾气中出现了一头鹿。为什么又有鹿?我不要再看见鹿了!

那只鹿突然就消失了,好像创造者听到了谢星星的心愿,用橡皮擦擦掉了它。

接着,吴穹出现了。他额头流着血,身上是烧着破洞的衣服,双手抱着一个女人,那女人似乎已经死了。

谢星星吓坏了:"不是我……"

吴穹眼神无比冰冷,他看着她,慢慢放下了女人,从怀中掏出一把刀子,一步步向谢星星走来。

不是我,不是我,你母亲不是因为我死的。求求你,不要伤害我。求求你,我喜欢你……

"我喜欢你!"

谢星星从噩梦中惊醒,发现自己脸上湿湿的,分不清是汗还是眼泪。她舔了一下,是眼泪。

我到底怎么了?为什么最近总是不知不觉睡着?

她抬头看看周围,才想起来自己是在实验室。手机在桌上震动,是震动声把她从噩梦中吵醒。

"喂?"

"喂?星星啊。告诉你一个好消息!"电话是赵芬奇打来的。

"什么?"

"孙畅的画画完了。她邀请我们下周去看。"

"是吗。"

谢星星没有感觉特别兴奋,疲惫感向她席卷而来,她简单地回应了赵芬奇几句,挂了电话,试图给自己弄杯咖啡。她是从不喝咖啡的人,最近这段时间却时常感到头脑发昏,不得不开始依赖精神类补充剂。难道是 Skinner 的副作用?

和吴穹说过那件事之后,他们就一直没有联系。谢星星不敢联系他,他也没有主动联系自己。她看着脑电仪,脑中一直想着之前他们治疗时的情形。要是时间可以倒流的话……

只是三天没有见到他而已,为什么会感觉过了一个世纪?吴穹离开的时候那个冰冷的眼神不断在谢星星脑中循环。她想起之前在"地鼠"的推荐下看的那本讲阿斯伯格综合征的书——

"那么你认为'坠入爱河'是什么感觉呢?"

"也许是一种意乱情迷的感觉吧——如果不是,那我就不知道了。"

我……应该……没有……爱上……他吧?

可是用什么来解释眼泪呢?用什么来解释梦中醒来那一刻脱口而出的"我喜欢你"呢?用什么来解释……这种噬骨般的想念呢?

谢星星一边胡思乱想,一边下意识地翻开 Skinner 的相册笔记本,翻到了她头一次和吴穹相遇拍下的那张照片。她已经很久很久没有再翻开这张照片了,自从和吴穹认识后,光是回想这一幕就让她感到不舒服,现在,她却想再看一眼。

还是那一幕熟悉的画面,她和吴穹抱在一起,非常自然地亲吻。从吴穹的动作上看不出有 PTSD 的痕迹,自己呢,也没什么忸怩。两人似乎非常幸福。

看到这张照片,她觉得没那么难过了。这说明,吴穹后来原谅了我?我们还……也许我们的关系真的亲密到了这一步?

看别人的未来浮影时,她总是坚定地相信那就是真的。看自己和吴穹的这张,她从一开始的不愿意相信,到现在的不敢相信,她潜意识总觉得这一幕不会成真。

突然,她发现这张照片有什么不对。她仔细去看背景,由于照片的曝光集中在了两人身上,后面的背景就显得黑乎乎的。但,她仔细看了几遍,背景确实有什么东西躺在那里。是个人。

以前由于她和吴穹拥抱接吻的画面太引起她的注意和反感,她从来没有仔细去研究这张照片的其他细节。因此直到现在才发现背景的地下确实躺着一个人。

那个人是生病了?还是喝醉了?还是……

等一下,地上好像还有一摊深色的液体?

谢星星突然想到了什么。

她赶紧往后翻,把另一张照片拿出来对比。她盯着这两张照片看了足足有十分钟,才颤抖着把它们放下。

其实根本用不了这么久。

只要看一眼就能明白,这两张照片是一个场景,一个事件。

吴穹那张照片中躺在后面的人,正是赵芬奇。

谢星星心脏狂跳了十分钟,终于慢慢平稳下来。她又看了一眼自己和吴穹拥抱在一起的那张照片。

这个未来,绝对不允许发生。

6

王天依第二次回高级公寓的时候,看得出来物业已经默认她和吴穹的关系不一般,主动给她开了门。

因此当她摸着右耳的耳环，凝视着对方，楚楚可怜地说自己是怎么把开会的文件忘在男友家时，对方也只是象征性地检查并记录了她的身份证号，就给她打开了吴穹家的大门。高级公寓的方便和弱点也在于此。文明国家都路不拾遗家不闭户，有钱人一般默认这世界上不存在坏人。

王天依也确实没想做什么坏人，她是真的落了重要的U盘在吴穹家，而今天必须要把里面的资料给客户。否则她也不会已经在打车去公司的半路上了，又掉转头回来找U盘。要是等吴穹在家的时候再登门来取，岂不是多一个和他相处的机会。

U盘掉在昨晚睡着的沙发底下，很容易就找到了。起身的时候，她被客厅的音响吸引了注意，随手拿起插在音响上的iPod看了看。奇怪的是，iPod里是空的。

这时候，王天依突然有种奇怪的感觉。这间公寓……总觉得有什么地方不对。不禁走向厨房。冰箱，除了一些矿泉水和牛奶外，几乎是空的；壁橱，碗筷倒是齐全，但不像有人开伙的样子；酒柜，空的。

卫生间，简单的洗漱用品，壁橱里有一些维生素片，和一瓶常见的降压药。他血压偏高？

吴穹自己的房间，床、床头柜、衣柜。衣柜里的衣服也简单，就那么几件。由于刚回国才半年的缘故，秋冬装也没怎么来得及添置。

客厅的电视机落了一层灰，看得出来很久没碰过了。

这个房子，总觉得缺乏一股生气。不像是人住的地方，倒更像是酒店，如此说来，倒也符合这个高级公寓的广告所主打贩卖的那种生活方式：极简，清新，性冷淡。但真正的人住的屋子，是怎么都不可能跟广告招贴画一样的。吴穹住的地方，却几乎是一个完美的样板间。

等等。王天依突然意识到，吃降压药的人，是不应该喝酒的吧？而喜爱肖邦的人，又怎么会iPod里一首歌都没有？至于香水呢？

王天依冲回洗手间，打开了壁柜的另一边。

一排各种各样的男香，琳琅满目。

王天依心里"嘭"地爆炸开来。

她控制住自己，慢慢站起来，让房间恢复原样，最后站在客厅那几张他的生活照前。照片里，他依然戴着手套，裹得严实，和人在一起……如果不仔细看，根本看不出来，那些手套，是PS上去的。只有王天依这种极其擅长PS技术的人，才能一眼看出。也是，一般人只会注意脑袋是不是PS的，谁会注意手套呢？

这个人，究竟是谁？

幸光制药。

王天依心事重重地在茶水间捧着一杯茶站着发呆。她盯着面前来来回回走过的同事，有些她认识，有些她不认识。

他们，有多少是被吴穹操控，抑或是被吴穹的面具骗了？

她仔细地回想，自己有关吴穹"酷爱肖邦""爱喝单一麦芽威士忌""不喜欢别人喷香水"的这些情报是怎么辛苦打探来的。

肖邦是他部门那个爱玩手办的宅男不经意提到的，"他说晚上要去音乐厅,听肖邦演奏会,他好像但凡有肖邦的演奏会,都要去听";威士忌是之前想送他红酒的女同事那里听来的,"他说自己只喝威士忌,单一麦芽,所以婉拒了我";香水……则是自己的观察,有次她喷了香水去找他,他连打几个喷嚏,虽未明说,却流露出了些微不耐的表情。

现在想来,那个表情绝对是拿捏得正好,让王天依这等情商的人恰好能捕捉到,又不过分夸张。

也就是说,自己以为所谓的"调查",其实全都在他的意料之中,并且是他故意让自己获得了情报。

他在其他人眼里,又是一个怎样的人?也许是酷爱摇滚乐、喝啤酒、爱喷腻死人的男香的花花公子?又或者,从不听音乐,不碰酒精,有高血压,但喜欢收集香水的 Nerd?

也许他在那个样板间似的家里营造出的个人特征,也是假的。

那他的病呢?

只有实验一下了。

王天依掐好时间,然后走到茶水间里面隐藏的转角处。这里有绝佳的视野,可以让她看见茶水间,那里的人却看不见自己。

三十秒,二十秒,十秒。三,二,一。

吴穹准时出现。按照他收到的微信,自己这时应该正好在这里等他。

三,二,一。

同事也准时出现,端着杯子,倒水,不小心被绊倒,水洒在吴穹戴着手套的手上、胳膊上。"哎呀呀，真不好意思，我帮你擦擦。""没事。""你看这手套都湿了，脱下来我帮你擦下。"

吴穹没再拒绝。同事帮他把手套脱下，拿纸巾帮他擦手和胳膊。

王天依仔细观察吴穹的反应。

皱眉，不耐烦，但尽量保持温和。

不过绝对没有被她碰到时那种烫手的反应。

他没有 PTSD。

王天依在心里得出了这个结论。然后走了出去。

"不好意思，刚接了个电话。你来了？"

吴穹见到她，虽然镇定，但王天依还是捕捉到了一丝丝慌乱，他重新戴回手套。同事也在自己的眼神下草草离开。

"是什么事？"

"实在太抱歉了！我昨晚好像把 U 盘落在你家了。"

"是吗？那我晚上回去找下，明天带给你吧。"

"可我还有一小时就要开客户会了。资料全在里面……"

吴穹看了一眼手表。三，二，一。

"我现在帮你回去取。"

Bingo。

她只有一个小时。

吴穹前脚刚走，王天依后脚就以最快的速度到了十五层，坐在了他的工位上。现在正好是部门会议的时候，产品部空无一人。

电脑，果然有密码，先放着；抽屉，开着，那么先从抽屉开始。

王天依开始翻看吴穹抽屉里的东西。都是和工作有关的资料：设计图纸、需求文档、测试记录。要在这些材料里找出什么东西来，可得费一会儿工夫。

问题的关键就在于王天依也不知道她要找什么。

是人都有面具。如果吴穹只是并不像自己想的那样简单——不，她从来也没觉得此人简单，只是不知道他竟然会谨慎到这种地步——那倒还罢了。冷静下来回想，吴穹精心设计的那个虚假的自己，也许并没有什么特殊目的。当她发现吴穹那些虚假设定后，第一反应是这是否为了投自己所好而玩的把戏。可惜不是，她并没有对"肖邦""威士忌""不喷香水"这一类型的男人有特殊好感。否定了这个想法后她感到失望。也许吴穹只是随意地撒了个谎？

但他为什么要伪装自己有PTSD呢？

王天依翻来覆去地推敲。"如无必要，勿增实体"。依照剃刀原则，最合理的解释就是现在的既成事实。

吴穹伪装PTSD，是为了接近，谢星星。

"你在干什么？"

吴穹的声音从背后响起的时候，王天依脑子正被这一结论占据。回头看到是他，本该魂飞魄散，此时却徒增底气。

"我想知道你为什么要伪装PTSD。"

吴穹听了这话，果然像她预料的那样，一时忘了继续质问自己为什么会出现在这里，且在翻弄他的抽屉。

"如果你想继续掩饰的话，那我们也没必要聊了。"

"你起来。"

Party 7 读心人

他声音异常平静,王天依不由自主离开了他的座位。

吴穹上前,把桌面上的资料整理好,重新放回抽屉。然后他看着王天依,用一种非常平静而自然的语气说。

"因为我爱上了她。"

也许还有一线希望。

当谢星星同时发现自己对吴穹产生了从未有过的感情,并且和他在一起的未来又和自己另一个最重要的人的生死密不可分时,她陷入了平生以来最大的矛盾中。她知道不能让赵芬奇死,可又害怕自己真的会永远忘不了吴穹。

也许还有希望。只要弄清这个事件更多的信息,何时发生,在哪儿,就能推理出为什么,到底发生了什么事,从而改变未来。

未来是可以改变的。

她想起之前自己从那个猛烈追求王天依的男人身上看到了未来,又联合赵芬奇一起教训了他一顿,继而改变了那张照片呈现样貌的事。

再说孙畅的照片也变了呀。虽然并不是朝着好的方向变化,但这也证明了未来不会一成不变。

想到孙畅,谢星星脑子里突然出现一个念头。也许可以通过孙畅的潜能,帮助自己确定这两张照片的更多信息。她不是可以通过一块碎片还原全貌吗?她们俩的能力合在一起,说不定会有新的发现。

想到这点后她立刻直奔孙畅家里。

孙父开的门,他说孙畅最近在闭关全力画画,在此之前不见任何人。谢星星再三恳求,孙父只好再次询问孙畅,然后出来说孙畅答应见她一面。

谢星星等在客厅,一会儿孙畅出来了,谢星星简单地说,有张照片想让她帮忙看一下。然后捏着两张照片递过去。

孙畅接过,在两张照片上反复摩挲,然后表示,她什么也看不见。

谢星星失望地拿回照片。然而就在她的手碰到照片的那一刻,孙畅突然低呼了一声。

"怎么了?"

"我好像看见了什么。"

原来,必须两人同时捏住照片。谢星星和她一起捏住照片。

"你看见了什么?"

"我……我不知道……"

孙畅解释说,她必须要画出来才知道看见了什么。她每次画画,并不是因为先在脑海里看见了这幅画,才把它画出来。而是,她开始画画的那一刻,才知道自己看见了什么。

"你放心吧,等我把自己的画一画完,就会把这个画出来。"

谢星星谢过她,回家等消息。

这几日,她睡得尤为安稳。

7

　　这天早上,谢星星一早起床去接赵芬奇出院。之后,他俩会直接去孙畅家看她新完成的画。在医院的这段时间,赵芬奇也制定并安排好了之后的计划,一方面,他把这件事的来龙去脉写成了邮件,准备等孙畅的画作完成后就发给美院、美协的主要领导,另一方面他联系上了一位人品有保证的画坛老前辈,希望对方能帮助自己揭穿卢后来的真面目。但这些都要等到孙畅的画作完成。

　　两人按照预定计划来到孙畅家。刚走进小区,就发现不对。救护车、警车停在小区里,孙畅家住的那栋楼楼下被一圈人围上,人们窃窃私语。

　　"太惨了。这让她父亲怎么活啊。"

　　"唉,别说了,这孩子怎么就这么想不开呢。"

　　"她失明也好几年了吧,怎么这时候坚持不住了呢?"

　　谢星星和赵芬奇对视了一眼,不好!然后一起跑过去。

　　他们挤进人群,但立刻被前面的警察拦住了。

　　"退后!"

　　"出什么事了?"

　　"有人跳楼。"旁边一个围观者说道。

　　"什么?!"

　　"那是个什么人?"

　　"一个女孩。据说以前是画画的,还看不见。"

　　谢星星赶紧去看赵芬奇,他脸色发白,身体发抖,她赶紧问道:

"那女孩情况怎么样?"

围观者叹口气,摇了摇头。

谢星星在人群中看到远处被拦起来的楼道口站着一个熟悉的身影,是孙畅的父亲。他目光呆滞,盯着孙畅坠落处留下的一摊血迹,似乎不相信发生了什么。

谢星星拉住赵芬奇的手:"坚持住。"

孙畅的死被警方认定为自杀。

她跳楼的时间几乎就在谢星星和赵芬奇到达的一小时前,从自己房间的窗户跳下,八楼。除了自杀,没有别的可能。当时孙父在客厅看早间新闻,当警察和邻居一起敲响他的门时,他还以为自己穿越到了新闻里。"这怎么可能呢?我女儿就在她房间里啊,说不定还没起床呢。"

当他领着警察和邻居打开孙畅的房间门,却只看到房间一角那个蒙着白布的画架。窗户敞开着,清晨的轻风抚动窗帘。

为什么?

每个人都在问自己。

赵芬奇很快从疑问中走了出来,他不想搞清楚孙畅这期间究竟走过了什么心路历程,他只知道绝对饶不了卢后来。无论如何,此人都逃脱不了干系。所以当他去找谢星星一起帮孙畅复仇,却怎么也联系不上她时,他感到奇怪。

谢星星在孙畅家门口拉着他手说的那句"坚持住",是对自己说的。

孙畅自杀后,谢星星反复回想最后一次去找她时,她对自己说的每句话,每个表情,每个细节。

她无论如何都不相信,一个告诉她"放心吧,等我把自己的画一画完,就会把这个画出来"的人会自杀。

她想起了那张变成黑色一片的孙畅的照片。当时她以为这表示孙畅陷入了之后的深度抑郁和自闭,她错了。

现在她明白了,这表示这个人的未来是——死亡。

难道她当时并未被吴穹完全治愈?还是治愈后重拾画笔又让她陷入了抑郁?她对自己的能力不自信,因而对未来失去了信心?或者,她当时被治愈也只是假装?毕竟,只凭吴穹一番开解,也并不能改变被倾慕之人背叛和伤害的事实。她依然是个瞎子。

谢星星不知道孙畅到底因为什么决定在那个早上跳下去。但她知道,这一切与其说是卢后来的错,不如说是自己的错。

如果她没有给孙畅 Skinner。

而且,她是在孙畅不知情的情况下,给出了 Skinner。她怎么能自大到这个地步,擅自决定别人的人生?!

谢星星直到此刻才意识到自己犯了多么重大的错误。她违反职业道德,拿别人的人生做实验,以追求自己的目的。这和纳粹有什么区别?

而我这么急于改善 Skinner,只不过是为了……她想到吴穹和赵芬奇。不过只是为了追求自己的幸福。我不过是想让和自己有关的人能够平安,让未来走向自己满意的结果。我怎么可以这么自私?

她陷入了极度的痛苦之中。

我必须停止一切。

她拿出了纸和笔,在纸上写下三个字:

忏悔书

谢星星几乎三天三夜没有合眼。

写完了那封忏悔书后,她把它锁进了抽屉里。信里原原本本地把Skinner的事情写了出来,从她如何想要继承父亲的遗愿,到李超然、常迟、孙畅如何成为她的实验对象,又因此获得了什么潜能,最后出现了什么结果。

她不知道这封信应该写给谁,因此,抬头写的是"致所有人"。

最后一句话是:"我有罪。"

她决心在孙畅的葬礼上,把这封信交给孙畅父亲。之后怎么处理,由他决定。

写完这封信,她终于累得受不了,陷入了沉睡。

她又做了一个梦。

梦中,王天依来找她,告诉她吴穹其实根本没有PTSD,他这么做,完全是因为他爱上了自己,这才虚构了自己的病,好接近自己。

在梦中,谢星星好像忘了孙畅的事情,忘了Skinner,忘了自己看见的未来,也忘了自己和吴穹曾经遭遇同一场车祸。

因此,当她听到王天依告诉她的这一切时,觉得全身暖洋洋的,好像自己黑暗无边的生命终于等到了一个太阳。她感觉到开心,这开心是那么的真切，以至于她哭了。

醒来之后，她发现枕头湿了。同时，她还闻到一股香水味儿。她自己从来不喷香水。

她爬起来冲出房门："妈，刚有人来过我房间？"

"哦，是啊。天依刚刚来看你了。不过你一直在睡觉，她在你房间里坐了一会儿，就走了。"

谢星星大脑轰鸣，难道自己刚刚在梦中听见的，就是王天依在她耳边亲口告诉她的话？

她拿出手机想给王天依打电话，这才发现手机上有王天依发来的微信："他爱你，我输了，祝你们幸福。"

原来他爱我。

谢星星的感受非常复杂。和在梦中不同，回到现实后，她好像失去了自然处理如此复杂感情的能力，过多的信息素让从未体验到"相爱"这种东西的谢星星，瞬间大脑过载了。

她慢慢让这些信息从大脑，从眼睛，从碰触过吴穹身体的手的触觉，从她从前单调但现在重启的内心慢慢流过。她感受。

这好像解释了许多事情。比如，为什么她发现吴穹知道车祸的事情后，会是那种反应。为什么他一定要她来治疗自己。为什么在她反复推开他之后，他始终在那里没有离开。

也不像在梦中，当这些感受逐一通过并被她的大脑消化后，Skinner、孙畅、未来、赵芬奇……所有的一切都在她脑海里翻滚而来。

不行。

她给王天依回微信："我和吴穹绝对不能在一起。"

发送过去之后，她意识到了，只要能够让吴窍和王天依在一起，未来就可以改变！

"哦对，还有。"苏造方又突然说道，"刚刚天依去房间里看你的时候，芬奇也来找过你。不过他在房间门口站一会儿就走了，说有别的事。"

时间是下午四点，地点是上一次见面的咖啡馆。

他并没有因为车祸的事情真的生气。太好了。

这是谢星星发现吴窍准时出现在约定的地方时，冒出的第一个念头。

"我听说了。"两人同时开口道。

一时沉默。

"我听说了孙畅的事情。"吴窍说。

谢星星没想到他开口说的是这个。她没有接这个话题，而是说："王天依告诉了我……"她深吸一口气，"但是抱歉，我对你没有那种感情。"

她尽量看着吴窍说出这句话。她知道要让吴窍的读心术相信自己没有在撒谎，她就必须真的做到对他没有那种感情。在这之前，她已经反复练习了很久，暗示、催眠、行为疗法，她要让自己对吴窍的感情彻底从身上消失。

在看到他之前，她以为自己已经成功了。

可那第一个念头跳出来，她就知道自己完全失败了。现在，她只能寄希望于吴窍的读心术失灵。

即便不失灵,她也要明确让吴穹知道,自己不可能和他在一起。

"我不喜欢你。"她换了种说法。

"我知道。"出乎她的意料,吴穹说。

她愣了一下。

"不过这没关系,"他说,"我喜欢你就行了。"

直至此刻,她才彻底相信,王天依说的是真的。

她感觉自己有些呼吸困难。

"对不起。我们以后不要再见面了。"

"为什么?"

"我有更重要的人要保护。我不能再失去任何人了。"

"我知道了。"

"还有,我觉得你和王天依很合适。"

谢星星掏出了咖啡的钱,放在桌上准备离开。

"关于孙畅的事。"

"这和你没关系。"

"不,我是想告诉你,我觉得孙畅不是自杀的,这件事很奇怪……我还没有什么头绪,不过,你别太自责了。"

谢星星没有回答,离开了咖啡馆。

绝对,绝对,不能够再见这个人。

这样,赵芬奇就得救了。

谢星星看看天空,吸了一口气,我必须赢。

Skinner

Party 8

1

"谢医生？谢医生？谢医生？"

谢星星醒过来。这是第几次了？她好像又开始了随时会不知不觉睡过去、陷入噩梦的情况。

葛翔宇那张认真严肃的国字脸离她近得快贴上去了："你醒啦。"

"你眼屎没擦干净。"

"噢，对不起。"葛翔宇向后退去。

"上次给你开的治疗焦虑的药，有效果吗？"

"没有。但是我最近文思泉涌，想出了几个新段子。要不，你听听？"

"葛先生，不是我不想听，我是怕我听了，吃药的是我啊。"

葛翔宇原本兴高采烈，听到谢星星这么说，立刻闭上了嘴，那样子看了叫人可怜。

"我说……你就没考虑过换个职业？"

"有啊。"

"什么？"

"相声、小品、脱口秀，我都试过。"

"……我是说，你就没考虑过换个和逗人乐没关系的职业？"

"你是指……春晚上的那种？"葛翔宇压低声音道。

谢星星凝视着他两秒钟，然后埋头写处方。

"这是另一种治焦虑的药，你再试试。"

葛翔宇接过处方："唉，这个世界上就没有什么吃了就可以逗人发笑的药吗？"

"有啊。"

"什么？"

"大麻。不过不是给你吃，是给你的观众吃。他们飞大之后，保证你说什么他们都会哈哈大笑。"

如果自己也能一直像他这样固执，也不会作出这个决定了吧。

吴穹说得对，她没有阿斯伯格综合征，从他指出这一点的时候，她身上的阿斯伯格综合征就开始慢慢瓦解。

她每一次犯下的错误，都让原本毫无知觉的内心在慢慢溶解。现在，她为自己的过错充满自责。

这一次，必须要结束一切了。

戒掉吴穹，第一天。

戒掉吴穹，第二天。

戒掉吴穹，第三天。

谢星星每天早上醒来，都数着她和吴穹永别的日子。她相信行为疗法，只要按照行为疗法，将吴穹和失去赵芬奇的恐惧联系在一起，就可以在大脑里成功地建立吴穹-恐惧联结。就像之前她和赵芬奇一起，在那个SM男人身上建立的SM-恐惧联结一样。

她度日如年。好在这段时间她越发频繁地陷入昏睡，有时几乎无法分辨梦境和现实。她不知道自己是怎么了。但是这样一来，她好像可以忘记吴穹，减少几分痛苦。但有时候的噩梦又是和他有关的。满头大汗醒来时，她会安慰自己，这也算是成功地建立了联结吧。

她不承认自己想念他。发疯般地。

李立秦按照约定好的时间敲响了实验室的门。

"星星，你真的决定了？"

谢星星点点头。

她已经把所有有关Skinner的资料都整理好，堆放在桌上和地下，存有Skinner资料的电脑也放在了桌上，还有目前手上所有的Skinner，差不多三十颗。

"我一直都错了。Skinner不能让普通人变得不普通，它只会带来邪恶。我一直不相信……事实却一次又一次告诉我这点。也许，这是神的惩罚。神让人生来平凡，自有祂的安排，要强行忤逆这一点，就会带来灾难。"

李立秦听完谢星星的讲述，在这个实验室四下走了几步，来来回回打量这里的每个角落。这里本来只是一个空旷的大型车库，后来，被谢时蕴和他改建成了实验室。

"你知道你爸爸当年为什么要建这个实验室吗？"

"为什么？"

"建造这个实验室的时候，他还没有开始 Skinner 计划。"

李立秦慢慢摩挲着实验室中间最大的那张大理石台面的桌子。

"你知道我和 Samuel 是怎么认识的吗？"谢星星知道李立秦又要开启回忆模式了，每当这时候，他就会叫谢时蕴在美国时的英文名，Samuel。

"他只是简单说过，说 Lynn……李叔叔你是个骗子。"

"他说得没错。"

李立秦说这话时，年轻时的那股狡猾似乎又回来了一点点。他得意地一笑："当时我还不到二十岁，比你还年轻。我凭借自己天生的这点小才能，在哪里都很吃得开。当地的吉普赛人很崇拜我，所以我就跟着他们一起流浪，因为我的音乐才能，他们认为我是神指派下来的乐师，我就在队伍里演奏音乐……那几年真是我一生中最美好的日子啊。"

"你当时搞了多少吉普赛女人？"

李立秦"嘿嘿"一笑，"你知道吗？波希米亚文化里，男女本就是开放关系。"

"所以是多少？"

"这都不是重点。重点是我每周都有新的女人的天堂般的日子，Samuel 突然出现了，他把我从那个吉普赛社区抓了出来，非逼着我跟他一起上学。"

"所以，你二十岁了，二十六个字母都认不全，没受过教育，却每周都能有新的女人？"

"如果你非要揪着这个不放的话……"

"李叔叔，不要吹牛。"

"你不知道，在吉普赛文化里，音乐对他们的意义是什么。那些女人是把自己当祭品一样献祭给我的，因为，我虽然不识字，却知道世界上所有的音乐。"李立秦这话说得傲气十足，让谢星星仿佛看到那个年轻时的Lynn，正站在这个实验室里。

"不过，你爸的出现彻底打碎了我的世界。当时我在街头摆摊弄些骗人的把戏，那年代，不管白人还是黑人，都很迷信中国面孔，以为神秘的东方文化能让人长生不老。Samuel出现了，当着两个黑人的面戳穿了我的把戏。我差点被那俩黑人打死，要不是我跑得快。"

谢星星不知不觉忘了今天叫李立秦来的目的，一时听入了迷。

"三天后，我又在同样的地方看到你爸，这次我学乖了，上去就拦住他要他赔我损失，他不肯，一口咬定我是骗子。"

"然后呢？"

"我当然有备而来了，我让他随便唱首歌。"

"我从来没听过他唱歌。"

"那恐怕是他这辈子唱的唯一一首歌。"

"他唱了什么？"

李立秦清了清嗓子，然后开始唱："一个故事唱千载，梁山伯和祝英台，一双彩蝶传情爱，今日又向花丛飞过来……"

谢星星惊奇道："黄梅戏？"

"他就唱了两句。他停下后，我哼了八句，比他还多四句。"

"我爸就和你成了朋友？"

"没，我觉得他更像是……一个科学家发现了一只会说话的猩猩。"

谢星星一时不知如何接话。

李立秦自嘲般笑了两下："不过有件事我一直没告诉他。"

"什么？"

"我母亲年轻时是唱黄梅戏的，我虽然在美国长大，但是他要拿《梁山伯与祝英台》考我，还真是撞枪口上了。"

两人一起哈哈大笑起来。

"他逼着我跟他一起去学校上课。我就像一个进入了文明世界的野人，在那里，你懂不懂音乐一点都不重要……除了 Samuel，每个人都认为我是弱智。"

谢星星沉默了。

"其实，按照 Samuel 的想法，Skinner 计划并不是要让所有人变得不普通。而是……让我们这样的人，变成普通人。如果每个人的潜能都得到释放，那我们就不再是怪物。"

李立秦盯着谢星星，又重复了一遍他一开始的问题："所以，你真的决定好了？"

谢星星知道李立秦跟她说这一番话的意思：这不仅是她一个人的决定，还是她替父亲一起作出的决定。

"如果你决定好了，那就去做吧。你知道，不管你的决定是什么，我都会支持你的。"

她点了点头。

他们花了两个小时，才把所有的材料都送进碎纸机；花了十分钟把硬盘格式化；花了一分钟，溶解了所有的Skinner；那些照片，谢星星是一张一张放进碎纸机的。

"这个也要？"

谢星星抬起头，李立秦手上是那张她和吴穹的照片。当然，在他眼里，这只是一张普通的和路人甲的合影。

谢星星点头。

"咦，"李立秦把照片拿近，"这不是上回……我在这里看到的那个人？"

谢星星想起来，那次李立秦来实验室找她，确实看到了吴穹。她不知道自己走后，吴穹还找他借了根烟。

"嗯。"

"他后来成了你的病人？"

"这件事说来话长。"

谢星星心想，何止说来话长。

"不留着做纪念？"

谢星星把照片扔进了碎纸机，连同所有她看见的未来。

最后一张照片也扔进去之后，工作基本完成得差不多了，还有一些账户要处理，李立秦把这些时间留给了谢星星自己。

其实，也就只有一个账户要处理。

谢星星登上Dimstar。

"地鼠"不在线，这样最好不过了。她不擅长告别。

她发信给了之前联系过的那个介错人。

Party 8　Skinner　399

然后睡了一觉。

醒来的时候，介错人已经接受了她的请求。

她给"地鼠"发送了一句：

——谢谢你，朋友。再见。

然后点击了"确认"。

一分钟之后，当她再次试图登录 Dimstar 的时候，系统提示她：该用户不存在。

她合上电脑。

即便是我们这些天生拥有潜能的人，在彼此眼里也都是怪物吧。

谢星星心想。

Samuel 构想的乌托邦，毕竟是不存在的呀。

2

殡仪馆。

由于涉及司法案件，过了差不多半个月，孙畅的葬礼才得以举行。来的人不多，都是些亲戚和孙畅失明前认识的同学朋友。孙畅的母亲也从另一个遥远的城市赶来了，这么多年没见，她和孙畅的父亲没有开口打招呼，双方脸上共同悲痛的表情，化解了这么多年的怨恨。

这葬礼真冷清。

谢星星不禁回想起父亲死的时候,她没有去参加的那场葬礼。那时候没有的悲伤,好像全都集中在这里一起回报给她。

"我爸爸的葬礼也是这样的吗?"她问赵芬奇。

赵芬奇一时有些失语,不知道该怎么回答这个问题。

但紧接着,他的注意力就被另一个人吸引了。

一个熟悉的人。

"你居然还有脸来这里?!"赵芬奇冲上去。

谢星星这才注意到,卢后来一身黑色便装,出现在了殡仪馆门口。身后几个工人抬着一个大花圈,放在偏厅。花圈因为过于盛大而显得格格不入。

"对不起。我也没想到她会⋯⋯"

"没想到?!"赵芬奇一拳打在卢后来脸上。

卢后来没有躲闪,鼻血瞬间就流下来了。他身后一个男人走上来要制止赵芬奇,被他拦住了。看上去似乎是他的助理。

卢后来从口袋里掏出一块手帕擦了擦鼻血,没有理会赵芬奇。"我只想来给她上一炷香。"

"滚!你没有资格!"

卢后来的助理走到孙畅父亲面前,从怀里掏出一张银行卡:"孙先生,这是我们卢老师给孙畅的一点补偿。他之前没有好好照顾孙畅,心里很过意不去。"

孙畅父亲铁青着脸色,他虽然不了解整件事的来龙去脉,但也大概知道卢后来把孙畅的画拿去冒充了自己的作品。卢后来的所有作品都因为这一幅画而被重新估值,本人身价一时陡增,这助理看样子也是新请的。

孙畅父亲没有接过那张银行卡,助理的手僵在那里。

"他就是把孙畅'照顾'得太好了!"赵芬奇瞪着卢后来,"你怎么可以无耻成这样?!"

卢后来好像没有听见赵芬奇的话,只是一直盯着孙畅的遗像,喃喃自语:"我真的不知道会这样……怎么会这样……"

赵芬奇还想动手,被谢星星拉住了。

"如果你真的感到抱歉,就把你之前做的事公布出来,还她一个公平吧。"谢星星说。

"你们不要污蔑卢老师了!"卢后来的助理说道。

"别装傻了。"赵芬奇怒道。

"人都没了,这些钱又有什么用呢。"孙畅父亲看着那张银行卡,艰难地说道。助理只好先把银行卡收回来。

"先让葬礼继续吧,让她得到安宁。"谢星星说。

卢后来、赵芬奇一时沉默,然后各自退到一边。葬礼得以继续,按照仪式一一走完流程。

孙畅父亲和另一个亲戚抬出了一幅蒙着白布的画。"畅畅,这是你生前画的最后一幅画,让它去那里一起陪着你吧。"

卢后来盯着那幅画,表情突然古怪起来:"她,后来又画画了?"他失声问道。

没有人回答他的问题。

孙畅父亲正准备把那幅画投入火盆中,卢后来三步并作两步上前拉住孙父的胳膊。"等一下……"

孙畅父亲回头看着他,卢后来的眼神里透着一股扭曲的兴奋。

"能不能让我看一眼这幅画?"

孙畅父亲没有理他,想要继续自己的动作。卢后来紧张极了,死死拽住他。

"伯父,求您了。"

孙畅父亲看着他,眼里透着恨意。"我当初就不该答应你,让她学画。"

就在孙畅父亲要把那幅画掷到火中的时候,另一个声音出现了。

"等一下。"

所有人一齐向那声音处望去。

黑衣黑裤,棒球帽,针织手套。

还能是谁呢?

谢星星瞪大眼睛,感觉自己心跳要停止了。

吴穹走上前,和孙畅父亲简单地点头道:"我之前给孙畅做过心理辅导,我想给她上炷香。"

孙畅父亲微微点头。

吴穹点燃一炷香,在孙畅遗像前拜了三拜。然后拿出一份礼金,递给孙父。孙父迟疑了一下,默默接受了。

这些都做完之后,吴穹这才走到卢后来面前。他掏出一份文件袋,递给卢后来。

"这是什么?"

吴穹没回答。卢后来打开文件袋,从里面拿出几页纸,他看了纸上的内容后,大惊。

"你……你是谁?!"

吴穹伸出戴着手套的手,拉起卢后来的右手,把他的衣袖掀起来。卢后来右手手腕上戴着一个电子手环。

"我是这个手环的开发者。"吴穹说着又拿出了一张自己的名片。

原来卢后来戴着的是Plus。

卢后来起初不相信,但看了吴穹的名片后,不得不相信了他。

"你这么做是非法的!"

"我知道,"吴穹看了一眼孙畅的遗像,"但我作为死者的朋友,有义务弄清楚事情的真相。这份文件是我通过正规的律师事务所,获得了我司的许可,合法得到的。"

卢后来看了一眼他的助理,"帮我打电话给我的律师,要他现在就来!"

助理慌忙点头,奔出殡仪馆。

"现在,是你自己说出来,还是我帮你说?"

卢后来脸色苍白,沉默着无法作出决定。

吴穹见他这样,便转过身面向殡仪馆的所有人,从他进来到现在,一眼也没有朝谢星星这边看过。此时,他看了一眼谢星星。这一眼只有谢星星捕捉到了。她突然平静了下来。

"我是幸光制药的员工,也是我司产品Plus手环的开发者,这款手环是面向所有人群,用以检测使用者身体情况和服药数据的医疗产品。一次意外中,我发现卢先生一直在使用我司的手环。"

他看了一眼卢后来,卢后来的右手已经开始发抖。

"总之,根据我获得的数据来看,卢先生一直患有帕金森病……"

谢星星听到这里,瞬间明白了这是怎么回事。

"帕金森病是一种常见的神经系统变性疾病,老年人多见,平均发病年龄为六十岁左右,四十岁以下起病的青年帕金森病比较少见。帕金森病最主要的病理改变是中脑黑质多巴胺能神经元的变性死亡,由此而引起纹状体DA含量显著性减少而致病……"

人群中已经有人不耐烦听吴穹介绍下去。"你到底想说什么?"有人喊道。

谢星星走出来,接着吴穹的话说道:"通常是一侧肢体的震颤或活动笨拙,进而累及对侧肢体。"

卢后来试图用左手去按住一直在发抖的右手,但左手也开始不听话地颤抖起来。在场的人终于开始有人把吴穹和谢星星的话和卢后来的反应联系起来。

"也就是说,"谢星星把头扭向卢后来,"你早就不能画画了。"

卢后来额头上渗出大粒的汗珠:"你、你胡说……"

"以及……我之前误会了一件事。"谢星星对赵芬奇道,"你还记得你在画室发现的那个药瓶吗?"

"你是说?"赵芬奇恍然大悟。

谢星星点点头:"之前我以为那个药瓶是孙畅的,其实,那不是她的。"谢星星看向卢后来,"那是你的,对吗?二十世纪八十年代美国学者兰斯顿发现一些吸毒者会快速出现典型的帕金森病样症状。卢后来,你是从什么时候开始吸毒的?"

谢星星此话一出,在场人皆哗然。

"……在我的律师来之前,我拒绝回答你的问题。"卢后来依然试图挣扎。

吴穹这时道:"那个药瓶,我想不是你搞错了。应该是孙畅早就知道了卢先生你吸毒的事,于是假装是自己的,帮你掩饰而已。"

吴穹看了一眼孙畅的遗像:"她虽然看不见,但她听得见。她早就知道你无法画画,这三年才陪在你身边。不是她习惯待在你的画室,是她怕你不习惯。"

卢后来听了,扑通一声跪倒在地,哽咽道:"我真的不知道这件事对她的打击那么大……如果知道她会自杀,我……我绝对不会做出这件事。

"我只是不想成为一个曾经的天才……你们不知道这有多残忍。我宁愿……我宁愿从来也没有成为过一个天才。

"况且,她是一个瞎子,又有谁会相信那幅画是一个瞎子画出来的呢?连我都不相信……连我都不……"

没有人怜悯卢后来的哽咽。

卢后来喃喃自语,仿佛陷入了某种魔怔中。他突然站起来,蹿到孙畅生前最后那幅画前,掀开了白布,他盯着那幅画许久,然后狂笑起来。

"她也只是个一次性的天才啊!哈哈哈哈哈哈!"

一个人上前,然后是第二个,人们陆陆续续地一起过去,想看看这位刚刚重获荣誉的女孩,在生前画的究竟是什么。

每个人看过那幅画,都吃惊又好奇地转过头来,盯着赵芬奇、吴穹和谢星星三人。

他们三个是最后看见那幅画的。看见的那一瞬间,他们也愣住了。

那是一幅吴穹和谢星星拥吻,赵芬奇健康完好地站在一旁的画。

只有谢星星理解了这幅画的意思,那是她和孙畅的约定:她会画出她所看见的他们三个的未来。

"你看,未来不是不可改变的。"

谢星星愣住了:"什么?你怎么知道……"

"我早就知道了。"

"你知道什么?"

"我知道你之前看见的我们俩的未来,以及你看见的赵芬奇的未来,我知道你在担心什么。"

"你一直都知道?"谢星星的眼泪控制不住地掉下来。

"我不是告诉过你吗,"吴穹微笑道,"我有读心术。"

他顿了顿又说:"不过,其实要感谢你的那位李叔叔,是他告诉……"

谢星星没有让他说完,踮起脚来,吻了他。

这个吻像芭蕾一般轻柔,谢星星在内心确认,这头晕目眩的感觉,就是爱。

画面在这一刻定格:谢星星和吴穹抱在一起拥吻,赵芬奇在看着他俩，虽有些惊讶，但慢慢露出了笑容。这一刻仿佛就是那幅画的现实版。

"我还是慢了一步呀。"他笑着用很轻的声音自嘲，仿佛是说给自己听的。

未来果然改变了。

谢星星感觉自己快要晕眩了。

3

王怀松，现年五十二岁，已婚，育有一女。入校时以全系第一名的成绩进入W大学心理系念本科，后保送研究生。放弃了博士保送名额，毕业后先后在国内几家顶尖的制药公司工作，几年后带着多项专利出来自己创业。有毅力，有判断力，有魄力。幸光制药一路成为业界一流的公司。现在的他，虽然已年过五十，但常年保持运动习惯和良好的饮食，使得他依然精力充沛，比公司三十岁的年轻人工作状态还要好。作为一个商人，非常擅于玩弄心理战术，在不使用卑鄙低劣手段的情况下，令对手臣服。作为一个领导人，以公正公平的行事风格，赢得人才的投靠。作为一个丈夫和父亲，显然也看不出什么瑕疵……

吴穹在幸光制药这半年，对这个男人的第一认识就是：完美。

第二认识是，王怀松作为一个极度自律的人，会在每天上午八点到公司，八点半去公司健身房进行一个小时的锻炼。

所以，他想知道王怀松的秘密，就只有这一个小时时间。

在这方面，他做得远比王天依要有耐心。

他花了三个月时间，利用每次和王怀松一起进入他办公室的机会，搞清楚了他办公室大门的密码。

密码是随机生成的，每个月换一次。

这个月的密码已经记在他脑海里了。

他在走廊上，远远地看见王怀松走出了办公室，一身运动装。

Plan A，行动开始。

大门的密码，输入成功。

接下来是电脑的密码。这是从王天依那里知道的，自从上次王天依闯进来作演示，他就得到了一个信息：王天依是知道父亲电脑密码的。之后他故意放风给同事们，其他爱好都不重要，重要的是让王天依知道自己爱喝酒。

不是普通的酒。烈酒，单一麦芽威士忌。王天依喝两杯就会醉的那种。

电脑密码当然不是关键，因为他要搞清楚的那个秘密，肯定不在这台电脑上。但电脑是一个人长时间相处的工具，是工具，就会留下使用痕迹。

吴穹很快得到了他想要的东西：一串 IP 地址。王怀松还在哪里使用过这台电脑，除了家和公司？那串 IP 地址显示了一个新的地点。吴穹反馈给自己在美国时认识的黑客朋友，也是他曾经的创业合伙人。对方回复了一个方位图给他，图上显示，那个地方就在幸光制药大楼的地下。

电梯和救生通道梯都只通到负二层，停车场。吴穹在停车场转了一圈，他从来没发现这里还有什么可以通往更下一层的通道。

最后，他的目光停在了一扇挂着"维修中"牌子的储物间的门上。他花了点时间弄开了门锁，里面果然还有继续往下的路。看起来，这本来就是一个通往负三层的楼道，后来被掩饰成了储物间。

吴穹被一道大门挡住，这里用的是指纹机。

没有 Plan B，他只有一次机会。在王天依对他产生怀疑之后，他更加确认自己的时间不多了。他必须一次成功。所以，他不得不花了那么久来准备，他必须考虑到方方面面，每一个可能需要的东西。

吴穹掏出他之前弄到的王怀松的指纹，小心翼翼盖上去。

嘀——

大门开了。

这是一间偌大的实验室。

和这里比起来，谢星星那儿差不多就是个作坊。

吴穹在实验室没走两步，就被一块巨大的透明玻璃墙吸引了。玻璃墙上贴着很多照片，每张照片上都是一颗药丸。旁边有小字注解"X 1.1""X 1.2"……如此一直列到"X 5.3"。

看来这就是幸光制药一直在秘密研制的药了。

但这绝对不是什么简单的抗抑郁药。

吴穹发现玻璃墙旁边是一张大玻璃药柜，像首饰柜一般，每一代 X 药物都放在一个小隔间里，看起来这里面存放的是到目前为止的所有 X 药。

他听到实验室里一直传来轰鸣声，循着声音发现源头是一个单独隔开的房间，里面是机房。

很快他就发现了实验室里的超级计算机。看来，他们在运用超级计算机解出这个药的分子式。

这才是王怀松开发并投放 Plus 手环的真正目的。所有的一切应该都是为了这种药。手环可以大量收集使用者的数据，再运用超级计算机慢慢接近他想要的结果。所以他才那么着急让吴穹找出手环的最终算法。

吴穹黑进了主机，十分钟后，他被自己看到的东西震住了。

Xanadu 计划。怎么可能？这太异想天开了。

他看了一眼手表，已经差不多一个小时了。他没时间继续在这里震惊。

之前他不知道王怀松健身完会去哪里，现在他知道了。

他必须赶紧离开这里。

离开前，他被一个名为 Xanadu Test 的文件吸引住，犹豫了一下，打开了它。

里面是无数的人物档案。

排在前面的档案里，"实验结果"那一栏无一例外都写着"失败"。

他翻到第一个写着"成功"的人，是一个名叫"葛翔宇"的人。职业那一栏是"喜剧演员"。他读了一遍葛翔宇的实验结果描述，然后掏出手机给谢星星发了条微信："我知道孙畅是怎么死的了。"

嘀嗒，嘀嗒，嘀嗒。时间一分一秒过去。

真的没时间了。吴穹放弃翻看档案，他复制了这份文件到 U 盘里,小心翼翼地退出主机,确保没有留下任何痕迹。

离开实验室之前,他路过那面玻璃幕墙,突然有些好奇墙的背后是什么。从正面看去,墙的背面也贴了很多照片。

他绕过去,不禁愣住了。

那上面,全部都是谢星星的照片。

谢星星没有回复他的微信。

卢后来的律师到场之后,一直在拼命责怪卢后来为什么在他赶来之前就说出了一切。

"我不想再演戏了。"

"我不管你做了还是没做,我的职业要求就是帮你脱罪。"

卢后来疲惫地笑了笑,走出了殡仪馆。

"这有什么用,又有什么用。"

所有人目送着还在据理力争地说服他的律师,跟在他后头一起走出殡仪馆。刚刚发生的一切对他们来说实在太过戏剧性,没人注意到角落里几个年轻的男女。

谢星星慢慢地不相信似的触碰着吴穹的脸,"你真的没有PTSD,所有的一切都是你装的,你连我都骗了。"话是这么说,谢星星却并不着恼。

"骗你还不容易?"赵芬奇在一旁插嘴,他显然已经对这个画面感到腻歪。

"所以,是从什么时候开始的?"谢星星想问的是"从什么时候开始爱上我",但她又不好意思,况且赵芬奇还在旁边。这么问,旁人会以为她问的是"什么时候开始伪装"。

"你想知道?"

"嗯。"

"你跟我去一个地方,就明白了。"

"现在?"

"现在。"

谢星星看了赵芬奇一眼,赵芬奇回她一个眼神:"看我干吗?他问的是你又不是我。"

"好。"

言毕谢星星突然想起来一件事,她放下手,从包里掏出了一封信。

"这是什么?"

"这是……一件我必须要做的事情。我原本以为自己做完这件事会后悔,但是现在,"她看着吴穹,"我应该不会后悔了。"

"必须要现在?"

"嗯。"

"不能等我们从那里回来吗?"

"就一下!"

谢星星松开吴穹的手,拿着那封忏悔书,把它交给孙畅父亲,"这封信很重要,请您回家后务必看完它。"

"说吧,现在去哪儿?"

殡仪馆在 W 市的市郊,谢星星坐上了吴穹的车。上了车之后,两人又沉默起来。谢星星觉得自己有很多很多事想对他说,此时吴穹不开口,她好像也无从说起。吴穹的车开得颇有些生疏,他打开了车里的音响:"想听什么?"

"我不听音乐。"

吴穹笑了下:"其实我也是。"不过他还是随机放了一张CD。肖邦的钢琴曲瞬间在车内流淌。

"所以,你给孙畅父亲的那封信上写了什么?"吴穹突然开口问。

"是有关她死亡的真相。"

"噢?卢后来还干了什么?"

"不是他,是我。"

吴穹看了一眼谢星星,没有说话。

"我……这件事很复杂,等之后我再慢慢告诉你。"

"现在说也可以,我们离目的地还有一会儿。"

谢星星看了看吴穹开车的侧脸,犹豫了一下,开口道:"我不知道你会不会相信……"

"我相信。"

谢星星以尽量简单的方式,介绍了她父亲的Skinner计划,她如何完善了父亲的药物,又是如何选择了三个实验对象。她没注意到吴穹听这话时,脸上闪现出了异样的神采。

"所以你觉得是你害死了孙畅?"

谢星星点点头:"我发现Skinner并不能让这个世界变得更好。所以我毁了它。"

吱——

车发出刺耳的刹车声。

吴穹紧急停下了车："你说什么？"

谢星星对他的反应有些吃惊，但还是继续道："我毁了它。"

"你是说，你做出来的那些药？"

"全部。和它有关的一切。现在世界上已经没有 Skinner 这个东西了，也永远不可能再有了。"

"永远不可能的意思是……"吴穹表情古怪地盯着她，"即便资料没了，你也应该可以复原吧？毕竟你成功地得出了它的分子式。"

"我做出的版本，只是接近了它的完善形式，但还有很多不稳定的地方，只能说是个残次品。怎么了？这很重要？"谢星星奇怪吴穹怎么对这个如此感兴趣。

"就算它是残次品吧，你不能再做出来了？"

"不能。它的分子式很复杂，是不可能靠一个人的大脑记住的。"

吴穹好像仍然不肯接受这个结果，反复追问细节。

"这是什么时候的事？"

"就是前几天。"

"哪一天？"

"上周五下午。怎么了？"

吴穹回想了一下，然后流露出懊恼的神色。"就是那一天呀……"

"到底怎么了？"

吴穹盯着她："不，你一定可以想起来的。Skinner 的分子式。"

谢星星从吴穹的目光里读出一股阴森，她突然觉得毛骨悚然，不由得解开了安全带。"对不起，我不想跟你去什么地方了。我想下车。"

"下车？"吴穹露出一个捉摸不透的笑容，"你下呀。"

谢星星打开车门，走下去。

原来他们在高速公路上。

天气不知怎么忽然阴起来，走出去才发现路上已经一片雾蒙蒙的，像要下雨的样子。这场景和十年前的那天非常相似。

她听到开车门的声音，回头看，吴穹也下了车。

"你认出来这是哪里了吗？"

谢星星向四周看去，她突然意识到了，这里就是那场车祸发生的地方。

"你认出来了？其实离真正的地点还有点距离。我们还得再开几百米。不过，高速公路上，你看哪里都差不多。"

"这儿，就是你要带我来的地方？"

吴穹面带微笑地看着她，一步步走近。

谢星星看着他的脸，冷静道："不，你不是吴穹。你是谁？"

4

"我不是吴穹？"

"你不是。"谢星星道，"吴穹十年前就会开车的话，不会像你开得那么生疏；吴穹不听音乐，因为十年前车祸时，车里放着音乐，从此他开车时绝不会听音乐；还有……虽然高速公路看起来都差不多，但十年前的那场车祸，根本就不在这条高速公路上。"

谢星星的这番推理，并没有让吴穹产生太大的波动，他淡淡地说："你说得不错。真正的那条高速因为大雾封路了，我才临时带你来了这里。但是，在哪里又有什么区别呢？"

吴穹眼里流露出一丝寒意："十年前，因为你的过错害我母亲殒命。我等了十年，才回来找你。"

谢星星听这话，心头一震，有些慌乱："你有意接近我，不是因为……"

"我爱你？怎么可能！"吴穹突然狂笑起来，"谁会喜欢你这么个怪物啊！"

谢星星感到心脏遭受了重重的一锤，好像不再跳动了。

"那场车祸是个意外。"她试图说服吴穹。

"意外？"吴穹看着他，"当时我也在现场，我根本就没有看到你口中的什么鹿。"

"是真的有。我也不敢相信。"

吴穹又向前走了两步，他已经离她非常近了，谢星星不禁后退到高速公路边的栏杆上。吴穹整个身体前倾，好像要压下来似的。

"你再好好想想。你是真的看见了一只所谓的鹿，还是——"他冷冷地看着她，"那不过是你的想象。"

"想象？"

"Skinner。"

谢星星感到心脏开始绞痛起来："什么意思？"

"你也只是你父亲的实验品罢了。"

"你说什么？"

"你父亲三十五岁开始 Skinner 计划，到他四十岁车祸身亡，你是他的第一个实验对象，也是唯一一个。"

谢星星被吴穹的话震惊了，她想起来小时候看见的父亲出车祸的那幅未来浮影……原来我不是天生就具有这个潜能，而是……不行，心脏太难受了。

谢星星捂着胸口，脸上的表情越来越痛苦。"不，这不是真的。"

"他制造的 Skinner 比现在这版还要不完善，副作用相当大，让你开始出现幻觉。车祸发生时，公路上根本就没有什么鹿！那只是你的幻觉！"

谢星星支撑不住，跪倒在地上，身体痛苦地缩成一团。"别再说了……我觉得心脏很难受，能不能帮我叫救护车？"

她感到吴穹也蹲了下来，跪在自己面前，扶着她，柔声道："你怎么了？"

"我……我的心脏好像出了什么问题……太难受了……"

"别害怕，我在这里。"

听了这话，谢星星不相信似的抬起头看着吴穹，他好像又变成了以前那个吴穹，那个会对她说"只有我相信你"的吴穹。这一刻她失去了所有理智，眼泪大颗大颗地掉下来。"对不起，我不是故意的。"

"我知道。"吴穹拍拍她，像哄一个婴儿般，"我知道。这不是你的错,不是你的……"

"你原谅我了?"

"我原谅你了。"

谢星星情不自禁抱住吴穹,痛哭起来。她感到非常痛苦,却又觉得得到了极大的安慰。天地万物,还有什么比原谅更值得拥有,有什么比救赎更需要勇气?

风从南往北吹过来,夹杂着拯救的气息。公路上一片浓重的雾气,被这风吹散了一点点。

吴穹就这样抱着她好一会儿。

他突然又开口问道:"所以,Skinner在哪?"

谢星星迷糊着双眼道:"我不是告诉你,我已经全部毁了吗?"

"不可能。这是你爸一生的心血,这个药可以改变全世界,你不知道你制造出了什么东西!这么重要的东西,你怎么可能不留副本?"

"真的。没有了……"谢星星叹气道。

谢星星脸上挂泪,睁着带有红血丝的眼睛,这样子实在藏不住任何一点儿谎言。吴穹盯着她看了片刻,突然粗暴地把她推离胸口,然后抓紧她的胳膊,仿佛一瞬间又露出了原本的面目:"我不相信你。快说,它在哪儿?"

谢星星看着他,难以置信似的,她缓缓摇了摇头。

"一颗!哪怕就一颗也好!"

"你……你到底是谁……"谢星星失神般喃喃道。

吴穹掐住了谢星星的脖子,恶狠狠道:"不说我就掐死你!"他戴着的手套被雾水打湿,像浸了水的麻绳,谢星星被扼住的脖子立刻出现了血痕。

谢星星感觉喘不过气,心脏再次绞痛起来:"救……我……救……我……"

就在快要失去意识之前,她听到有人在说:"放开她!"

然后是被人摇晃的感觉。

"星星,快醒醒,快点睁开眼睛。"

睁开眼睛?

我不是一直睁着吗?

"你在做梦,快从梦里出来!"

做梦?

谢星星打量着眼前的场景,公路,大雾,死死掐着自己的吴穹,他的车子……一切看起来都太真实了。

这看上去明明就是现实啊?

不,她转念想,这可能是我的大脑在欺骗我。如果这是梦的话,我必须找到一个不合理的地方。只需要一个。

谢星星想到了。她伸手努力把吴穹拉向自己,然后凑上去,用嘴唇碰触对方的嘴唇。对方显然不明白她的意图,还认为这是她在试图获得自己的爱和怜悯。她闭上眼睛,仔细地把这份触感和电影院里的那次比对。

"一个人不论再怎么伪装,也不可能欺骗脑电仪。你不是假装有PTSD,你是真的有。所以……你不是吴穹。"

所以,这一切都不是真的。

谢星星睁开眼睛。她感觉自己做了一个无比漫长的梦。这个梦是从什么时候开始的?

她看到的第一个人是吴穹。

"你是……真的吴穹,还是假的?"

"这是现实世界,这里只有一个吴穹。我。"他说。

谢星星感觉虚脱一般,她虚弱地笑了笑:"那你……恨我吗?"

"恨你?为什么?"

"因为那场车祸……"

"那是一个意外。"吴穹说得非常自然,笃定又浑不在意,好像这和"雪是白色的"一样是个事实一般,没什么可讨论的。

这才是真正的吴穹会有的口吻。

谢星星心想,我果然回来了,太好了,我果然回来了。

她差点要倒下去,吴穹抱住她。

这温度是真实的。那么这人呢?她用手指碰了下吴穹的脸,对方的肌肉触电般跳动了一下,他皱了皱眉头,但没有躲开。"你下次要碰我之前能先打个招呼吗?"

"你的PTSD不是伪装的,是吗?"

"我要欺骗的是一位心理学天才,你认为我会做这种没有把握的事吗?"

谢星星笑了,放下手,再次用力地抱了抱他。

"太好了,一切都还有希望。"

"你说什么?"

"没什么。见到你很高兴。"

"我也是。"

末了,她看了看周围:"这是哪儿?"

"我打你电话不通,所以追踪了你的手机信号,这里是……我想应该是个地下排练室。"

谢星星看了看周围,确实,这是一个空旷的房间,四周是镜子,像是一个租给人训练的地方。

"我怎么会在这儿?"

"这就要问问他了。"

吴穹往旁边让开一步,谢星星这才看到眼前有个被绑住的人坐在地上。她辨认了好一会儿,才反应过来。

"葛翔宇?你怎么会在这儿?"谢星星惊奇道。

葛翔宇面无表情,那张国字脸透着傲气和不甘。

"你还不知道他是谁吧。"

"他不是喜剧演员吗?我的病人。"

"同时,还是个杀手。"

"什么?!"

"我不知道他是怎么获得的这个能力。但是,他拥有可以在梦中杀死对方的能力。"

"你是说,刚刚我做的梦……"

吴穹点点头:"我猜他必须要和被杀者处在同一空间,用安眠药之类的东西让对方睡着后,再通过类似催眠或是精神控制的方法,让对方在梦中死去。"

谢星星回想刚刚的梦境,她突如其来的心绞痛。被掐住脖子时,疼痛的依然是心脏。

"我明白了,他可以在梦中制造恐惧体验,让受害者产生濒死感,受害者因为极度恐惧心脏破裂而亡,死后只会被归因于猝死。"

"或者是……"吴穹盯着葛翔宇道,"人在承受这种恐惧时发疯而跳楼。"

谢星星瞬间明白了吴穹的意思,她跳了起来:"孙畅——"

"是你干的?"

葛翔宇道:"你们简直是妄想狂。立刻放开我!"

"可我是怎么到的这里?"

"你仔细想想,上一次你确定清醒的是什么时候?"

谢星星开始仔细回想这一天发生的事,早上从家里出来,然后打了一辆车,去殡仪馆。葬礼,赵芬奇,孙畅父亲,卢后来,吴穹,那幅画。然后就到了高速公路上,发现自己在做梦。

是哪个环节?

谢星星想起来了,早上坐上那辆出租车的时候,她就感到车里暖洋洋的,让人瞌睡。应该就是那时候。

"原来,早上的那个司机,是你?"

葛翔宇不置可否地撇嘴。

"你到底是谁?为什么要杀我和孙畅?"

"Xanadu 计划。"吴穹喃喃道。

"什么?"

"他应该已经盯上你很久了。"

谢星星想起了这一阵总是不知不觉陷入睡眠,做那些噩梦,而每次醒来的时候,葛翔宇都在附近。所有的细节都串联起来了,她一身冷汗。

"难道,你是为了 Skinner?"

"Skinner 是什么?"吴穹问道。

谢星星这才意识到,如果刚刚的一切都是梦,那她就没有告诉吴穹有关 Skinner 的一切。

"是……等下,你是怎么知道我有危险的?"她突然想起来。

吴穹还没来得及回答,葛翔宇突然站起来,手上拿着一把枪,对准他们。

"别动。Skinner 在哪?"

5

"你是怎么……"

"谢医生,你当时不是问过我,除了喜剧演员,我还干过什么吗?"

谢星星和吴穹都在暗中打量周围,看有没有什么可以掩护的地方。然而这个排练室什么都没有,他们要是想逃,没跑到门边,应该就被葛翔宇的子弹射穿了。

"别想了。你们逃不了的。"葛翔宇看穿了他们的心思。

"嗯。所以你还干过什么？"谢星星只好顺着他的话问，先稳住他。

葛翔宇笑了，他从排练室角落里捡起一张海报，单手打开。

那是一张演出预告海报，上面的人正是葛翔宇，他身着黑色裹金边演出服，脸上表情神秘，手里拿着一个礼帽，帽子里冒出半个兔子头。

"这是，你？"

"其实我的正职是魔术师。只是，我的梦想是喜剧演员。可惜，我一直都很失败。"

看来是吴穹赶到这里突袭。葛翔宇在被绑的时候，就悄悄做了手脚，然后一直伺机等待。

吴穹懊恼不已，竟然忘了搜他的身。

"永远不要指望你能绑住一个魔术师。"葛翔宇面露黠色，他晃了晃手上的枪，"不到最后一步，我不想用这个对付你。毕竟这会留下痕迹。"他看了一眼吴穹，"不过，现在多了个替死鬼。要干掉你们，伪装成你们相互残杀，好像也很合理。毕竟，你是个从小就被父亲喂药的实验品，什么疯狂的事都可能做得出来。"

"你错了。我父亲不会让我吃 Skinner。"谢星星心平气和地说，"还有，这世上已经没有什么 Skinner 了。我在梦里说的全是实话。"

"我不信。"

"我在梦里没必要骗你，现在更没必要。"

谢星星突然想起自己应该还带着那封忏悔书,既然从殡仪馆开始的一切都是梦,那么忏悔书应该还在她身上。

她看了一眼脚旁的包:"我包里有个东西,是本来要转交给孙畅父亲的,你看了就会相信了。"

葛翔宇将信将疑地看着她:"你把包扔过来。我警告你,不许动别的心思。"

谢星星把包丢过去。

葛翔宇摸出了那封信:"就是这个?"

谢星星点头:"你看完它。"

葛翔宇一边警惕着他俩,一边飞速地看那封信。信并不长,他很快看完了,越看到后面,脸上的表情就越失望。

"这么说,都是真的了,你真的毁了它。"

"嗯。"

"既然如此,留着你也没有用了。"

葛翔宇举起了枪,食指放在了扳机上。

"等一下。"吴穹喊道。

"怎么?"

"你真的想这么做?"

"什么意思?"

"让人在梦境里遭受极度恐惧,然后死亡。这真的是你想做的事情?"

"你到底想说什么?"

"比起那些受害者,你自己应该也不好受吧。你已经多久没睡过觉了?"

"要你操心。"

"半个月了吧。从孙畅跳楼那时起,你就没睡着过。你每天晚上都待在这个排练室,这是白天你进行喜剧训练的地方。你的老师从来没让你好受过,他每天都让你放弃,说你不适合演喜剧。你很痛苦,纳闷老天为什么给了你一个你根本就不想要的天赋。"

葛翔宇不想承认,但脸上的表情开始不自然。

"你为什么那么想演喜剧?因为你父亲是个酒鬼,他每天回家除了打你和你母亲,就是睡觉。他睡着的时候,你和你妈谁也不敢吵醒他。一旦吵醒他,你们就会被毒打。你每天最快乐的时光是你父亲还没回家、你刚放学的时候,电视上会放《小神龙俱乐部》,节目里有一档喜剧栏目,你每次看都会哈哈大笑……"

"你……你怎么知道这些的?!"葛翔宇一开始还以为这个人要对他进行什么情感教育,可越听到后面,越发现不对。这些事情世界上除了自己没有第二个人知道,他是怎么知道的?

"我会读心术。"

葛翔宇摇着头,"不可能……不可能……"

"你现在心里在想,本来这就不是你想要做的事,你是被迫为之,奉了那个人的命令。你本来没想让孙畅死,只想让她说出有关那个药的事。但是她宁死不说……"

"她不是不说,她是不知道。"谢星星眼神暗淡,"她是在不知情的情况下吃了Skinner。你自然问不出什么。"

葛翔宇脸上露出一丝惊讶,似乎恍然大悟过来。

"你没想到一个人在梦中极度的恐惧之下,还能操控身体,跳下楼去。当时你在哪儿?"

葛翔宇还没说话,吴穹像是已经洞悉他内心似的得到了答案,"哦——原来你就在房间门后。孙畅父亲他们一发现房间没人就冲下楼去,你得以脱身。"

葛翔宇越来越惊恐:"你、你是谁?!"

"放下枪,你不想这么做的。"吴穹看着他,"你想做的只有一件事,逗人开心而已。"

"我……"

吴穹一步步走近他:"你不想,你是被迫的。"

谢星星看着吴穹这么走去,不禁为他担心,试图向他使眼色,吴穹却看着她,用眼神告诉她放心。

"不要再说了……"

"你一直都很痛苦,尤其是孙畅死了之后。"

"别……"

"你知道吗?你还有机会,不要一错再错了。"

"不……"葛翔宇眼神里透露出悔恨之色。

吴穹终于走到他面前,趁他不备,突然出手去夺枪。与此同时,葛翔宇也意识到不妙,赶紧把枪对准吴穹。两人争夺起来,谢星星在几步外看得心惊胆战。

"砰!"巨大的响声回荡在排练室,同时也回荡在谢星星的心里,她感到有什么东西碎了。

不。

她冲上去，分开两人。

葛翔宇满脸惊吓，呆在那里。谢星星一把夺下他手中的枪。他瘫倒在地上："不，我不想这么做……我不想……"他捂着脸开始哭泣。

吴穹闭着眼睛，嘴唇发白，脸上的肌肉颤抖着。

"别死！"

"不会的……"吴穹睁开眼睛，"你看见的未来里我没有死，你忘了？"

"你没有中弹！"

他笑了笑："没，我只是PTSD发作了。"

谢星星开心地抱住他，然后又疑惑道："等下，你知道我看见的你的未来？"

"我知道。它不是这样的吗？"

吴穹把谢星星拉向自己，然后吻她。

赵芬奇在这个老式剧院兜兜转转了差不多一个小时，都没能找到他要找的人。无论是谢星星，还是那个假冒的出租车司机。

他在葬礼上没看到谢星星出现，就立刻给她打电话。手机关机，打到家里，是苏造方接的："她明明一早就出门了啊。"

等葬礼一结束，他就迅速赶到谢星星家，还是怎么都联系不上她。苏造方给他看了自己手机里的照片："因为觉得这辆出租车蛮特别的，就拍了照。"

赵芬奇一看就发现了不对，这是一辆临时改造伪装成出租车的私家车。他立刻请自己交通台的朋友联系车管所，通过车牌号调查了车子。

主人是一个叫葛翔宇的人，家住在安庆路，平时在一家剧院工作。

事不宜迟。

赵芬奇走前，苏造方叫住他："这是谢星星之前要给你的，说是李立秦欠你的东西。"

赵芬奇一看，那是一张唱片。老鹰的。

他先去了葛翔宇家里，没人。

然后去了剧院，那辆车正停在门口。

剧院正照常上演一出话剧，是它们的常规剧目《谋杀电视机》。

"演出期间后台不得入内。"

"那你们有看到葛翔宇吗？"

"今天没有魔术表演，他应该不在。"

赵芬奇看了一眼旁边的演出海报，那上头正是葛翔宇，他拿了一张明信片版海报揣在兜里。

"我知道了。"

第一个保安走过之后，他调整了一下情绪。

"对不起对不起！路上出了点意外！怎么样？演到第几幕了？混混A出场没？！"

"啊？"

"我说我演的混混A出场没？他们找到替补的了吗？"

第二个保安瞪着他："才开始十五分钟，抓紧点吧！"

赵芬奇顺利进入后台，把每个房间都蹿了一遍。葛翔宇，你到底在哪儿？

他是先听到枪声，才注意到走廊尽头原来还有个楼梯可以下去，他循着声音慢慢走下去，没走几步就看到了一个大房间，推开门。

眼前的一幕让他看傻了：

谢星星和吴穹在一起，谢星星面色紧张，好像刚刚才发生一场性命攸关的危机，吴穹则面带微笑，把她拉向自己，好像正准备吻她。而他们的身后，那个看起来很面熟的男人正面色苍白地坐在地上。

赵芬奇掏出明信片。海报 P 得够可以啊。

他正准备走进去问发生了什么，就眼看着葛翔宇突然面露凶相，站了起来，从怀里掏出一把刀子，对准了谢星星的背后。

他下意识用尽全力跑过去，扑在葛翔宇身上。

谢星星和吴穹几乎是同时睁开眼睛。反应过来的时候，赵芬奇已经倒在血泊中了。

未来，还是成真了。

可是，怎么会是现在？不应该是现在啊！赵芬奇你怎么会出现在这里？这完全没道理啊！

一句又一句的质问出现在谢星星的脑中。

"不！"她冲过去。

吴穹则扑过去制服葛翔宇。

谢星星伏在赵芬奇身前，他眼睛紧闭，腹部插着把刀子。

耳边是吴穹的"快叫救护车"和葛翔宇的"对不起,我没办法。我必须这么做。对不起"……然而她感觉自己在陷入一个黑暗的漩涡,所有的声音都离自己越来越远,她什么也听不见了。

什么也听不见了。

6

监狱。

"……刚刚我说完的那段,你觉得好笑吗?"

葛翔宇不等谢星星反应,自己已经傻呵呵地乐起来。

谢星星来看了葛翔宇好几次,每一次他都只会表演一些并不好笑的笑话。精神诊断是他患上了迫害妄想症和精神分裂,再过几天就要离开监狱,被送往精神病院管制。

"我们分析他的动机,一是本身就有精神分裂倾向,这才求助你们咨询中心,二是认为在自己没有得到完善治疗的情况下,对医生产生了仇恨心理。这才绑架你,并试图报复你。"

这是她最后从警方那里得到的结论。

很快,这个新闻事件也作为"医患关系之恶劣愈演愈烈"的又一佐证,短暂地在微博和媒体上火了一把。

"案子已经结了,这应该是你最后一次看他了。"狱警说。

谢星星想了一会儿,在葛翔宇被送进牢房之前,突然伸出双手鼓了鼓掌。

葛翔宇转身回头看她。

"刚刚那个真的很好笑。"她努力挤出一个笑脸。

"谢谢。"葛翔宇那张失去了情绪和理智的白痴般的脸上,突然闪现一丝真诚的笑容。

"真的可惜,老天给错了你天赋,让人害怕,而不是让人开心。"

葛翔宇本准备离开,听到这里又转身白痴般看着她,"让人害怕?小宇的天赋不是让人害怕,是变兔子呀。小宇变兔子可厉害了。因为小宇从小就知道躲在哪里不会被人发现!这样爸爸就找不到小宇了,哈哈哈……"

谢星星目送他喃喃自语着离开。她皱了皱眉头,突然意识到一件事。

葛翔宇的天赋是变魔术而不是控制梦境的话,那控制梦境这个能力是谁给他的?莫非,还有别的人在制造Skinner?

口袋里手机震动了一下。她掏出手机,是母亲发来的:"你在哪儿?芬奇醒了。"

赵芬奇在重症监护室昏迷了一个月。

这一个月,谢星星收到了一份文件,寄件人不明。那是一份可以证明卢后来不是那幅画的作者的文件。

当她带着警察去那个画室找卢后来的时候,他正因吸了过量海洛因在屋里无法控制地打滚。她没想到自己反倒救了他一命。

那封忏悔书被警方当作证物收了起来,但没人相信那个东西,他们以为是谢星星进行的什么"文学创作",还夸她机智,居然用这个拖延了罪犯的时间。

"简直和一千零一夜似的。"

"可不就是天方夜谭吗？"她淡淡道。

谢星星赶到医院的时候，孙畅的父亲也在那里。

"我听说他终于醒了，也来看看他。虽然我女儿不在了，但是，很感谢你们做的一切。"

虽然知道了孙畅的死亡真相，但谢星星内心还是感到内疚，不知道应该怎么回答，只好点点头。

赵芬奇见到她，第一句话竟也是"谢谢你"。

"谢我什么？"

"谢谢你贵人多忘事啊。"

赵芬奇拉开床头抽屉，那是一张四分五裂的唱片，老鹰的。

"要不是你拖了这么久才把这个给我，它也不会救了我一命。"

因为怀里的这张唱片，那把刀捅进去时偏移了一些，赵芬奇这才得以捡回一条命。

苏造方刚从医院的食堂买了饭菜上来，见人都来齐了，赶紧招呼道："现在可以打开看看了吧？"

谢星星问："看什么？"

"孙爸爸听说芬奇醒了，给他带了一样礼物。"

孙畅父亲从角落把那个东西提过来时，谢星星才注意到那是什么。"这是孙畅生前画的最后一幅画，虽然我不知道她画的是什么意思。但我想，这幅画只能送给你们。"

"我天，这太贵重了吧！孙畅的画现在可是画坛最重要的作品啊!"赵芬奇说道。

孙父没说话,掀开了布帘。

这一下,谢星星、赵芬奇和苏造方都愣住了。

这是一幅构图再简单不过的画,说是画,更像是一幅人物大合影,画上差不多有二三十号人物,表情各异。他们一一看过去,大部分的人都不认识,直到——

谢星星的目光停留在一个人身上:"李超然?"

"啊?"

"怎么会有他?"

李超然夹杂在人群中,站得笔直,然而好像快要睡着似的。

谢星星继续看,很快,她又找到了另一个人——常迟。他脸上挂着柔弱的笑意。

"哎,看,孙畅把自己也画上了!"

果然,孙畅也在人群里头,闭着眼睛,但脸上的表情却十分轻快,好像有风拂过面颊。

"咦,他也在啊。"赵芬奇盯着画面角落的一个人奇道。

"谁?"谢星星顺着赵芬奇的目光看去,那是一个全身黑衣黑裤、戴着手套和棒球帽的年轻男子。

她觉得这人有些面熟,但的确是全然陌生的。"他是谁?"

赵芬奇怪地抬起头看她:"他不是你的病人吗,你怎么会不认识他?"

"我的病人?"谢星星奇怪道,"我不认识他啊。"

"你不认识?"

"不认识,他叫什么?"

"吴穹。"

谢星星咀嚼了一下这个名字:"吴穹。"然后肯定地摇头,"从没见过。不过这名字挺好听的。你们认识?"

赵芬奇盯着她,看她实在不像在演戏或是开玩笑,便点头道:"认识,但不是很熟。"

"哦。"

美国,宾夕法尼亚州,匹兹堡。

王天依从卡内基梅隆的大学校园里出来,对陪着她的男伴微笑道:"谢谢你帮忙。"

"没事。"那个金发男人露出谄媚的笑容,"我们学校从没出过叫'吴穹'的学生,不过,我会帮你联络全美国的大学,查查你们公司这个人是不是在别的地方上的学。"

"谢谢,你真好。"

"不客气。这年头用假学历回国混饭的太多了。不过这人是谁啊?值得你这么漂亮的女孩子亲自跑美国一趟来调查。"

王天依依然微笑着看他:"是我爱人。"

那人一听,表情凝固在脸上,颇有些尴尬。"原来如此。"

王天依又盯着他道:"忘记我。"

那人脸上的表情变得呆滞起来。"是。"

王天依离开他,上了一辆出租车:"去机场。"

她拿出手机打电话:"喂?爸爸。都调查过了,所有的背景都是假的。"

"我知道了。"那边说。

"公司里也没找到他留下的线索?"

"没有,连一个指纹都没有留下。"

"怪我,我竟然真的相信他戴手套是有病。"

"我们谁都想不到。"

"我现在回国。"

"嗯。对了,你今天吃药了吗?"

王天依掏出一个小药瓶,上面写着"X","还没,马上吃。"

"你刚刚才开始接受实验,一定要按照标准流程来。"

"好的,爸爸。"

电话那头顿了顿,似乎犹豫了一番。

"你知道……现在停止,还来得及……"

"爸爸。"王天依打断对方,"你应该早点告诉我这个计划。我会帮你实现你的理想的。"

那边不再多说什么。"注意安全。"

慧龄智力开发学校。

Skinner全销毁了之后,这个秘密实验室也派不上用场了。最主要的是,想要彻底让Skinner从世界上消失,最好连这个实验室本身都从未存在过。

李立秦往秘密实验室的方向走去,一个月前发生的事他只是简单地听赵芬奇说了一些,得知自己的唱片还救了他一命后,他和赵芬奇开玩笑"幸好给你的是精装硬壳"。星星呢？听赵芬奇说她一切都挺好的，只是看上去好像记忆出现了一点空白。

"不过这属于PTSD的一种症状吧，在遭遇重大事故后往往会发生失忆的现象。"赵芬奇道。

"啧啧，小子，不赖啊。我当年也干过为了追女人去啃《进化论》的事儿。"

"啊？你追的人是学物理的？"

"不，我只是想造出一台时间机器，阻止她和她丈夫相遇。"

赵芬奇这才明白李立秦这是拿他打趣，他"哼"了一声，然后道："她有段时间一直在治疗一个有PTSD的病人，我只是听了两句。"

他没多说，李立秦也没多说一句"哦，那人啊，我也知道"。

赵芬奇出院，孙畅和葛翔宇的风波也平息后，谢星星和母亲去了韩国度假，实际上是一偿苏造方这个韩剧迷多年来想去韩国的心愿。听到这个消息，李立秦不禁感到稍许宽慰，他本担心这孩子放弃Skinner之后要怎么办，毕竟这是她几年来唯一的生活重心，现在得知她居然还愿意出去走一走。"那样也好，虽然Skinner没有了，但……也许她反而可以过上普通人的生活了吧。"李立秦这么想着，走到了实验室门口。

他远远地看到一个人站在那个秘密实验室的门口，走近了才发现正是谢星星的那个病人。这回他没像往常那样穿着黑衣黑裤，而是一身合身齐整的正装，还拉着一个小型旅行箱，看上去似乎要去什么地方出差或旅行。

"你来找星星?"

"哦,不。"他仿佛微微被惊到的样子,"我只是路过,就过来看看。"

正说着,两个工人从里面走出来。

"李校长,这里都搞定了。"

"好,辛苦你们了。"

实验室已经被改成了一个小型音响室,里面放着李立秦收集的各种唱片和试音系统。

"年纪大了,就这点爱好了。进来坐坐?"

"不了。"他欠了欠身子,"我是来告别的。"

"你要走了?"

"嗯。"

"去哪儿?"

"去……"他想了想,然后说,"世外桃源。"

(《潜能者们》第一部完)

ONE
book

监　　制：韩　寒
策 划 人：戚开源
出版统筹：戚开源　朱华怡
编　　辑：朱双南　朱　琳
特约编辑：金子棋
策划推广：金怡玉玲　纪文超　韩　培
特约发行：王　鑫
特约印制：张春笛
封面设计：雾　室
版式设计：欧阳颖

官方网站：wufazhuce.com
官方微博：@一个App工作室　@一个图书　@亭林镇工作室

图书在版编目（CIP）数据

潜能者们 / 大头马著 . — 成都：四川文艺出版社，
2017.6

ISBN 978-7-5411-4679-4

Ⅰ . ①潜… Ⅱ . ①大… Ⅲ . ①科学幻想小说 – 中国 –
当代 Ⅳ . ① I247.5

中国版本图书馆 CIP 数据核字（2017）第 119983 号

QIAN NENG ZHE MEN
潜能者们
大头马　作品

责任编辑	张亮亮　周　轶
装帧设计	雾　室
出版发行	四川文艺出版社（成都市槐树街 2 号）
网　　址	www.scwys.com
电　　话	028-86259287（发行部）　028-86259303（编辑部）
传　　真	028-86259306
邮购地址	成都市槐树街 2 号四川文艺出版社邮购部　610031
印　　刷	北京鹏润伟业印刷有限公司
成品尺寸	145mm×210mm　1/32
印　　张	14　　　　　　　　字　　数　260 千
版　　次	2017 年 8 月第一版　　印　　次　2017 年 8 月第一次印刷
书　　号	ISBN 978-7-5411-4679-4
定　　价	45.00 元

版权所有·侵权必究。如有质量问题，请与本公司图书销售中心联系调换。021-52936900